KB094955

가프 현대 판타지 소설

MODERN FANTASTIC STORY

밥도둑 약선요리 王왕

밥도둑 약선요리王 2

가프 현대 판타지 소설

초판 1쇄 찍은 날 § 2019년 2월 21일
초판 1쇄 펴낸 날 § 2019년 2월 28일

지은이 § 가프
펴낸이 § 서경석

총괄팀장 § 최하나
편집책임 § 최광훈

펴낸곳 § 도서출판 청어람
등록번호 § 제387-1999-000006호
등록일자 § 1999. 5. 31
어람번호 § 제1-3004호

주소 § 경기도 부천시 부일로 483번길 40 서경B/D 3F (우) 14640
전화 § 032-656-4452 팩스 § 032-656-4453
http://www.chungeoram.com
E-mail § chungeorambook@daum.net

ISBN 979-11-04-91947-3 04810
ISBN 979-11-04-91945-9 (세트)

가프 현대 판타지 소설

MODERN FANTASTIC STORY

밥도둑 약선요리王왕 2

도서출판 청어람

밥도둑 약선요리 王 왕

목차

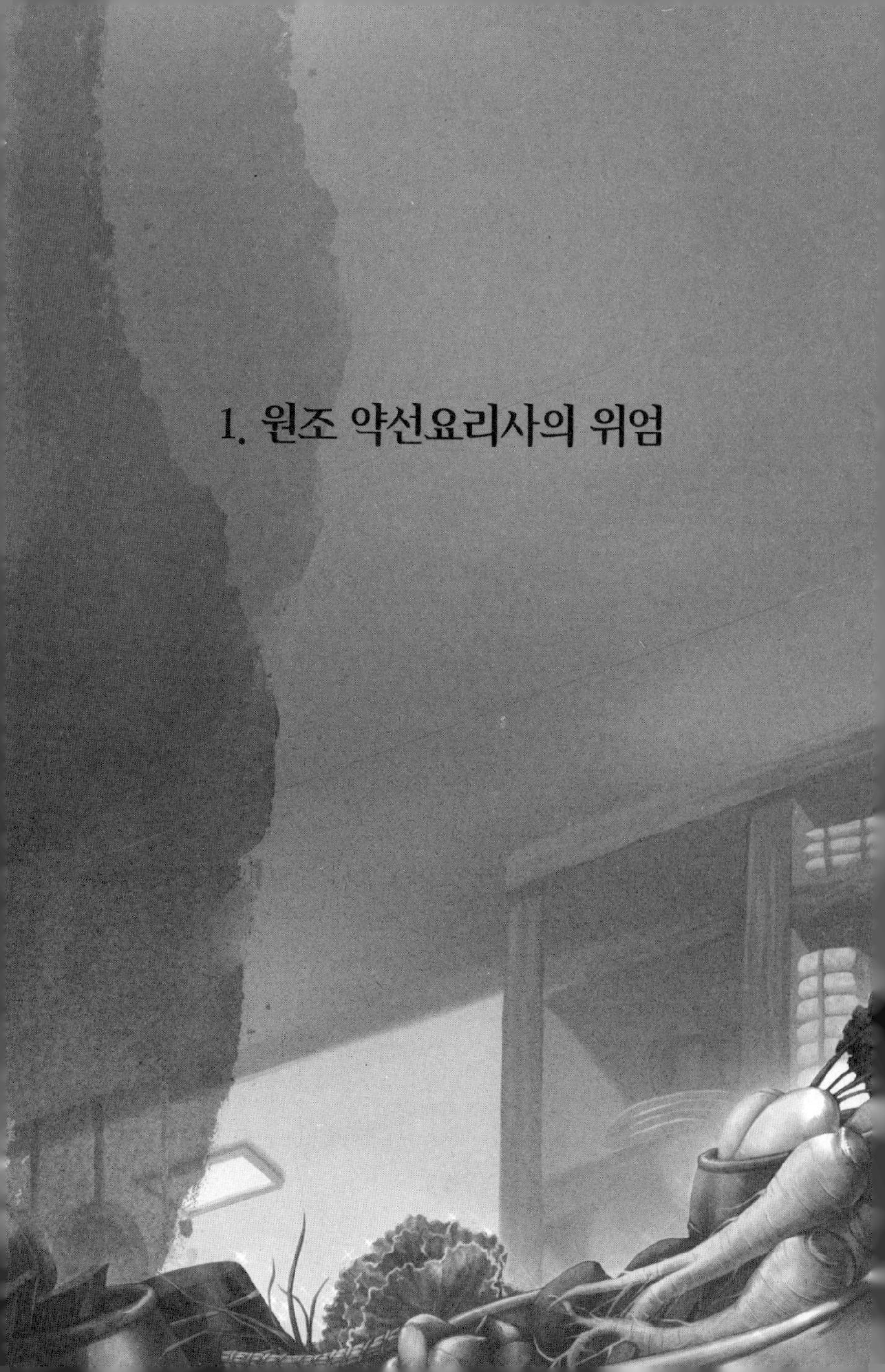

1. 원조 약선요리사의 위엄

이 글은 장르 소설입니다. 한의학과 약선요리를 참고했지만 현실과 다를 수 있습니다. 오직 소설로만 읽어주세요.

“그거 우리도 잘 몰랐던 거거든요. 셰프님 진짜 대단하네요. 아까 말처럼 의도하고 한 요리라면 요리가 아니라 식치(食治)잖아요.”

“얼마나 보셨죠?”

“오래는 아니었어요. 한 5분 정도? 무슨 기적이라도 일어나는 줄 알고 의사를 불렀더니 그때는 다시 못 보시더라고요.”

“아무튼 다행이네요.”

“정말 의도하고 하신 겁니까?”

“제가 약선요리를 합니다. 약선이라는 게 약이자 음식인 요리죠. 눈에 좋은 재료들을 골라 진액 성분이 활성화되도록 만들었으니 눈이 좋아지는 건 가능합니다. 정도의 차이는 있지만요.”

“다른 질병에도 가능합니까?”

"아마 그럴 걸로 봅니다만."

"……!"

놀라는 아들의 어깨 너머로 조리사가 보였다. 그도 민규 쪽으로 다가왔다.

"아까 안쳐주신 죽 말입니다. 우리 환자분이 반 그릇이나 비워냈습니다."

조리사 목소리도 들떠 있었다.

"잘됐네요."

"마침 장관님 사모님께서 와 계신데 먹는 걸 보고 어찌나 좋아하시든지… 원장님도 보고받으시고는 저한테 칭찬 많이 하셨습니다. 정말 고맙습니다."

"아닙니다. 같이 음식 만드는 처지에 작은 도움이라도 되었다니 좋네요."

민규는 겸허하게 마무리를 했다.

"다른 쾌거도 올리셨군요?"

조리사가 멀어지자 아들이 물었다.

"제가 주방을 빌리다 보니 조그만 일 하나 도와드렸습니다."

"명함은 없다고 하셨는데 연락처 좀 받을 수 있을까요?"

"그러세요."

민규가 번호를 넘겨주었다. 나중에 안 일이지만 이 사람이 바로 저 유명한 KTBC 방송프로그램 '이 사람이 궁금하다'의 피디 손병기였다.

끼익!

한참을 가던 똥토바이가 급정거를 했다.

삼합미음.

눈에 좋은 식재료 중에서도 정수를 골라 요리를 했다. 그렇기에 눈이 좋아진 건 이해할 수 있었다. 하지만 작용 시간이 민규를 세운 것이다.

'음식물 소화 시간…….'

보통 1~4시간이 걸린다. 미음은 죽물 형태니까 조금 빠를 수 있었다. 그러나 반응은 즉각적이었다. 그제야 여러 과정들이 줄지어 스쳐 갔다. 초자연수… 임계점을 맞추고 강력한 기폭제만 되는 게 아니었다. 즉시 즉발의 위력까지 있었다. 그렇지 않고는 이렇게 빠른 결과를 줄 리가 없었다.

'아.'

전생을 건너온 초자연수 33…….

좋았다.

마냥 좋았다.

*　　　*　　　*

뽀로롱쪼롱.

뽀로롱쪼롱.

새가 날았다. 날아드는 방향이 한군데였다. 익숙한 곳이었다. 민규의 옥탑이었다.

'종규, 이 짜식…….'

똥토바이 속도를 높였다. 조금 나아졌다지만 완치는 아닌 일. 걱정이 앞서는 건 어쩔 수 없었다.

"야, 이종…?"

한달음에 계단을 뛰어오른 민규가 마지막 계단에서 걸음을 멈췄다.

하아핫!

아하핫!

웃음소리 때문이었다.

뾰로롱쪼롱.

새소리 때문이었다.

옥상은 만원이었다. 상아를 비롯한 동네 아이들이 열 명은 되어 보였다. 주인아줌마도 보였다. 주인공은 단연코 종규였다. 무슨 새 마법사나 되는 듯 새를 불러 모으고 있었다. 그 어깨에 내려앉은 새는 열 마리도 넘었다.

"형!"

새를 어르던 종규가 소리쳤다. 그제야 아이들이 민규를 돌아보았다.

"얘들아, 다음에 또 보자. 이제 새들이 집으로 갈 시간이야."

종규가 파장을 선언했다. 새들은 줄을 지어 허공으로 날아올랐다.

"또 올게요. 또 새 불러주세요."

아이들은 떼창을 하고 계단을 내려갔다.

"너……."

민규 눈에서 레이저가 날아갔다.

"나 괜찮거든."

종규가 어깨를 으쓱해 보였다. 거짓말은 아닌 것 같았다. 혈색은 아침보다도 좋아 보였다.

"그래도 무리하지 말라고 했잖아?"

"무리 아니거든."

"아, 진짜… 니 병이 보통 병인 줄 알아?"

"알았으니까 들어나 가시죠. 약선요리사님."

종규가 민규 등을 밀었다. 별수 없이 옥탑방 문을 열었다.

"……!"

거기서 또 한 번 자지러지는 민규였다. 방 안이 완전히 리뉴얼 되어 있었다.

"야!"

"안에만 있을 때는 잘 몰랐는데 들락거리다 보니 홀아비 냄새 열라 나더라고. 그래서 간만에 청소 좀 했어. 형이 처박아둔 빤쮸도 찾아서 세탁 끝냈고."

종규 손이 빨랫줄을 가리켰다. 거기 몇 장의 속옷이 매달려 있었다. 몇 달 전부터 보이지 않던 그 빤쮸였다.

"너 진짜……."

"나 괜찮다니까. 침대 위치 바꾸니까 새집 같지?"

"진짜 괜찮아?"

"오늘은 달리기도 했어. 별로 힘 안 들더라?"

"……."

"그래서 말인데 형, 혹시 괜찮으면 길 박사님한테 진료 예약해서 확인 좀 해보면 안 될까?"

"안 그래도 조금 더 좋아지면 고려해 볼 참이었다."

"하지만 병원비가… 수십만 원 나올 텐데……."

"걱정 마라. 형이 요즘 약선요리로 대박 나면서 들어오는 팁이 어마어마하다."

"정말?"

"오늘도 봉투, 어제도 봉투……."

민규가 돈 봉투를 꺼내 보였다.

"이야, 우리 형, 이러다 대한민국 최고 셰프가 되는 거 아니야?"

"겨우 대한민국이냐? 나 날마다 내공이 마구 몹시 돈는다."

"그럼 그 자신감으로 오늘도 약선요리밥 부탁드립니다."

"저도요!"

종규 목소리에 부록이 따라붙었다. 상아였다. 내려간 줄 알았더니 어머니와 함께 있었다.

"우리 상아도 많이 좋아졌어. 그런데 총각이 만든 샐러드만 찾네. 내가 만든 건 별로라나."

주인아줌마는 처분만 바라는 눈치였다.

"걱정 마세요. 재료비는 많이 안 드니까 계속 해드릴게요. 그동안 방세 안 올린 것만 해도 어딘데요?"

"정말? 나는 너무 미안해서 내가 배워서 만들어줄까 생각하던 중이었는데……."

"제 요리가 특허거든요. 가르쳐 드리고 싶지만 안 될 거예요. 그러니 내려가셔서 기다리세요."

"그럼 염치없지만 부탁해."

아줌마가 상아 손을 잡고 돌아섰다.

타다닥다닥!

칼이 도마 위를 날았다. 민규의 재료들은 작거나 못난이들이지만 나름 최상의 맛을 지닌 것들.

'정화수.'

'추로수.'

'지장수.'

필요에 따라 신비수를 소환하니 맛은 더 풍후해지고 성분은 싱그럽게 살아났다.

"우화, 형 요리 먹으면 진짜 폐가 시원해지는 거 있지? 형 손이 약손이야."

인정.

요리를 시식한 종규가 엄지를 세워 보였다. 오늘의 약선요리는 상추떡과 애탕이었다. 상추떡. 그런 게 무슨 약선요리까지 되겠냐고? 여기에 대한 답은 하나면 족하다.

'가을 상추는 문 걸어 잠그고 먹는다'는 속담.

상추는 오장을 이롭게 한다. 가슴을 뻥 뚫어주며 원기를 채워주고 혈맥을 통하게 하며 내장을 이롭게 하여 열독을 풀어준다. 이만한 기능을 가진 채소, 찾아보기 힘들다.

멥쌀가루와 현미가루를 섞은 후에 상추를 넣고 오미자, 호두가루를 켜켜이 뿌려내니 종규에게는 맞춤형에 다름 아니었다. 거기에 쑥으로 만든 애(艾)탕. 혈압 하강 작용에 식욕 증진, 소화 촉진, 항암 작용까지 겸비하니 군신좌사의 한자리를 받기에 부족하지 않았다. 상추떡은 정화수로 쪄냈다. 애탕은 천리수와 요수에 국화수를 배합했다. 쑥향이 가미된 국물 맛은 정갈하기 그지없었다.

약선요리!

이제 완전한 자신감이 생겼다. 민규를 쥐 잡듯 하던 차만술을 만나도 꿀릴 것 같지 않았다. 그 이름을 떠올리자 당시 심장에 새겨둔 모욕과 수치가 스쳐 갔다.

"개나 소나 약선요리 하는 줄 알아?"

"니 요리는 개도 안 먹는다. 알아?"

중요한 약선요리를 망친 날, 차만술이 한 말이었다. 일부러 그런 것도 아니었다. 바쁘게 오가다 보니 체크 타임을 놓쳤던 것.

'차 약선방.'

제법 잘나가는 약선요리점이었다. 특히 고승과 신부 등의 종교인 단골이 많았다.

요리 실패.

할 말은 없었다. 하지만 비난이 너무 심했다. 인격까지 말살당한 것이다.

처참하게 돌아서던 그때, 언제고 실력이 붙으면 한 번은 돌려주고 싶던 모욕이었다. 최고의 약선요리를 한다고 내세우지만 그 역시 편법의 달인이라는 걸 아는 까닭이었다.

그중 하나가 MSG였다. MSG를 탓하자는 게 아니었다. 그의 가게에 대문짝만 하게 걸어둔 문구 때문이었다.

MSG가 들어간 건 요리가 아닙니다.

구호는 그렇지만 뒤에서는 종종 MSG를 뿌려댔다. 그것도 비밀스러운 통에 감춰두고 쓴다. 누군가 물으면 비법 양념이라고 말한다.

"MSG 아닌가요?"

슬쩍 맛을 본 민규가 묻자 그의 핏대가 폭발 직전까지 치달았다.

"MSG라니? 나는 그런 거 몰라. 하지만 잘 알아두라고. MSG도 내가 쓰면 약선이 된다는 거."

그렇게 말할 때는 진심 죽통을 날리고 싶었다.

달력을 보았다.

'주말……'

주말 스케줄은 하나였다. 간간이 불러주던 한정식집의 일요일 점심 출장.

'인생 스케줄 한번 땡겨볼까?'

물컵을 들었다. 반천하수, 정화수, 지장수, 납설수, 요수… 이름을 바꿀 때마다 손마디에 신빛이 들어왔다. 물맛이 변했다. 약선을 만들고 남은 재료를 보았다. 본래의 맛을 제대로 간직한 식재료를 보는 안목. 거기에 더해…….

'상지수창……'

그 확인은 식사하는 종규 쪽이었다.

전생에서 건너온 세 가지 축복. 이거라면 모욕의 그 자리에 새 꽃을 피울 수 있을 것 같았다.

"종규야."

식사를 마치고 물을 마시는 종규를 불렀다.

"왜?"

"너 진짜 괜찮다고 했지?"

"응."

"그럼 내일 형하고 외출 좀 하자."

"엄마 아빠 납골묘에 가게?"

"아니, 형이 갚아야 할 빚이 있어서."

"사채 썼어?"

"그런 빚이 아니고 인생 빚. 언젠가 형이 술에 쩔어서 온 날 기억 나냐?"

"응."

"그 빚 갚으러 간다."

"요리구나?"

눈치 빠른 종규이기에 바로 알아들었다.

"그래, 약선요리 좀 하는 인간인데 이제 한판 붙어볼 만한 거 같아서 말이야… 가는 길에 재능 기부도 좀 하고."

"나쁘지 않은데? 빚은 오래 가지고 있으면 좋지 않으니까."

"누구한테 걸 테냐?"

"나야 무조건 형이지. 이제는 형이 하느님과 붙어도 형 편이야."

"짜식, 아부는……."

민규가 종규 머리에 헤드록을 걸었다. 참 오랜만에 걸어보는 제대로 된 장난질이었다.

'어머니, 아버지…….'

오랜만에 부모님 사진을 꺼내보았다.

"……."

순간, 민규가 얼음장처럼 얼어붙고 말았다. 어머니와 아버지… 영정에 어리는 체질의 상지수창 때문이었다. 죽은 사람의 상지수창도 볼 수가 있었다. 부부는 닮는다더니 두 사람은 체질까지 같았다.

'화(火)형…….'

심소장 중심의 체질… 그러고 보니 두 사람은 생전에 자장면과 염통구이를 좋아했었다. 살구와 은행, 수수떡과 쑥버무리, 커피 마니아이기도 했었다.

그렇다면, 어머니 아버지에게도 최적의 요리 한 접시를 바칠 수 있다는 것?

민규의 등골에 얼음이 맺혀왔다. 사자를 위한 요리도 가능한 것이다.

'찬 쑥죽이라도 한 그릇 바치자.'

'따뜻한'이 아니고 '찬'인 것은 화형 체질에게 뜨거운 음식이 좋지 않기 때문.

죽은 사람에게 바치는 약선요리.

생각지 못한 가능성 앞에서 염통이 쫄깃거렸다.

재능 기부.

일단은 그게 먼저였다. 오토바이가 멈춘 곳은 일식집 앞이었다. 이 일식집에는 마음의 빚이 있었다. 여기서 일할 때 초밥용 밥을 망쳐 40명의 예약 손님들을 돌려보낸 흑역사가 그것이었다.

“실장님!”

실장 겸 사장인 김대엽에게 인사를 했다.

“어, 너?”

예약 준비로 바쁜 실장이 고개를 들었다.

“전에 진 빚 갚아드리려고요.”

“밥 망친 거?”

“하핫, 아직 기억하시네요?”

“당연하지. 그때 네 덕분에 오진 단골 하나 잃었는데.”

실장의 표정은 아직도 쓰렸다. 그만큼 큰 손님이었다.

“저도 마음이 안 편했습니다. 그래서 그동안 밥 연구 좀 했는데 신세 좀 갚아도 될까요?”

“아서라. 그때는 정말 패대기라도 치고 싶었는데 이제 다 지난 일. 괜히 지난 감정 불러일으키지 말고 차나 한잔 마시고 가라.”

“실장님.”

“게다가 하이아미도 주문 넣은 게 아직 안 와서 햅쌀밖에 없다.”

‘하이아미’는 쌀 품종의 하나. 실장은 오직 그것만 썼다. 자신의 초밥과 딱 어울리는 차진 성질 때문이었다.

“햅쌀도 문제없습니다.”

“뭐야?”

실장 미간이 살포시 구겨졌다. 초밥의 쌀은 1년쯤 묵은 것을 많이 쓴다. 햅쌀은 부드럽지만 수분이 많은 탓에 밥알이 뭉개질 수 있기 때문이었다.

“한번 맡겨보세요. 실패하면 어떤 욕도 달게 받겠습니다.”

민규가 햅쌀에 물을 들이부었다. 실장이 뭐랄 사이도 없이 간결하게 물결을 갈랐다. 초밥용 쌀은 상처를 입으면 안 된다. 그렇기에 최대한 부드럽게, 최대한 신속하게 초벌 씻기를 해야 했다. 너무 오랜 시간 씻으면 표면에 묻어 있던 나쁜 맛들이 쌀에 배기 때문이었다.

"야, 이민규."

"그때 저도 속 좀 상했거든요. 하지만 오늘은 다를 겁니다."

정화수를 소환해 밥을 안친 민규, 그대로 불을 당겨 버렸다.

"아, 짜식. 난데없이 나타나서 뭐야?"

"죄송합니다. 망치면 제가 쌀값에 가스값, 물값까지 물어내고 갈 테니 실장님은 생선 다듬으세요."

민규가 도마를 가리켰다. 초밥을 위해 준비할 게 많은 실장. 황당한 표정을 감추지 못했다.

초밥.

뜸이 좌우한다. 밥 밑바닥이 가볍게 눌어붙는 수준이 가장 좋았다. 그래야 밥에 구수한 향이 배이고 남은 수분은 증발해 윤기가 좌르르 흐르게 된다.

바글바글.

밥이 끓기 시작했다. 불의 화력을 최대한 정밀하게 조절했다. 그 기준은 솥의 두께와 재질이었다. 밥에서 나는 김 또한 판단의 참고가 되었다.

둘… 하나.

타이밍이 되었다는 생각이 들 때, 민규가 가스불을 껐다.

"실장님."

실장을 부르고 뚜껑을 열었다.

"……!"

돌아보던 실장의 시선이 밥솥에서 멈췄다. 모락거리는 김 사이로 드러나는 흰 쌀밥의 자태. 그건 마치 백옥의 보물 더미처럼 보였다.

"시식해 주시겠습니까?"

약간의 밥알을 뜬 나무 주걱을 내밀었다. 밥알들은 마치 윤기 코팅이라도 한 듯 탱글거렸다. 홀린 듯 맛을 본 실장의 입이 저작을 멈췄다.

"이제 옛날 빚 갚은 겁니다."

민규, 대답이 나오기도 전에 인사를 하고 돌아섰다.

"야, 야, 이민규, 이민규!"

"밥 섞으셔야죠?"

실장이 부르자 민규가 밥을 가리켰다. 초밥용 밥. 다 되면 바로 바닥부터 뒤집어 섞어주어야 한다. 그래야 남은 김이 빠지고 상중하층 조금씩 다른 밥맛이 고루 섞이기 때문.

"허얼……."

밥을 섞은 실장, 또 한 번 맛을 보며 한숨을 쉬었다. 초밥 쪽에서는 나름 명인으로 불리는 사람. 그런 그가 처음으로 맛보는 기막힌 담백함이었다. 가히 압도적인 위엄이었다.

게다가 햅쌀로 지은 밥. 그럼에도 수분을 빼고 최적의 밥을 지어놓았으니 넋이 나가지 않을 수 없었다. 밥알 하나마다 찰진 윤기가 반들거리고 끈기와 함께 탱탱한 탄력이 튀어나올 듯한 밥알들. 이런 밥이라면 어떤 생선을 올려도 진미가 될 판이었다.

"야, 너 이 밥 어디서 배운 거야?"

실장이 달려 나와 소리쳤다.

"비법이라 비밀이에요. 다음에 또 뵐게요."

민규 목소리는 똥토바이 굉음과 함께 그대로 멀어졌다.

'그 친구 공부 많이 했네.'

손을 대충 닦고 전화를 걸었다. 대답 대신 멘트가 나왔다.

―이 번호는 없는 국번으로…….

썰렁하다. 예전 전화번호를 바꾼 민규였기에 실장은 그 번호를 알지 못했다.

"허얼."

진미가 서린 밥알을 보니 또 한숨이 나왔다.

자신의 노하우가 담긴 '하이아미' 품종보다도 푸근하고 찰진 맛.

이건 그냥 마법이었다.

내가 인물을 몰라봤네.

그랬네.

먹어도 먹어도 물리지를 않네.

밥알은 하염없이 실장 입으로 들어갔다.

* * *

뾰로롱뾰롱.

새소리…….

옥상의 새가 아니었다. 차 약선방으로 향하는 작은 숲길이었다. 한강변 가까이 자리한 차 약선방은 입지가 좋았다. 강변 조망과 더불어 작은 숲이 딸린 것이다. 숲의 시작은 녹채 유기농보리밥정식집에 딸린 작은 연못이었다. 여기 주인은 그림에 조예가 깊었다. 작은 별관에 그림 전시장까지 갖추고 있었다.

손님이 많았는데 지금은 기울었다. 보리밥 열풍이 잠든 것도 있지만 차만술 때문이기도 했다.

"그 집요? MSG가 비법이잖아요? 유기농은 무슨… 비료에 농약 범벅 구린 재료 쓰면서 사람이 양심도 없지."

녹채에 비해 늦게 자리 잡은 차만술은 폄훼 전략을 펼쳤다. 그게 먹혔다. 어떻게 보면 차만술의 인상 때문이었다. 인상만 보면 차만술 쪽은 보리밥처럼 푸근하고 녹채의 주인은 대쪽처럼 깐깐해 보였다. 그나마 아직 버티는 건 주인 소유의 가게이기에 가능해 보였다.

'저기도 약선요리점으로 딱인데.'

입지는 차 약선방에 못지않았다. 차만술 하는 꼴로 봐서는 저기다 자리를 잡고 뭉개주고 싶은 민규.

삐이이.

그 상상을 종규의 휘파람이 깨버렸다. 휘파람을 따라 새들이 날아올랐다. 숲의 새들이 죄다 나온 것 같았다.

"어머어머!"

차 약선방으로 향하는 여자 손님들이 차 안에서 내다보며 감탄을 쏟아냈다.

"여기야?"

차 약선방에 도착하자 종규가 물었다.

"그래. 넌 저기 작은 정자 옆 의자에서 기다려라. 아까보다 오래 걸릴 테니까."

"주방은?"

"저쪽."

민규가 장항아리 옆의 건물을 가리켰다. 차만술이 자신의 보물이라고 자랑질을 하던 장독대는 숫자가 늘었다. 그 옆으로는 야생화들이 오밀조밀 피어 있다. 녹채 보리밥집을 벤치마킹해 작은 연못에 정자까지 지었으니, 분위기는 제대로 살린 약선방이었다.

"아까는 몸풀기 편, 여기는 본편?"

종규가 물었다.

"그렇다고 봐야지."

"선방해."

"알았다."

종규 주먹에 주먹을 부딪치며 전의를 보여주었다.

직진이다.

주저 따위는 없었다. 오는 길에 마음의 빚을 갚음으로써 더욱 홀가분해진 민규였다.

"어!"

주방 쪽으로 가자 부주방장 김천익의 눈이 휘둥그레졌다. 때리는 시어머니보다 말리는 시누이가 더 밉다고 차만술에게 붙어먹는 아부형 인간이었다.

"안녕하십니까?"

민규가 먼저 인사를 했다.

"너 여기 웬일이야? 사장님이 얼씬도 말라고 했잖아?"

"대한민국은 자유국가 아닙니까? 내 발로 어디든 못 가겠습니까?"

"설마 손님으로 온 거야?"

"아뇨. 사장님 좀 뵈러 왔습니다."

"사장님은 왜?"

"뵙고 말씀드리죠."

"어어."

부주방장이 대꾸할 사이도 없이 주방으로 들어섰다.

사삭사삭.

차만술은 석이버섯을 다듬고 있었다.

"안녕하세요? 석이버섯이군요?"

민규가 태연하게 인사를 건넸다. 무심코 돌아본 차만술의 인상이 팍 굳어버렸다.

"너?"

"석이버섯은 돌 위에 놓고 물을 부으면서 문질러야 하는 거 아닙니까?"

민규는 작은 간이 의자를 당겨 앉았다.

"뭐야?"

"지나가다 들렀습니다. 약선요리의 대가시니 요리하시는 거 눈요기라도 하면 실력이 붙을까 싶어서요."

"이 자식 쫓아내."

부주방장을 바라본 차만술의 시선이 식재료로 옮겨갔다.

"석이병을 만드실 모양이라면 원방 레시피가 아니군요."

"……?"

민규의 돌직구 태클에 차만술의 시선이 다시 돌아왔다.

"석이병에 토란탕, 규아상, 상추떡… 그런데 상추는 너무 오래 씻은 거 아닙니까? 이러면 특유의 아삭한 맛이 다 사라지는데……."

"니가 석이병과 규아상을 알기나 해? 상추떡은?"

"요리는 입이 아니라 손으로 하는 거라면서요?"

"……!"

민규의 염장질에 차만술의 미간이 구겨졌다. 지난날, 민규에게 일장 훈시를 할 때 매번 들던 말이었다.

"이놈이 뭐 잘못 먹고 왔나?"

차만술이 손의 물기를 닦으며 핏대 게이지를 높였다.

"그 요리 먹을 사람이 걱정되어서 그럽니다. 그 정도 예약이면 몇십만 원 후릴 거 같은데 그게 약선이 되겠습니까? 겉만 번지르르한 짝퉁 약선들이지."

"짝퉁?"

"진짜 약선이 뭔지 한번 보여 드려요?"

"너 맛이 갔냐? 석이가 왜 좋은 줄이나 알아?"

"석이버섯은 성질이 차고 달죠. 위를 보하고 얼굴 혈색을 좋게 합니다. 중국에서는 강정제로도 쓰이고 노인이 오래 먹으면 눈이 좋아진다고 하지 않나요?"

"아직도 입으로 요리를 하는구나?"

"그러는 사장님은요? 이런 재료를 약선이라고 쓰려 하다니? 완전히 파지 수준 아닙니까?"

민규가 물에 담긴 석이버섯 하나를 집어 들었다.

"……?"

벼락을 치려던 사장의 입이 열리다가 멈췄다. 민규 손에 들린 석이버섯은 좋아 보이지 않았다. 그 시선이 식재료로 옮겨갔다. 그릇에 담긴 석이버섯 전체가 그랬다. 사장이 버섯 몇 개를 집어 들었다. 방금 전까지만 해도 직접 확인한 석이버섯. 불과 수분 만에 허접한 재료로 변해 있었다.

"이런 거 잘못 먹으면 사장님 신용, 한 방에 훅 갈걸요?"

"뭐야?"

"제 말이 틀린 거 같으면 맛을 보시죠."

민규의 말에는 자신감이 배어 있었다.

"미친놈, 좀 찢어지긴 했어도 이 버섯은… 읍? 퉤."

끄트머리를 깨물던 사장이 바로 버섯을 뱉어냈다. 민규의 초자연수 때문이었다. 손으로 만지는 척하며 중지 말단에서 동기상한수를 소환한 것.

동기상한수.

구리그릇 뚜껑에 맺힌 물이다. 독성이 있어 이 물이 들어간 음식을 먹으면 병이 생긴다. 그 물을 소환할 때 왜 중지의 끝마디가 반응하는지 알 것 같았다.

가운뎃손가락의 가장 안쪽 마디. 손가락이 Fuck you의 그림이 되는 것이다.

"그때나 지금이나 여전하시군요. 종업원 임금 후려먹고, 손님들 바가지 씌워 후려먹고, 재료비로 후려먹고……."

"뭐야?"

"아닙니까?"

"너 여기 온 이유가 뭐야?"

"말했잖습니까? 약선요리가 뭔지 보여 드리러 왔다고요. 제대로 된 약선도 아니면서 전문가인 척하는 모습이 너무 마음 아파서 말입니다."

"이놈아, 네 주제를 알아라. 날아가던 새가 웃겠다."

"사장님이 이 골짜기에서 충성도 높은 단골손님들 지갑 후리는 동안 세상이 변했거든요."

"뭐라?"

"그 예약 주문 말입니다. 그걸로 내기 한번 걸어볼까요?"

"무슨 내기?"

"저 예약 요리 중에 뭐가 먼저입니까? 주문표에 석이병이 아래에 써 있는 걸 보니 석이병?"

"그렇다면 어쩔 건데?"

"그걸 두 접시 만드는 겁니다. 손님이 누구 음식을 먹고 만족하는지 보는 거죠. 사장님이 이기면 제가 시간 뺏은 죄로 100만 원을 드리고, 제가 이기면 전에 체불한 1주일 치 월급을 지불하는 겁니다."

민규가 100만 원 봉투를 꺼내놓았다.

"……?"

사장 시선은 봉투에 꽂혔다. 민규의 실력을 잘 아는 사장. 이건 도무지 안 받아들일 이유가 없었다. 1인분 더 한다고 해서 큰돈 드는 재료도 아니었다. 게다가 철모르고 날뛰는 젊은 놈, 한번 밟아주는 사이다 맛은 보너스가 아닌가?

"너 돈 많이 벌었냐? 내가 알기에 너 동생이 불치병이라서 100만 원이면 굉장한 타격일 텐데?"

"그건 내가 졌을 때의 일이죠."

민규는 조금도 굽히지 않았다.

"좋다. 내가 돈 때문이 아니라 요리 선배로서 네 잘못된 심성 바로잡아 주는 사명감으로 응해주마."

"증인이 필요합니다."

"증인은 여기 부주방장이 서면 되고."

"황삼분 할머니 아니면 안 됩니다."

"……!"

폭주하던 사장이 잠시 주춤거렸다. 황삼분 할머니. 이 집의 찬모이자 장 담당이었다. 그분은 원래 종갓집의 며느리. 인품에 손맛까지 좋아 사장도 함부로 못 하는 사람이라는 걸 민규는 알고 있었다.

"야, 이민규."

"다른 말은 안 해도 됩니다. 그냥 내기다. 돈을 쥐고 있다가 승자에게 건네주라고 하세요. 내 100만 원과 1주일 일당……."

"허, 그렇게까지 폭 넓게 쪽팔리고 싶냐?"

"사장님 광고시켜 드리는 거 아닙니까? 저 같은 초짜 정도는 단칼에 해치웠다고 소문나려면 부주방장님 말보다는 할머니 말이 더 먹힐 테니까요."

"오냐, 업어치나 메치나 결과는 같을 테니까. 이모!"

차만술이 황삼분을 불러 보증을 세웠다.

"그럼 예약 손님을 좀 봐도 될까요?"

"손님을 왜 본다는 거냐? 석이병만 만들면 될 것을."

"약선 아닙니까? 약선은 먹는 사람에 맞추는 요리니까요."

"네가 보면 뭘 안다고?"

"군신좌사, 배오금기, 변증용선 변증시선에 이류보류입니다. 그냥 지나치듯 보기만 할 테니 걱정 마십시오."

"너 설마 우리 손님 빼 가려고 수작 부리는 건 아니겠지?"

사장의 눈알이 터질 듯 움찔거렸다.

"저 같은 병맛 약선요리 주제에 누굴 빼가겠습니까? 뭐 개업을 한 것도 아니고……."

"알긴 아는구나. 지금 정자에 계시니 멀리서 보기만 하거라."

"그러죠."

민규가 밖으로 나왔다. 아까는 비었던 정자에 손님이 있었다.

'허달구 회장?'

민규가 아는 사람이었다. 그는 차 약선방의 단골이었다. 한때는 생식에 심취했다가 약선요리에 반해 일주일에 한두 번은 약선요리를 벗하는 사람. 재벌가에서 미식 모임을 주도할 정도로 맛을 찾아다니는 사람으로 정평이 나 있었다.

'상지수창…….'

어느 정도 거리에서도 체질 창은 볼 수 있었다.

체질 유형—水형.

간담장—양호.

심소장—양호.

비위장—양호.

폐대장—양호.

신방광—양호.

삼초—양호.

미각 등급—A.

섭취 취향—小食.

소화 능력—B.

상지수창으로 체질 정보를 읽어냈다. 허 회장의 몸 관리는 좋았다. 오장육부의 최상은 탁월과 우수지만 전제적인 밸런스가 잘 맞고 있었다. 진미를 탐해도 욕심은 내지 않는 식욕. 그게 건강의 균형을 잡아주고 있는 것이다.

'수형 체질에 소식가, 미각과 소화 능력은 괜찮은 편…….'

톡톡.

생각하는 사이에 부주방장이 어깨를 건드렸다. 그만 보고 들어가라는 신호였다. 혹시라도 허 회장에게 삘짓이라도 할까 감시차 온 모양이었다.

그래, 손바닥에 불나도록 비벼라. 당신도 밥값은 해야지.

그냥 웃어버렸다.

"회장님 시간 없으니까 바로 시작이다. 내가 끝나는 시간에 같이 끝내도록."

도마 앞에서 차만술이 일방 선언을 했다. 저 꼴리는 대로 만든 규칙. 그러나 이의를 달 수 없었으니 그것은 곧 요리의 시작을 알리는 말이었다.

"……?"

민규 테이블에 준비된 재료를 보니 실소가 터져 나왔다. 찌질한 석이버섯 모듬이었다. 대추와 밤, 잣도 그랬다. 부주방장의 허접한 충성심의 발로였다. 개의치 않았다. 그 정도 장난질은 각오하고 있던 민규였다.

빈 그릇을 당겨 석이버섯을 담갔다. 그런 다음 주방 한쪽에서 보아둔 검은콩을 한 줌 쥐었다.

"저는 대추와 잣 대신 이걸 쓰겠습니다."

민규가 선언했다. 석이버섯을 다듬던 차만술 입가에 비웃음이 스쳐 갔다.

—석이버섯, 대추, 밤, 잣, 찹쌀가루, 꿀, 참기름.

석이병의 레시피다. 여기서 대추와 잣을 떼어내겠다니 어이를 상실한 것이다. 하지만 그건 '교과서형 약선요리'를 할 때의 문제일 뿐이었다. 허 회장은 수형 체질이다. 수형이 가장 맛나게 즐길 수 있는 건 검은색 재료에 짠맛이 도는 재료들.

짠맛이라면 소금을 더 넣으면 될 거 아니냐고?

꿈 깨시라.

소금에는 짠맛이 있지만 '짠맛=소금'의 등식은 약선요리에서 허용하지 않는다.

약선에서 말하는 짠맛은 소금이 아니다. 소금은 많이 먹을수록 몸에 해롭다. 소금의 강력한 짠맛은 머리로 열을 몰아 혈압을 증가시킨다. 하지만 식재료에 깃든 약한 짠맛은 반대로, 피를 맑게 하고 열을 내린다. 염증을 완화시키고 관절염을 약화시키며 변비를 치료하고 피부를 곱게 만든다. 짠맛이라고 다 같은 게 아닌 것이다.
'붉나무 소금이 있으면 딱인데.'
불현듯 붉나무가 떠올랐다. 전에는 알지도 못하던 나무. 그러나 전생들의 정보 덕분에 산에서 나는 소금나무인 붉나무를 알게 되었다.
석이버섯을 손질했다. 진액이 바랜 부분은 떼어냈다. 그러다 또 한 번 놀라는 민규였다. 척 보아 좋고 나쁜 건 구분이 갔다. 하지만 겉보기에는 멀쩡한 부분도 이상하다는 느낌에 씹어보면 나쁜 맛이 나왔다. 식재료 안에서 문제가 되는 부분까지 감지하는 것이다.
'고맙습니다.'
전생들에게 감사를 전했다.
차만술은 똥폼에 쩔어 있었다. 그는 오성급 호텔의 수석 요리사라도 되는 듯 개폼을 잡으며 요리에 매진했다. 민규 따위는 안중에도 없었다. 그럴듯한 석이병을 완성하여 개념 상실한 민규에게 위엄을 보이고 싶을 뿐이었다.
황 할머니는 담담하게 두 사람을 보고 있었다. 민규는 돌판을 구해 와 그 위에서 석이버섯을 손질하며 한 올 한 올 펼쳤다. 그 동작은 삼매경과 같았으니 보는 사람의 넋을 뺄 정도였다. 그런 다음 꿀을 더해 흐트러지지 않도록 찹쌀가루 반죽을 시작했다. 그사이에 콩과 밤이 삶아져 나왔다. 여기까지의 속도는 차만술이 단연코 앞서 보였다.
석이병의 모양에서 둘은 판이하게 다른 길을 갔다. 차만술은 송편 모양으로 빚어냈고 민규는 석이 조각 위에 밤과 검은콩을 으깬 소를 넣은 후 끝을 합쳐 모양을 잡았다. 완성된 모양에 참기름을 바를 때까지도 변하는 건 없었다.

턱!

차만술이 먼저 대나무 체에 석이병을 안쳤다. 민규는 조금 늦었다. 꿀과 잣가루 준비를 끝낸 차만술이 웃었다. 석이병을 쪄내는 시간은 20분. 민규의 대나무 체가 6분 정도 늦게 들어갔으니 승부는 난 거나 다름이 없었다.

"이봐."

차만술의 목소리에 성급한 위엄이 묻어났다.

"……."

"석이병이라는 건 말이야, 대추와 밤, 잣가루가 필수야. 어디 사이비한테서 주워듣고 온 모양인데 허 회장님은 약선을 제대로 아시는 분이거든."

"……."

"젊은 혈기는 이해되지만 어리석어. 정 나를 밟고 싶으면 좀 더 배워서 왔어야지."

"아직 승부가 난 건 아닌데요?"

"석이병이 제대로 익는 시간이 얼만 줄은 알아?"

"그거야 석이 다루는 솜씨에 달렸죠."

민규의 응수에는 여유마저 녹아 있었다.

* * *

"이모님, 물 한잔 드세요. 저 때문에 애먹는 거 같아서 약수

한잔 마련해 왔어요."

민규가 황 할머니에게 다가가 물 잔을 건네주었다.

"약수?"

"드셔보세요. 속이 시원하고 피로가 가실 겁니다."

"그런 약수가 아직도 있어?"

황 할머니가 물잔을 받았다. 새파란 혈관이 불거진 거친 손등이 푸근해 보였다. 원래도 민규에게 자상하던 할머니. 두 모금을 마시고는 물 잔을 바라보았다.

"정말 시원하네? 이 물 어디서 떴어?"

"괜찮죠?"

"장 담그면 너무 좋겠어."

할머니는 장의 달인. 바로 정화수를 알아보았다. 하지만 차만술과 부주방장의 얼굴에는 아니꼽다는 기색이 역력했다.

10분 경과.

거기서 민규도 마무리 준비에 들어갔다. 껍질 벗긴 검은콩과 으깬 밤에 꿀까지 당겨놓은 것. 그리고… 차만술보다 한발 앞서 찜통의 뚜껑을 열어버렸다.

"허어!"

차만술과 부주방장이 동시에 냉소를 뿜어냈다.

"저놈 석의병의 석 자도 모르는 게 분명합니다."

부주방장의 목소리는 노골적이었다.

개의치 않고 마무리에 들어갔다. 자색빛이 나는 질박한 접시에 대나무 잎을 깔고 석이병을 올린 후에 꿀을 발랐다. 꿀의 양은 최소한으로 줄였다. 아낌없이 꿀로 페인트칠을 하는 차만술과 달랐다.

약선요리 석이병.

두 요리가 자태를 드러냈다. 차만술은 원형의 흰 질그릇에 석이병 일곱 개를 담고 잣가루를 묻혀 마무리를 했다. 장식으로는 노란 야생화 세 송이가 곁들여졌다.

민규의 석이병은 자줏빛 직사각형 접시에 대나무 잎을 깔고 그 위에 잘 씻어낸 얇은 돌판을 깔았다. 석이병은 그 위에 올라앉았다. 차만술에 비하면 모양도 크기도 작은 달랑 세 개의 석이병. 하지만 위에 고명으로 뿌려진 밤과 콩가루는 잣가루와 비교해도 꿀리지 않았다.

그런데…….

"……?"

차만술의 석이병을 보던 민규는 미간을 살포시 좁혔다. 차만술이 쓴 식재료의 내력이 고스란히 보였다. 그는 나름 최상의 식재료를 골랐지만 결과는 최상이 아니었다. 석이버섯을 꼼꼼히 닦지 않아 나쁜 냄새가 빠지지 않았고 대추와 밤도 겉보기에 비해 보관 상태가 좋은 편은 아니었다. 특히 대추는 다섯 등급에서 중간에나 겨우 끼는 상초 등급이었다.

'약선요리는 식재료가 반인데 겉만 보고 판단하니…….'

민규의 입가에 썩소가 스쳐 갔다.

"……!"

차만술이 꽃의 위치를 바로잡고 세팅을 끝냈을 때 민규는 어느새 손을 닦고 있었다.

"꼴랑 세 개?"

차만술이 민규 접시의 석이병을 꼬나보았다.

"예."

"남은 거 하나 집어줘 봐. 내가 먼저 시식을 해봐야겠어."

"안 됩니다."

"뭐야?"

"이 요리는 허 회장님에게 맞춤형으로 만든 겁니다. 다른 사람이 먹으면 맛이 없을 수도 있습니다."

"야, 이민규. 너 여기가 누구 가게인 줄 몰라? 여기서 일어나는 일은 다 내 책임이야."

"마음에 안 든다고 하면 새로 개발 중인 요리라고 둘러대십시오."

민규가 정답을 내놓았다. 그건 차만술의 노하우였다. 손님들이 컴플레인을 늘어놓으면 응수하는 매뉴얼이었다.

"아이고, 죄송합니다. 이게 기혈 보강에 익기 보양식 대물 약재를 시험 중인데 사장님하고 안 맞은 모양이군요. 대물 재료는 빼고 다시 올리겠습니다."

현란한 수사 뒤에 따라붙는 대물 약재라는 강조. 손님들은 그 말에 홀려 득실 계산에 바쁠 뿐이었다.

"그럼 거기 익은 거 몇 개 더 올려."

차만술이 다른 석이병을 가리켰다.

"이건 포장하게 될 겁니다."

"뭐야?"

"기다리고 계실 텐데 내다 드리시죠."

“그래요. 허 회장님 시장하다고 하시던데…….”

황 할머니가 거들고 나섰다. 다른 사람은 다 밥이지만 황 할머니만은 무시하지 못하는 차만술. 별수 없이 두 석이병을 식판에 올리고 서빙에 나섰다.

“두 가지 석이병?”

“예, 새 방식을 연구하던 차에 회장님께 선보이게 되었습니다. 내키지 않으시면 맛만 보시고 안 드셔도 괜찮습니다.”

차만술이 민규의 접시를 가리켰다.

“새로운 방식이라…….”

허 회장의 젓가락이 민규의 석이병을 집었다. 입으로 들어갔다. 몇 번의 입맛 다심이 있었지만 반응은 밍밍했다.

“소와 고명이 다르군. 대추가 아니라 밤과 콩 같은데?”

“예…….”

“식감을 주제로 한 건가? 차림은 주제와 잘 맞고 보들보들 매끈한 식감도 기가 막힌데 전체적인 맛은 좀…….”

“……!”

기막힌 식감?

거기서 차만술의 눈살이 구겨졌다. 민규에게 준 건 최하의 석이버섯이었다. 그런데 어떻게 그런 식감이 나온단 말인가? 게다가 그의 찜 시간은 충분하지 않았다. 경험으로 익힌 석이병의 최적 찜 시간은 20분. 그것조차 지키지 않았는데…….

이번에는 허 회장이 차만술의 석이병을 집었다.

“좋군. 석이병은 역시 대추와 잣에 어우러져야 제맛이야.”

회장의 말에 차만술 표정이 환해졌다.

'그럼 그렇지.'

쾌재를 숨긴 차만술, 넙죽 인사를 하고 물러났다.

"어이, 이민규."

차만술이 거드름을 피우며 주방으로 들어섰다.

"미안하지만 그만 가봐. 허 회장님은 네 요리가 입에 안 맞는다시더군. 어디서 족보에도 없는 석이병이냐며 마뜩치 않은 표정이셨어."

"정말입니까?"

"아니면? 내가 너 같은 양아치 속이겠어?"

"조금 더 기다려 보겠습니다."

"기다리긴 뭘 기다려? 내가 직접 보고 듣고 왔는데. 도전은 얼마든지 받아줄 테니까 다음에는 좀 제대로 배워서 오라고. 알았나?"

차만술이 뒷문을 가리켰다.

"자자, 사장님이 가보라잖아? 어차피 네가 자초한 일이니까 남자답게 꺼지시라고."

부주방장이 민규를 잡아 세웠다. 바로 그때 여종업원이 주방으로 들어섰다.

"사장님, 허 회장님이 석이병 남은 거 있으면 포장 좀 부탁한다는데요?"

"그래? 다 드셨어?"

"한쪽 접시는 남았는데 한쪽은 다 드셨습니다."

"그 양반, 내 작품에 뻑 갔군. 추가 주문 같은 거 절대 안 하는 소식 미식가께서 추가 포장까지 해달라시다니. 금방 찜통에 안칠 테니까 조금만 기다려."

차만술이 대나무 체를 당겼다. 그 위로 아직 찌지 않은 자신의 석이병을 올렸다.

"회장님이 원하는 건 그게 아니고 저 작은 석이병인데요?"

"……?"

서두르던 차만술의 얼굴이 사색으로 변했다.

"너 지금 뭐라고 했어?"

흥분하자 바로 호칭을 빼먹는 차만술.

"회장님이 작은 석이병으로……."

"지금 무슨 헛소리를 하는 거야? 내가 직접 보고 온 일인데?"

"그럼 직접 가보세요. 그 석이병은 다섯 개나 남았어요."

"……!"

놀란 차만술이 허둥지둥 정자로 뛰었다.

"차 사장."

허 회장이 차만술을 불렀다.

"아까 그 실험 석이병 말이야, 첫맛은 밍숭맹숭인데 먹고 나니 은근히 땡기더라고. 내 속 입맛을 제대로 맞춘 구성이었네. 그 풍미가 깊은 여운으로 남아서 그러니 가능하면 1인분 포장 좀 부탁하네."

"회장님……."

차만술의 눈은 테이블을 뚫을 듯 직선이었다. 휑하니 빈 건민규의 돌판, 그러나 일곱 개 중에서 두 개만 먹고 다섯 개나 남은 자신의 접시…….

"……."

차만술 머릿속에 우박이 떨어졌다. 대체 어떻게 된 일이란 말인가?

그러니까 허 회장, 차만술의 석이병을 먹어본 후에야 민규 석이병의 참맛을 알게 되었다. 입안에서는 별로였지만 목 넘김 후에 퍼지는 애잔한 풍미를 알게 된 것이다. 결국 젓가락이 옮겨갔다. 두 번째 석이병부터 진미가 느껴졌다. 세 번째까지 먹고 나니 중독에 다름 아니었다. 그리하여 난생처음 추가 주문을 하게 된 것이다.

"역시 차 사장은 노력파야. 이러니 사람들 발길이 끊이질 않지. 다음부터 내 석이병은 이 새 레시피로 부탁하네."

허 회장의 말이 끝났다. 손님이지만 굉장히 어려운 초상류층 미식가. 자신이 개발한 메뉴라고 했으니 가타부타 이유를 물을 수도 없었다.

더구나!

민규의 태도…….

"이건 포장하게 될 겁니다."

분명 그렇게 말했었다. 그렇다면 그는 이걸 예견하고 있었다는 뜻.

'말도 안 돼.'

고개를 저었다. 회장하고 짜지 않고서야 이런 일은 있을 수 없었다. 하지만 짜는 건 더 말이 되지 않았다. 민규는 그런 깜냥이 아닌 것이다.

차만술의 황당함은 그것으로 끝이 아니었다. 주방으로 들어가자 민규가 떠날 채비를 하고 있었다. 문제는 여분으로 남은 민규의 석이병 몇 개를 황 할머니와 나눠 먹어버렸다는 것.

"그럼 그만 가보겠습니다."

민규가 황 할머니에게 향했다. 그런데… 할머니가 가지고 있는 건 민규의 봉투뿐이었다. 민규가 차만술을 노려보았다.

"어이, 부방장, 돈 가져다 줘."

차만술이 김천익에게 말했다.

"따라와라."

김천익이 손가락을 까닥거렸다. 그를 따라가자 돈이 지불되었다.

좌라락!

소리도 요란했다. 민규가 받아야 할 돈은 대략 70만 원. 김천익은 그걸 500원 100원 동전으로 쏟아놓았다.

"가져가라. 틀림없이 70만 원이니까."

김천익이 빈정을 뿜었다.

"이봐요."

"돈이잖아? 내가 알아봤더니 근로기준법상 임금은 어떻게 주어도 상관이 없던데?"

'이런!'

핏대가 오를 때 종규 목소리가 들려왔다.

"이 아저씨 근로기준법 모르시네. 이건 근로계약 위반이에요."

"이건 또 뭐야?"

김천익이 눈을 부라렸다.

"민규 형 동생입니다. 당신은 근로기준법 43조만 알지 17조 근로조건의 명시를 모르는군요. 우리 형, 월급용 계좌번호 제출했던 걸로 알거든요. 그렇다면 명시적이고 묵시적인 임금 지급 방법을 따르지 않고 동전으로 지급하는 건 근로계약 위반입니다. 어디서 들은 얘긴지 모르지만 다시 확인해 보시죠."

"뭐야?"

"더불어 민법 제2조 신의성실의 원칙에도 위배됩니다. 권리 행사와 의무 이행은 신의에 좇아 성실히 해야 한다."

종규가 검색 화면을 내밀었다. 그제야 김천익의 얼굴이 찌그러졌다.

"새끼들, 내가 봐준다."

결국 김천익이 두 손을 들었다. 지폐를 가로챈 민규, 두말없이 돌아섰다. 충성심 오버가 지나친 김천익. 정말이지 때리는 시어머니보다 미운 시누이 역할이었다.

"밀린 임금 고맙습니다. 그리고 직원들 한 번 실수, 너무 개 잡듯이 하지 마세요. 사장님도 다 실수하면서 요리 배운 거 아닙니까?"

민규, 차만술에게 작별 인사를 남기고 유유히 주방을 나왔다.

"너 그런 건 언제 또 알았냐?"

똥토바이로 향하며 민규가 물었다.

"돈 떼먹는 인간들은 온갖 핑계 다 대잖아? 혹시나 해서 찾아봤었지."

"짜식."

"그나저나 제대로 밟았나 보네?"

"당연하지. 내가 그때의 민규가 아니라니까."

"으아, 개사이다. 속 시원하겠다."

"그래. 무지막지하게 시원하다. 내 피 같은 1주일 일당도 받았고 아부꾼 김천익 뭉개고, 지가 제일인 줄 알던 차 사장의 코를 밟아버려서."

"그럼 이제 홈으로 리턴?"

"조금만 기다려라. 마지막 이벤트가 남았거든."

"무슨?"

"저기 정자 쪽 잘 봐라. 무슨 일이 일어나는지."

민규가 정자를 가리켰다. 거기 허 회장이 있었다. 잠시 후에 차만술이 나왔다. 석이병 포장이었다. 차만술이 포장을 열어 석이병을 확인시켜 주었다. 민규 작품을 카피한 작은 석이병이었다. 허 회장의 고개가 갸우뚱 기울었다. 냄새가 달랐다. 그는 뛰어난 미각을 가지고 있으니 냄새만으로도 알 수 있었다. 결국 하나를 시식했다. 바로 뱉어버렸다.

"이거 맛이 다르지 않나?"

"예? 그럴 리가요?"

"아까 것은 야들야들 매끈한 식감에 쫄깃함이 깃들어 오돌 씹는 맛까지 딸려오던데 이건 푹 늘어지는 느낌 아닌가? 내 설명에 문제가 있나?"

"그게 아니라……."

"이 사람이 내 미각을 천국에 보냈다가 지옥에다 처박아 버리는군. 아직 손에 익지 않은 맛이라면 다음에는 아까 그 맛으로 제대로 부탁하네."

허 회장이 일어섰다. 차만술은 식은땀에 범벅이 된 채 움직이지 못했다. 이해 불가였다. 약선요리밥을 먹은 지 10년 이상. 민규의 레시피는 특별할 것도 없었다. 허 회장의 입맛이 그쪽이라는 것도 처음이었다. 지금까지는 늘 만족해하던 그였다.

어쨌든 민규 것이 좋다기에 민규의 방식대로 석이병을 만들었다. 요리 경력이 있으니 척 보면 알 일이었다. 크기부터 소의 비율, 찜 시간도 민규에게 맞추었다. 그런데 퇴짜를 맞았다. 이건 굉장한 치욕이었다. 동시에 더 큰 곤혹.

"다음에는 아까 그 맛으로 제대로 부탁하네."

다음에는…….

다음에는…….

으아악!

이민규, 이 새끼.

석이버섯에 마약이라도 풀었단 말인가? 아니면 정말 약선요리 득도라도 했단 말인가? 차만술은 들고 있던 석이병을 패대기쳐 버렸다.

바다당!

그사이에 민규는 경쾌하게 똥토바이를 출발시켰다. 똥토바이가 이렇게 잘 나갈 줄 몰랐다. 새 떼들도 축복하듯 무리 지어 좇아왔다.

뾰로롱뾰롱.

쉴 새 없는 지저귐은 풍미 돋는 축가에 다르지 않았다.

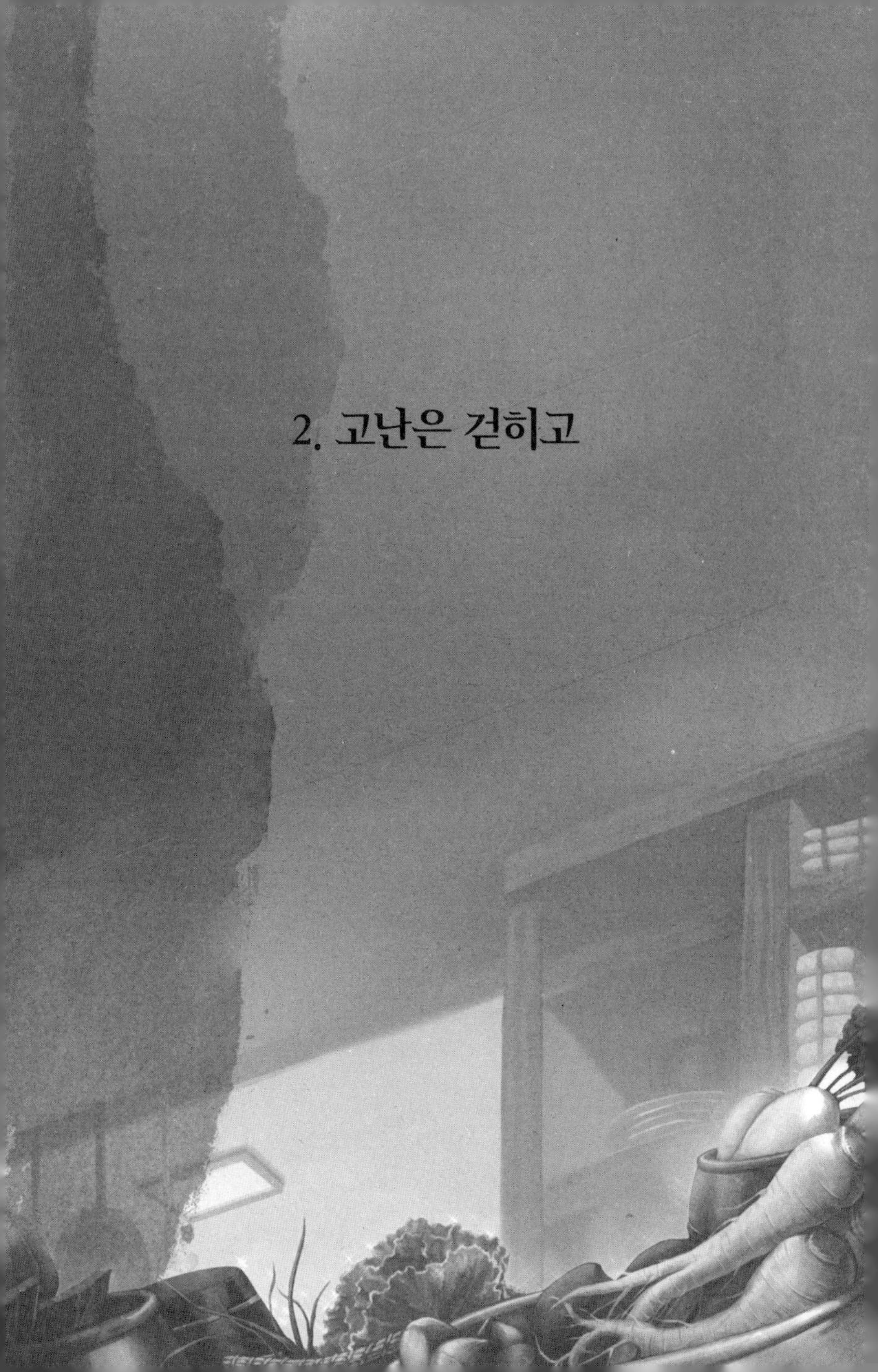

2. 고난은 걷히고

"왔어?"

해담미담에 도착하자 사장이자 주방을 맡은 송 방장이 왼손을 들어 보였다. 오른 손목에는 누런 압박붕대가 감겨 있었다. 크지 않은 음식집. 점심에는 간편 한정식을 하고 저녁에는 해물찜, 대구찜, 동태찜, 도루묵탕 등의 해산물 메뉴를 주로 하는 음식점이었다. 규모는 작지만 중장년 이상의 술손님이 쏠쏠했다. 하지만 최근 들어 손님이 줄고 있었다.

이건 해담미담만의 문제가 아니었다. 한국의 요식업은 유행에 민감했다. 어떤 메뉴가 유행이다 싶으면 우르르 그런 음식점이 오픈하고 몇 달 지나면 서리 녹듯 사라진다.

사람들은 말한다.

'음식 맛있으면 다 알아서 찾아간다.'

반은 맞고 반을 틀리는 말이다. 대다수의 음식점은 영세하기에 몇 달만 적자를 보면 문을 닫는다. 특히 임대로 장사하는 사람들은 거의 그런 편에 속했다. 게다가 급변하는 사회 분위기로 인해 단체 손님은 점점 줄어든다. 이래저래 음식점들은 더 치열한 전쟁을 각오해야만 했다.

"뭐 하면 되죠?"

똥토바이를 세우고 소매부터 걷었다. 종규는 도중에 집에 내려주었다. 약선만두까지 쪄주었기에 홀가분하게 달려온 민규였다.

해담미담. 어쩌다 오는 출장이지만 햇수로 치면 2년 차였다. 이제 민규도 이 음식점의 주방 동선을 외우고 있었다.

"2번 방에 네 분 예약이야. 10년 진국 단골인데 지난번에 모임 오셨을 때 나간 도미매운탕 도미 살에서 기름 냄새가 났지 뭐야. 그래서 사과차 모시게 되었는데 내 손이 이 모양이잖아? 내일까지는 물 닿지 말라니 어쩌겠어? 잘 좀 부탁해."

단골손님.

대접받고 싶어 하는 사람이 많다. 그런데 주인 입장은 더러 반대로 작용한다. 아는 처지니 바쁠 때는 서비스가 좀 늦어도 이해해 주겠지 하는 생각을 한다. 이건 바로 치명타가 된다. 단골 하나 만드는 데는 오랜 시간이 걸리지만 놓치는 건 한순간이었다.

실수를 만회하기 위해 일부러 모신 단골손님. 선약을 한 마당에 손목 삐었다고 초대를 미룰 수 없었다. 반대로 손목을 다쳐 쉬어야 함에도 다른 요리사까지 불러 대접하는 주인. 단골들이 알면 정성을 감안해 줄 수도 있었다.

"오시네."

송 방장이 도로 쪽을 보았다. 승용차 한 대가 들어서고 있었다.

"아이고, 송 사장님!"

중년의 남자들이 왁자지껄 인사를 해왔다. 다들 눈이 맑지 않았다. 밤새 술로 달리다 온 모양이었다.

"뭐야? 쉬는 날인데 우리만 받는 거야? 이렇게까지 하지 않아도 되는데?"

가게 분위기를 읽은 리더가 말했다. 말은 그렇게 해도 기분은 괜찮아 보였다. 대접받는다는 것. 하늘 아래 누가 싫어할 일인가?

"지난번에 하도 죄송해서… 들어가시죠."

송 방장이 손님들을 내실로 모셨다.

'목형에 금형 하나, 나머지는 수형과 삼초형…….'

가벼운 인사를 하는 사이에 민규는 네 사람의 상지수창 리딩을 끝냈다.

"이 셰프."

송 방장이 주방으로 돌아왔다.

"오더 나왔습니까?"

"저 양반들 어제 동창생의 지방 상가에 조문 갔다가 꿀꿀해서 밤새 술 빨고 오셨다네? 쉬는 날에 번거롭게 하지 말고 간단하게 해장이나 시켜달라는데?"

"세 분은 그렇지만 한 분은 해장 쪽이 아니죠?"

"어? 눈치 빠르네? 한 사람은 술 취향이 아니라 거의 안 마셨는데 친구들에게 묻어가는 모양이야."

"알겠습니다."

"재료는 저쪽 냉장고 하고 식자재방 열어봐. 필요한 건 마음대로 꺼내 쓰고."

"예."

"그럼 부탁해."

송 방장이 자리를 비켜주었다. 어차피 손목 때문에 쉬어야 할 판. 옆에 있으면 부담이 되니 비켜주는 것이다.

술!

대한민국에서는 밥 다음에 먹는 주력 음식(?)이다. 한 잔만 하면 보약이다. 하지만 너무 달리면 부작용이 세게 온다. 머리 깨지고 몸이 무겁다. 속도 편치 않고 화장실도 편치 않다. 약선의 시각에서 보면 주습(酒濕)이다. 몸에 술의 습기가 켜켜이 쌓인 것이다.

사실 술은 명약에 속한다. 인간이 섭취하는 음식물이나 약 중에서 술처럼 빠른 반응을 보이는 물질도 흔치 않다. 그렇기에 동의보감 한약재에서도 최다 출연 빈도를 자랑한다. 한약재에서 많은 빈도로 쓰이는 게 감초인데 술은 그보다 두 배 이상 많은 빈도로 나오고 있었다.

잘 알려진 경옥고 같은 명약도 술과 함께 복용한다. 상초나 뼈, 생식기 등으로 약의 힘을 보낼 때는 거의 술이 쓰인다. 술로 약 기운을 끌어 올리거나 밀어주는 것이다. 그러나 제아무리 좋은 약이라도 지나치면 화가 되는 법. 과음 앞에 장사가 있을 수 없었다.

특히나 면 종류와 감 등을 함께 먹으면 술독이 오래간다. 쌍화차 등도 좋지 않다. 속 안 좋다고 얼음물 같은 냉수를 많이 마시면 신장이 약해지고 다리가 무거워진다. 주당들은 한 번쯤 새겨볼 일이다. 그래야 내일 또 달릴 것 아닌가?

해장!

이 또한 약선요리다. 불편한 속을 풀어주고 무거운 몸을 가뜬하게 해주는 것보다 더 좋은 약선이 어디 있을까?

하지만!

머리에서 약선을 지워 버렸다. 손님들의 체질도 지웠다. 어차피 각각의 체질이었다. 매사 약선요리에 연연할 필요도 없었다. 술로 달리고 술을 달래러 온 사람들. 칼칼하고 담백한 해장을 시키는 것만으로도 약선을 대신할 수 있었다.

'좋았어.'

해장을 주제로 출격했다. 스타트를 장식할 필살기는 죽물이었다.

죽물!

우습게 보면 안 된다. 한방에서는 음식으로 정을 보충할 수 있는 유일한 보물이다. 한약재로 간다면 해구신이나 산수유, 오미자, 구기자 등도 가능하다.

죽물의 맛은 마냥 편안하다. 누가 먹어도 무리가 없다. 목을 넘어가면 작은 평화까지 느껴진다. 다만 최상급 죽물을 받아내는 데는 스킬이 필요했다. 용기 선택과 불 조절이 그것이었다.

작은 무쇠솥을 찾았다. 돌솥밥도 하는 곳이기에 알맞은 놈이 있었다. 솥은 뚜껑 쪽으로 살짝 좁아지는 모양. 밥을 넉넉히 안치고 정화수를 한 방울 떨구었다. 센 불로 시작해 솥뚜껑이 들썩거릴 때 작은 종지 네 개를 밥의 바다 한가운데에 심었다. 불을 낮추고 잠시 기다린 후에 뚜껑을 열자 종지마다 죽물이 그득 고였다. 이건 권필의 노하우였다.

쌀의 진액.

숙취에 찌든 사람들에게는 물 이상의 효과를 볼 약수. 더구나 정화수를 소환했으니 지상 최고의 전채에 다름 아니었다.

"사장님 지시로 특별히 준비한 겁니다. 한 잔씩 드셔보시죠."

민규가 직접 죽물을 권했다. 공은 사장에게 돌렸다. 위가 쓰린 듯 불편한 남자들, 진액 죽물을 단숨에 들이켰다.

"응?"

"이거 뭐야? 굉장히 속이 편하네?"

네 남자의 반응은 한결같이 나왔다.

"이거 좀 더 없나?"

"죄송합니다. 이게 많이 만들어지는 게 아니라서요."

민규가 고개를 숙여 보였다. 더 만들 수 있지만 그것으로 배를 채울 수는 없는 일이었다. 주방으로 돌아와 본격 재료 사냥에 나섰다. 술독의 정체는 습기. 재료들은 땀을 내거나 소변을 잘 통하게 하는 것들이 좋았다.

'덩굴로 자라는 식재료와 물에서 나는 식재료, 그리고 콩류…….'

칡.

황태.

콩나물.

딱 좋다.

덩굴로 자라는 식재료들은 강력한 힘을 가지고 자란다. 대표적인 게 칡이었다. 숙취제가 없을 때 사람들은 칡즙을 마시거나 칡뿌리를 씹었다. 저 높은 나무도 단숨에 감고 올라가는 칡덩굴. 뿌리에서 끝까지 수분을 올리는 힘으로 술독을 밀어내는 것이다.

물에서 나는 식재료도 같은 맥락에 속한다. 해장의 국대로 꼽히는 황태와 물메기탕, 복어 등은 술독을 밀어낸다. 조개나 다슬기 등의 조개류 또한 해장에 빠지지 않는다. 특히 조개처럼 껍질이 단단한 재료는 술독을 소변으로 빼주고 술독으로 인한 열을 내리는 파워가 막강했다. 그 껍데기의 키토산은 항암 작용은 물론 중금속 배출 기능까지 가진 팔방미인이었다.

콩류도 금상첨화다. 술안주로는 녹두전만 한 것이 없다. 해독력이 발군이다. 콩나물해장국을 먹는 것도 같은 이유가 된다.

여기에 더해 매운맛과 향을 가미하면 천군만마요, 주마가편이 된다. 얼큰한 맛은 땀으로 술독을 밀어내고 향은 안개에 부채질하듯 주습을 흩어지게 만드는 까닭이었다.

식재료 냉장고를 여니 생태가 보였다. 반가웠지만 바로 포기했다. 우리나라 출신이 아니라 일본산이었다. 전체적인 느낌이 찝찝한 것으로 보아 문제가 되는 그 지역의 것일 수도 있었다. 대신 동태를 집었다. 매끈하게 빠진 몸매와 선명한 무늬가 8선별 원칙에 나쁘지 않은 평가를 받았다.

—동태 두 마리, 꽃게 5마리, 바지락, 생태알, 홍합, 꼬막, 콩나물, 매생이, 콩나물, 무, 두부, 호박, 쑥갓, 후추, 고춧가루, 고추장, 된장.

재료는 이 정도로 골랐다. 원래는 장맛이 좋은 줄 알았던 곳. 그러나 오늘 보니 그저 그랬다. 하지만 방법이 있었다. 소량 덜어낸 장에 우박을 적량 넣어 잘 혼합해 준 것. 장맛을 살리는 우박답게 맛이 한결 나아졌다.

—동태탕.

—게장편.

—매생이+메밀 동그랑땡.

—콩나물무침.

메뉴는 심플하게 네 가지로 정했다.

지장수, 정화수, 납설수, 벽해수.

신비수 역시 네 가지를 소환했다. 벽해수는 해산물의 토감과 생기를 돕기 위한 방안. 물을 여러 그릇에 나눠 각각의 식재료를 입수시켰다. 식재료에 싱싱한 질감이 돌기 시작했다.

지장수에 쌀을 불리는 동안 동태를 해동했다. 몸통이 자연스레 휘어질 정도가 되자 비늘을 긁고 지느러미를 떼어낸 후 배를 갈라 내장을 꺼냈다. 내장 상태가 좋기에 간은 모양대로 씻었다. 동태는 토막 내어 알과 함께 벽해수에 담갔다. 육수 재료는 대파와 다시마, 양파, 마른 새우, 홍합이 쓰였다. 육수물은 순류수와 요수의 배합을 택했다. 속을 편안하게 하는 육수였다.

완성된 육수에 된장과 간장, 고춧가루, 후추를 더한 양념장을 투하하고 무를 입수시켰다. 무는 소화력의 첨병이다. 뿌리 재료들은 크기가 클수록 소화에 도움이 되었다.

보글보글.

투박한 양푼 안에서 맛의 교향곡이 울렸다. 무가 투명하게 익을 때쯤 동태와 알을 넣고 더 끓였다. 동태가 익는 동안 살을 발라둔 게로 게장편 찜을 안쳤다. 그사이에 콩나물을 데쳐냈다. 초자연수 가미에 참기름 소량, 소금 소량을 넣고 팔팔 끓을 때 콩나물 입수. 뚜껑을 덮었다가 익은 냄새와 함께 뚜껑을 열었다.

아삭!

몇 개를 꺼내 씹으니 소리가 청량했다. 투명한 색감에 질긴 감도 전혀 없었다. 그대로 심심하게 무쳐내니 그 또한 밥도둑이라, 한없이 먹을 것만 같았다. 두 접시 푸짐하게 담고 깨를 뿌려 마감한 후에, 매생이와 메밀을 이용한 동그랑땡도 부쳐냈다.

콩나물무침 완성.

매생이 메밀 동그랑땡 완성.

쑥갓을 띄운 게장편 완성.

이때쯤 동태탕에 바지락과 콩나물, 두부 등을 넣었다. 한소끔 끓어오르자 육수 낼 때 발라둔 홍합 살을 넣고 쑥갓을 올렸다. 오늘의 주력 메뉴, 동태탕의 완성이었다.

마지막으로 밥솥을 열었다.

모락!

투명하게 너울거리는 김은 환상이었다. 그 김 사이로 포근하게 핀 쌀꽃이 흰 자태를 드러냈다. 모양을 그대로 살려 그릇에 담고 한입 크기로 썰어낸 게장편과 매생이 메밀 동그랑땡을 곁

들어냈다. 마무리는 꼬막. 살포시 입을 벌린 꼬막을 깠다. 성분이 좋은 놈만 접시에 담고 나머지는 믹서로 갈았다. 거기다 다진 대파 뿌리를 버무린 양념장을 올렸다. 양념장이 진해지고 꼬막 맛도 강화시키는 처방이었다. 특별하지는 않지만 푸근한 해장상의 종료였다.

"이야, 밥이 끝내주네?"

"그러게. 요즘 이런 밥 보기 힘든데? 이거 우리 주방장님이 한 건가요?"

손님들의 첫 관심은 밥이었다.

"아닙니다. 실은 제가 오늘 손목을 다쳐서 우리 후배 요리사님에게 맡겼습니다."

송 방장은 그제야 이실직고를 했다.

"손목까지 다치고서 우릴 부른 겁니까?"

"워낙 선약을 한 일이라… 게다가 지난번 도미 건도 그렇고요."

"어이쿠, 그래도 그렇지. 그럼 우리가 너무 미안하지."

"이 친구가 동태탕하고 밥은 끝내주거든요. 해장이시라니 개운하게 드시면 고맙겠습니다."

노련한 송 방장, 상황에 맞춰 민규를 띄워주었다.

"동태탕……."

"으아, 국물이 예술인데?"

"사장님에게는 죄송하지만 육수가 달라요. 입에서 착착 감기네? 목 넘어가면 속이 확 풀어지고."

손님들의 관심이 주력 메뉴 쪽으로 건너갔다.

"감사합니다."

민규가 인사를 남겼다.

"밥 말이야. 비법이라도 배웠어? 내가 봐도 밥 때깔이 기막히네?"

홀 쪽으로 나오며 송 방장이 물었다.

"공부 좀 했습니다."

민규가 화답했다. 밥이라면 언제든 윤기 좔좔 흐르는 흰꽃을 피울 수 있는 상황. 굳이 겸손할 필요도 없었다.

"야, 땡철아. 이 계란도 좀 먹어봐라. 계란찜 같은데 게살이 들었어. 이것도 속에서 팍팍 받아들이네?"

"매생이전도 그래. 이거 그냥 밀가루가 아닌가 본데?"

세 사람 목소리가 번갈아가며 높아졌다. 하지만 한 사람의 목소리는 아직 잘 나오지 않았다.

"야, 너도 이거 좀 먹어봐라. 완전 진국이다. 꼬막이나 까지 말고."

"모르는 소리. 동태하고 밥도 좋지만 나한테는 이게 딱이다. 아주 야들야들한 게 한 양푼이라도 깔 것 같은데?"

마침내 마지막 손님의 목소리가 나왔다. 꼬막은 그 한 사람을 위한 요리였다. 다른 조개들은 술독으로 인한 열을 내려주지만 꼬막은 오히려 몸을 따뜻하게 하기 때문. 그러니 술 안 마신 한 사람에게 가장 좋을 찬이었다.

"너도 이제 입이 저렴해졌구나. 겨우 꼬막에 빠지다니. 하긴 뭐라도 먹어라. 요즘 입맛도 없고 거시기도 맥이 없다고 했지?"

"야야, 그렇다고 꼬막이냐? 재 물건은 비아그라도 무시 때린다던데 장어나 복분자 정도는 먹어줘야지."

"하하핫!"

친구 사이라 그런지 막역한 말들이 오갔다. 하지만 그들은 모르고 있었다. 꼬막과 홍합은 정력에 갑이다. 오장을 편하게 하고 허리와 다리를 강화해 거시기를 세워주는 게 바로 꼬막과 홍합이었다.

그리고…….

그 효과는 꼬막파 손님 몸에서 서서히 소용돌이치고 있었다.

"사장님, 여기 계란찜 좀 더 부탁합니다. 밥도 두 공기 더요."

"콩나물무침도 추가요. 나 콩나물무침이 맛있는 건 오늘 처음 알았네. 마구 땡겨."

추가 주문이 계속 나왔다. 재료는 넉넉히 준비했으니 새 게장편을 만들고 콩나물무침을 담아 올렸다.

"이거 속에 게살 넣었죠?"

게장편을 받아 든 리더가 민규에게 물었다.

"예, 미각이 좋으시군요?"

"하지만 살은 안 보이는데… 그래도 맛은 기막히게 담백하네요. 아주 술술 들어갑니다."

"게장편이라고 전통요리의 하나입니다. 게살을 갈아 계란과 버무린 후에 쪄낸 거라 숙취에 그만입니다."

"전통요리?"

손님들의 눈이 휘둥그레졌다. 그중 한 사람은 그새 검색까지 마쳤다. 손님들은 한 번 더 감탄사를 토해냈다.

"으아, 그냥 계란찜인 줄 알았더니 전통요리씩이나……."

"마음껏 드시고 더 말씀만 하십시오."

"저는 이 꼬막 좀… 대체 어떻게 삶은 겁니까? 이렇게 야들거리면서 착착 감기는 맛은 처음입니다."

꼬막만 먹어대던 손님이 빈 접시를 내밀었다. 슬쩍 그의 몸을 보았다. 상지수창의 신장에 서광이 빵빵해지기 시작했다.

"사장님, 우리 갑니다."

식사를 끝낸 손님들이 일어섰다. 테이블은 초토화였다. 푸짐하던 메뉴를 대신해 남은 건 파편과 잔해들뿐이었다.

"이거, 우리가 너무 해피하게 먹어서 조금씩 추렴했는데 받으시죠."

리더가 오만 원 몇 장을 내밀었다.

"아닙니다. 오늘은 제가 그냥 내기로 하고 모신 건데……."

"사장님 드리는 거 아니고 저 요리사님 드리는 겁니다. 진짜 너무 잘 먹었습니다."

"뭐 그렇다면야……."

송 방장이 민규를 바라보았다. 리더는 민규 주머니에 팁을 찔러주었다. 오만 원 네 장이었다.

그런데…….

차를 타려던 한 사람이 민규에게 다가와 속삭였다.

"저기… 아까 그 꼬막 말입니다. 레시피 좀 얻을 수 없을까요? 내가 방금 화장실을 다녀왔는데 근 10년 만에 사타구니에 불이 들어왔어요. 내가 실은 비아그라도 잘 안 받는 체질이거든요."

남자가 바지 지퍼를 가리켰다. 각을 이룬 텐트가 보였다. 마침내 정기의 소용돌이가 필요한 곳으로 쏠린 것이다. 이 또한 전격적이었으니 꼬막이 다 소화가 되기도 전에 효력이 발현되었다. 과연 초자연수였다.

레시피를 기꺼이 알려주었다. 잠시 모셔다 요리 재현도 해드렸다. 요리사라면 몰라도 일반인은 레시피조차도 제대로 하지 못하는 사람이 많은 까닭이었다.

"이야, 이러면 되는구나. 고맙습니다."

남자가 반색을 했다.

초자연수가 없으니 효과가 오늘만은 못하겠지만 꼬막 성분이 어디 가는 거 아니었다. 꾸준히 먹으면 텐트가 유지될 수 있었다.

"이 셰프."

손님들이 가자 송 방장이 된장 종지를 들어 보이며 말을 이었다.

"여기다 뭘 탄 거야? 우리 장맛이 확 변했는데?"

"아, 예… 두부 간수 비슷한 물을 만들어서 조금 넣어보았는데 효과가 있었습니다."

"궁리 많이 하네. 이제 개업해도 히트 치겠는데?"

"그런가요?"

"아까 손님들 말이야 나름 깐깐한 입맛이거든. 기껏 해야 '잘 먹었습니다'가 전부인데 아주 뻑 갔잖아?"

"생각이야 있지만 개업이 뭐 장난인가요?"

"하긴 그래. 이 바닥, 여간해선 살아남기 어렵지."

"그럼 가보겠습니다."

송 방장에게 인사를 하고 돌아섰다. 양푼 가득 보글거리던 동태탕처럼 마음이 뿌듯했다. 체질 창을 보지 않아도 문제없었던 오늘. 민규의 자부심은 한 뼘 더 자라 있었다.

*　　　*　　　*

"좋아진 거 같다고요?"

수요일, 광덕의료원의 길 박사가 고개를 들었다. 그의 진료실이었다. 앞에는 종규와 민규가 앉아 있었다.

"네."

종규가 대답했다.

"어디 보자, 일단 얼굴은 좋아 보이는데……."

길 박사가 청진기를 꺼냈다. 아직 정기 내원할 때가 아닌 상황. 그나마 위급해서 찾아오지 않은 게 다행이었다.

"……!"

청진기를 댄 길 박사의 호흡이 멈췄다.

"잠깐만……."

다시 한번 주의를 기울이는 길 박사. 청진기는 종규의 가슴과 배까지 쉴 새 없이 오르락거렸다.

"이것 봐라?"

결국 황당한 얼굴로 종규를 바라보는 길 박사.

"좋아졌나요?"

"잠깐만… 오 선생."

길 박사가 간호사를 불렀다. 그녀가 폐동맥 혈압을 측정했다. 폐동맥 혈압은 일반적인 혈압과 다르다. 정상인의 폐동맥 혈압

은 휴식 시에 8~20mmHg 수준이다. 만약 이 혈압이 휴식 시 25mmHg 이상이거나

신체 활동 중에 30mmHg 이상이면 폐고혈압으로 분류한다.

“24mmHg인데요?”

“다시 재봐요.”

길 박사가 재차 지시를 내렸다.

“23mmHg 나왔어요.”

“……!”

간호사의 말에 길 박사 표정이 굳어버렸다. 심하면 40mmHg까지도 찍던 종규였기 때문이다.

“어떤가요?”

종규가 또 물었다.

“혈압이… 어떻게 된 거죠?”

“얼마 전부터 컨디션이 좋아졌어요. 잠도 잘 자고, 가슴 아픈 것도 줄어들고… 해서 요즘은 가벼운 산책에 운동도 하는데 큰 불편함이 없어서요.”

“그럴 리가… 이 병은 저절로 낫는 게 아닌데… 오히려 점점 심해지는 병인데…….”

길 박사의 이마에는 식은땀까지 맺혔다. 결국 응급 검사가 결정되었다. 사안으로 보면 각종 관련 검사를 하고 다음번 내원 때 결과를 볼 상황. 그러나 길 박사 자신이 궁금해진 것이다.

폐동맥 고혈압.

폐 이식이 아니고는 치료의 길이 요원한 질병. 이식도 드문 경우라서 여러 활로를 찾아봤던 길 박사였기 때문이다.

"……"

대기실 의자의 종규는 말이 없었다. 그저 두 손을 가지런히 모은 채 바닥만 바라볼 뿐이다. 왜 아닐까? 종규는 이 병원에서 몇 번이고 지옥을 다녀왔다. 민규와 부모도 그랬다. 창창한 종규. 그러나 치료할 수 없는 병. 어린 나이에 죽음에 가까운 병을 달고 사는 건 엄청난 시련이었다. 종규는 날마다 좌절하고 날마다 희망을 품었다. 그런 나날이 반복되자 희망은 영영 실종되어 버렸다.

죽는구나.

내가 죽는구나.

비가 오면 오는 대로, 눈이 오면 오는 대로… 부질없는 자신을 위해 희생을 감수하는 가족을 보는 것도 쉬운 일은 아니었다. 그런 동분서주 속에 부모가 사망하고, 하나 남은 혈육인 민규가 그 짐을 떠안았을 때, 종규는 자살을 생각하기도 했다. 민규의 생까지 망치고 싶지 않았던 것이다.

그때마다 민규의 요리 한 접시가 결심을 흔들었다. 자신을 위해 날마다 약선 레시피를 뒤지는 민규. 그때마다 그 진지함이 종규를 사로잡았다. 그렇게 흘러온 오늘이었다.

혈압.

그 수치를 보았다. 발병 이후로 단 한 번도 정상치에 근접하지 못했던 숫자들. 희망의 신호를 보았지만 그것만으로 단정 지을 일은 아니었다.

병이 나으면…….

입원 초기에 생각하던 소망은 그사이에 많이도 바뀌었다.

병이 나으면…….

형에게 은혜를 갚아야지.

수많은 생각을 돌고 돌아 종규 마음에 맺힌 결정은 그것이었다. 그동안 민규가 들인 공이 얼마나 큰지 잘 아는 까닭이었다.

병원 예약을 하고 3일 동안, 종규는 생각이 깊었다.

과연 괜찮아진 걸까?

잠깐의 착각이 아닐까?

민규의 약선요리로 인해 굉장히 편해졌지만 그렇다고 약선요리가 완치 판정을 해줄 건 아니기 때문이었다.

"긴장되냐?"

민규가 물었다.

"어? 조금……."

"짜식, 쫄 거 없다. 길 박사님이 뭐라든 너는 나을 수 있어."

"형……."

"내가 볼 때 너는 이미 완치 언저리다."

"형이 뭐 의사야?"

"의사지. 너 내가 여기 왜 온 줄 아냐?"

"왜?"

"인간은 인증을 받고 싶어 하는 욕망이 있거든. 더러는 그 인증이 확신에 대한 확인 사살이 되어주기도 하고."

"뭐래?"

"너, 굉장히 좋아졌잖아? 하지만 마음 한편에 불안이 남았지? 그렇기에 네 병의 완치 판결은 형의 약선보다 길 박사가 내려줘야만 네가 홀가분해져. 왜냐면 네 질병 진단의 시작이 길 박사님이었으니까."

"형?"

"내가 의사냐고 물었냐?"

"……."

"의사란 뭘까? 이런 병원에서 흰 가운 입고 다니면 의사일까? 아니지. 의사란 말이야, 아픈 사람의 몸과 마음을 어루만지고 고쳐주는 사람이야. 그렇게 치면 현재의 너에게 누가 진짜 의사일까?"

"형?"

종규가 고개를 들었다. 순식간의 압도였다. 우뚝 선 민규가 진짜 명의처럼 보였다. 목소리도 그랬고 표정도 그랬다.

"내 차례다."

종규가 일어섰다. 병실 앞 전광판에 종규 이름과 환자 등록번호가 뜬 것이다.

"쫄지 마라. 니 병은 이미 기세가 꺾였어."

민규가 종규 등을 쳐주었다. 위로가 아니라 신념이었다.

"이종규."

안으로 들어가자 길 박사가 먼저 말문을 열었다.

"예."

"이것 참, 대체 어떻게 된 겁니까?"

"……."

"이것 봐요. 믿기지 않게도 좋아졌어요. 이쪽 폐동맥 혈관 두께가 거의 정상으로 돌아왔다고요!"

길 박사가 영상 화면을 가리켰다. 지난번에 마지막으로 찍은 영상물과 오늘 찍은 영상물의 대조는 확연히 달랐다.

"형!"

종규가 민규를 돌아보았다. 민규는 가만한 미소로 주먹을 대 주었다. 종규가 자기 주먹을 마주쳤다.

"어떻게 된 거죠?"

길 박사의 시선이 민규를 겨누었다. 오랜 투병으로 민규 가족을 잘 아는 길 박사. 부모가 죽었으니 이 열쇠는 민규가 가지고 있을 일이었다.

"약선요리를 꾸준히 먹였습니다."

"약선요리?"

"폐를 보하고 혈압을 떨구고, 혈액을 정갈히 하는 약선요리 말입니다."

"그걸 먹고 좋아졌다는 겁니까?"

"예, 주로 대나무통밥에 죽력, 목이버섯 등 체질을 이용한 약밥이었습니다."

"말도 안 됩니다. 고작 약밥이라니……."

"박사님이 큰 그림을 잘 관리해 주신 덕분이죠. 그래서 이런 결과가 나온 거 같습니다."

"지금 상태는 어때요?"

길 박사가 종규에게 물었다.

"사실 요즘은 휘파람도 불고 일상적으로 움직이고 있습니다. 얼마 전에는 가구도 옮기고 짐도 옮겨봤는데 별로 힘들지 않았어요."

"짐까지?"

길 박사가 압도되었다. 그건 차마 경악에 가까웠다.

"기적이군."

길 박사가 고개를 저었다.

"예?"

"기적이라고요. 이런 건 아직 학계에 보고조차 된 적이 없는 사례입니다. 폐동맥 고혈압이 저절로 낫다니."

"저절로가 아니고 약선요리였습니다."

민규가 강조했다.

"그러니까 기적이라는 겁니다. 형의 정성이 동생을 살렸네요."

"……"

"오늘 검사한 결과로는 굉장한 차도입니다. 하지만 워낙 중대한 병이었으니 안심해서는 안 됩니다. 당분간 너무 무리하지 말고 한 달 후에 한 번 더 내원하세요. 한 번은 더 확인해 봐야 할 것 같습니다."

"그러니까 지금은 괜찮아진 거죠?"

종규가 물었다.

"그렇다고밖에… 오늘만 봐서는 큰 문제 없습니다."

"형!"

종규가 민규를 돌아보았다. 민규는 찡긋 윙크로 종규의 마음을 받아주었다.

"형!"

복도로 나오자 종규가 비로소 떨었다.

"으아악, 이게 꿈이야 생시야!"

"짜식, 이게 아직도 형 말을 안 믿네. 너 내가 낫게 한다고 했어? 안 했어?"

"형!"

종규가 그대로 민규 품으로 파고들었다.

"고마워."

"고맙긴… 우리가 남이냐?"

"솔직히 반신반의였어. 형을 믿지만 형이 의사인 건 아니니까. 하지만 이제 알았어. 형이 진짜 의사야. 적어도 나한테는."

"걱정 마라. 이제 너한테뿐만 아니라 많은 사람들에게 요리로 희망을 줄 거니까."

"형!"

종규가 다시 민규 가슴에 얼굴을 묻었다. 오열이 고스란히 느껴졌다. 아무 말도 않고 그대로 두었다. 긴 세월이었다. 어린 종규에게는 더욱 그랬다. 그 깊은 좌절과 절망, 누구보다 가까이 지켜보았던 민규였다.

그래, 울어라.

실컷 울어라.

그간의 서러움과 절망, 여기다 다 내려놓고 가자.

우리 형제, 이제 비상하는 거야.

종규 등을 토닥이는 민규 손길에 배인 소망은 따뜻했다.

"형!"

엘리베이터 버튼을 누를 때 종규 목소리가 귀를 울렸다.

"왜?"

"나 잠깐 다녀올 데가 있는데……."

"그래? 갔다 와라. 형은 나가 있을게."

"미안, 금방 올게."

종규가 방향을 틀었다. 여자 병실 쪽이었다.

민규가 복도를 걸었다. 보호자 대기실이 보였다. 늙은 환자 하나가 꿀물을 타 마시고 있었다. 옆 사람에게도 권한다. 병원에 오면 동병상련이 된다.

응급실을 지나갈 때 한 어머니의 절규가 들렸다.

"수술을 해야 한다고요?"

"위 유문 병목 부분에 딱 걸려 있어요. 수술 날짜 잡아드릴게요."

"아유, 우리 집안은 마취 알레르기가 있어서 수술 어려운데… 좀 기다려 보면 변으로 안 나올까요?"

어머니의 목소리가 늘어졌다. 옆에서 우는 아이는 다섯 살쯤 된 여자였다. 앵두알 같은 눈물만 뚝뚝 흘린다.

"그러다 위경련이라도 일어나면요? 자칫하면 큰일 납니다."

"김 선생님, 여기 500원짜리 동전을 삼켰어요. 수술 스케줄 좀 알아봐 주세요."

수련의의 목소리가 민규 귀에 들어왔다.

"하아앙!"

겁을 먹은 아이가 울었다. 아이들은 불리하면 눈물을 흘린다. 본능이다.

"잠깐만요."

어머니가 아이를 안고 복도로 나왔다.

"울지 마. 그러게 누가 동전을 삼키래?"
어머니가 아이 엉덩짝을 후려쳤다.
"히잉!"
아이는 지은 죄 때문에 소리도 내지 못하고 울었다.
'동전?'
"다른 방법은 없을까요? 수술은……."
어머니의 하소연과 아이의 애잔함이 민규 마음을 밟아댔다. 아이 얼굴에 뜬 상지수창을 보았다.
동전…….
기막힌 처방 하나가 민규 머리를 스쳐 갔다.
"아이가 동전을 삼켰다고요?"
민규가 어머니에게 물었다.
"예, 그걸 물고 장난을 하다가……."
"꿀물인데 한번 마시게 해보세요. 아이가 목도 마른 거 같은데……."
준비한 물을 내밀었다.
"마실래?"
어머니가 아이에게 물었다. 아이가 결정하지 못하자 물을 입에 대주었다. 꿀물에는 열탕을 섞었다. 상지수창에 뜬 체질로는 꿀과 상극의 체질. 하지만 이 묘수는 상극이기에 더 잘 어울릴 수 있었다. 게다가, 꿀 조금 마신다고 큰 해가 될 일은 없었다.
꼴깍!
한 모금 맛을 본 아이가 남은 물을 다 마셨다.
꾸룩!

물 내려가는 소리가 들렸다.

꾸룩!

한 번 더 소리가 이어지나 싶더니 아이가 전격 반응을 했다.

"우엑!"

"얘!"

놀란 어머니가 아이를 부축했다.

"우엑!"

한 번 더 움츠리자 토사물이 올라왔다. 그리고…….

짤랑!

바닥에서 금속성 소리가 울렸다.

"어머!"

어머니 눈이 휘둥그레졌다. 토사물에 동전이 딸려 나온 것이다.

"세상에, 이게 나왔어."

놀란 어머니, 더럽다는 생각도 없이 동전을 집어 들고 딸에게 보였다.

"고맙습니다. 정말 고맙습니다."

어머니가 민규에게 거푸 허리를 숙였다. 그때 수련의가 응급실에서 빼꼼 목을 내밀었다.

"저기요, 수술 날짜 잡혔거든요? 오셔서 서류에 사인하세요."

"됐거든요? 방금 나왔어요."

"예?"

"아유, 의사들이라는 게… 이렇게 간단하게 되는 걸 가지고 무조건 수술… 고맙습니다."

의사에게 빈정 펀치를 날린 어머니, 민규에게는 한 번 더 깍듯했다.

삼킨 동전.

끓인 꿀이나 호두를 많이 먹이면 토한다. 열탕을 가미했기에 더욱 직방이다. 한 건 제대로 올린 민규, 가벼운 걸음으로 병원을 나왔다. 동전의 고민에서 해방된 아이의 바이바이를 뜨겁게 받으면서.

약선요리!

병원에서 그 쓰임을 더 절감했다. 아픈 사람에게 병원이 만능 해결사는 아니었다. 때로는 약선이 명의가 되는 것이다.

종규처럼.

아이처럼.

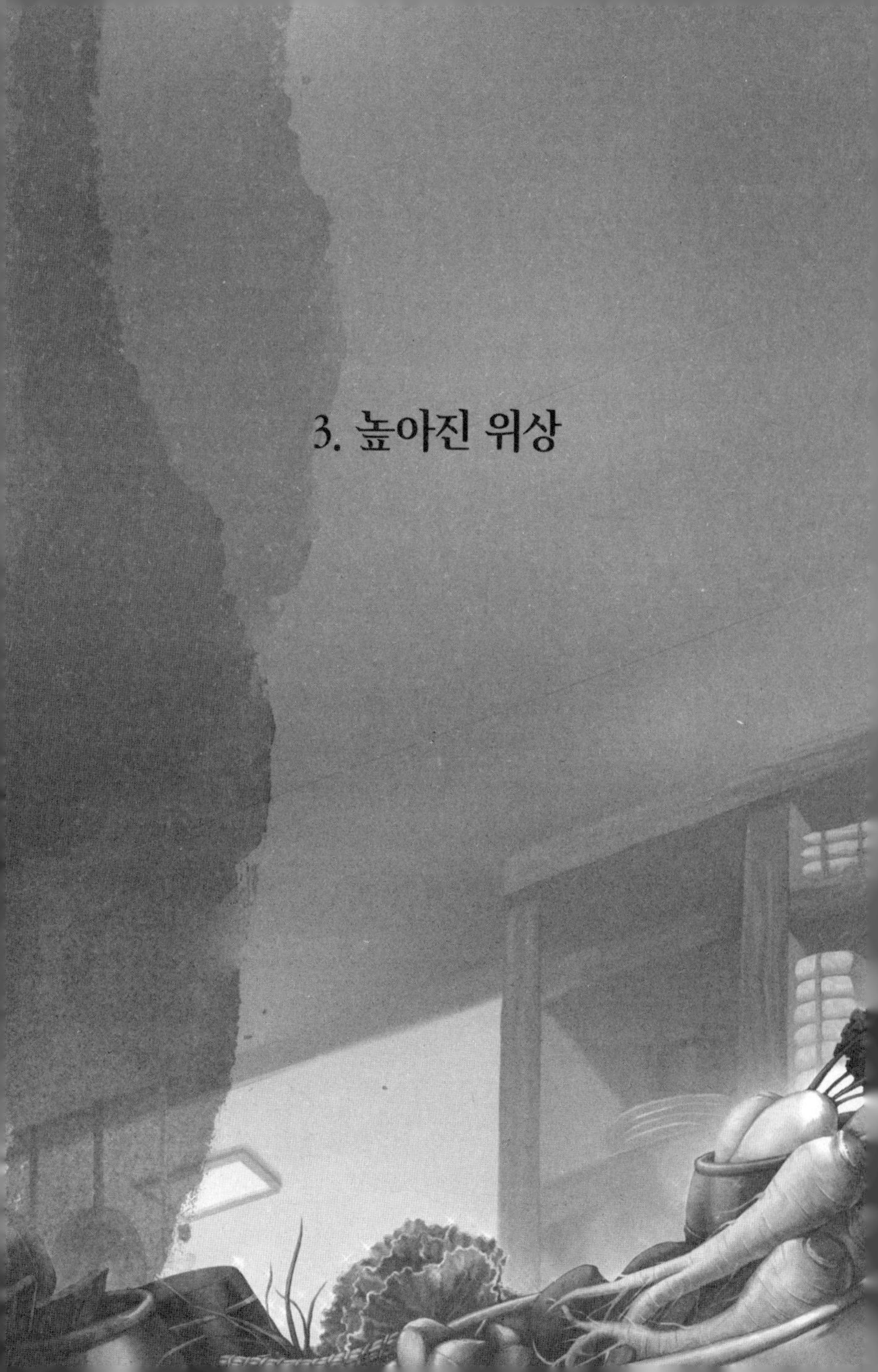

3. 높아진 위상

오래지 않아 종규가 돌아왔다.

“끝났냐?”

민규가 물었다.

“응.”

“형 모르는 비밀?”

“아니, 재희 만나고 왔어.”

“강재희?”

“응.”

종규가 대답했다.

강재희.

종규처럼 폐동맥 고혈압을 앓고 있는 환자다. 종규보다 어린 열아홉이다. 민규도 그녀를 안다. 그녀도 오랜 투병을 하고 있는 까닭이었다.

"아직 있든?"

아직…….

살아 있냐는 의미였다.

"응."

"차도는?"

"……."

"이식은?"

"……."

종규는 거푸 침묵했다. 폐동맥 고혈압의 폐 이식. 요원하다. 폐 이식 차례는 주로 질병의 심각도순으로 정해진다. 원래도 기증자가 거의 없는 폐. 난치지만 당장 죽는 병은 아니기에 우선순위에 들 수 없었다. 알면서도 물을 수밖에 없는 건 그게 유일한 방법인 까닭이었다.

"형."

"응?"

"미안하지만 재희한테 약선요리 좀 해주면 안 돼? 나한테 해준 대나무약선밥……."

"재희가 원하든?"

"그건 아니지만 보기 딱해서… 걔네 아버지도 재희 뒷바라지 하다가 병이 났다나 봐. 그래서 이제 병원비도……."

종규 얼굴이 무거워졌다. 그 과정을 누구보다 잘 아는 종규였다.

"해줄까?"

"정말?"

"그런데… 재희는 좀 문제가 있어."

"어떤 문제?"

"여긴 병원이잖냐? 담당 의사들이 약선요리 같은 걸 허락할 리 없어. 아까 길 박사님 표정 못 봤냐?"

"그렇네."

"그럼 퇴원하고 집에서 약선요리를 먹어야 할 텐데 그쪽 부모님이 그런 모험을 할까?"

"할 수도 있지. 내가 약선요리 먹고 좋아졌다니까 굉장한 반응을 보였어."

"반응하고 실천은 다른 거야."

"형."

"형 생각은 그래. 재희가 약선요리를 택한다면 도와줄 용의는 있지만 그 용기는 재희와 부모님들이 내야 하는 거지 우리가 강요할 수는 없어."

"알았어. 그렇게 전할게."

토독토독.

종규의 손은 스마트폰 자판 위를 날렵하게 날아다녔다.

* * *

'어머니, 아버지.'

어둠이 내릴 무렵, 민규와 종규는 납골묘지에 있었다. 작은 묘비 아래에는 소주 두 잔이 따라졌고 쑥죽 두 그릇과 정화수 두 잔이 놓였다. 민규가 정성껏 끓여 온 쑥죽은 차갑게 식어 있었다.

그걸 바치기 전에 종규와 내기를 걸었다.

"이걸 드실까, 안 드실까?"

"드시기야 하겠지. 하지만 알 수가 없잖아?"

종규가 답했다.

"알 수 있다."

민규가 답했다. 죽은 사람의 제사 음식 먹기. 그건 일화에도 많이 나온다. 사자가 젯밥을 먹고 가면 음식의 맛이 사라진다는 게 그것이었다. 귀신이 먹었기에 음식의 정기가 빠진 것이다. 하지만 민규의 답은 거기서 유래하지 않았다. 그렇기에 준비까지 마치고 온 민규였다.

"어떻게?"

"이거……."

민규가 남은 죽을 담아온 용기를 보여주었다. 종규가 볼 때 퍼 담은 것이었다.

"그리고 이거."

민규가 묘비 앞에 놓인 물과 죽 그릇의 사진을 찍었다.

"사진이 뭐?"

"일단 인사부터 드리자. 너 보고 기절하셨을지도 모르지만."

민규가 묘비를 가리켰다. 정성껏 인사를 올렸다. 대개는 종규 몰래 혼자 다녀갔던 민규였다. 삶의 무게가 무겁고 저절로 지칠 때였다. 묘비를 보고 가면 그 무게가 그나마 조금 가벼워지곤 했었다.

'어머니, 아버지…….'

다른 때처럼 비장하지도 않았다. 낭보를 전하러 온 자리였다. 종규의 일은 말하지 않아도 아실 터이고 민규의 변화만 보고를 드렸다. 작은 재주지만 약선요리가 필요한 사람들을 위해 열심히 살겠다는 다짐도 함께 알려 드렸다.

"뭐라고 기도했냐?"

인사를 마친 민규가 종규에게 물었다.

"형 대박 나게 해달라고."

"네 소원을 빌어야지?"

"형이 잘되는 게 내 소원이야."

"말이라도 고맙다. 이제 확인 들어가 볼까? 니가 체크해 봐라. 쑥죽의 양과 맛."

민규가 수저를 내밀었다. 묘비 앞으로 다가앉은 종규가 죽 그릇을 보았다.

"어?"

양을 확인하던 종규가 주춤거렸다.

"드셨지?"

"뭐야……."

울상이 된 종규가 재확인에 들어갔다. 놀랍게도 쑥죽은 눈에 띄게 줄어 있었다. 눈대중을 가지고 말하는 게 아니었다. 핸드폰에 찍어둔 사진과 비교해도 그랬다. 대략 3㎝ 정도의 높이가 낮아져 있었다.

'아!'

민규 가슴이 심쿵거렸다. 행복했다. 명색이 요리사. 그러나 이제는 누구도 두렵지 않은 요리 내공으로 업그레이드된 상황. 그렇기에 어머니 아버지에게도 정성을 다한 요리를 바치고 싶었다. 바치는 것만이 아니라 먹어주길 바랐다. 그 꿈이 이루어졌다. 이건 민규의 확신이었다.

맛도 증거의 한 축을 담당해 주었다. 정화수에 심심하게 쑨 죽이지만 묘비 앞에 놓았던 죽은 완전하게 무미했다. 쑥의 향은 간 곳이 없고 구수한 맛도 사라진 것이다.

"어떠냐? 드셨지? 향도 사라졌고 양도 줄어들었잖아?"

"그런 것 같기는 한데……."

"한데, 뭐?"

"바람 때문이 아닐까? 죽의 수분이 증발하면서……."

"그럼 맛은?"

"맛도 묘지의 분위기 때문에……."

"인정 못 하겠다?"

"인정은 하겠는데 그렇다고 어머니 아버지가 드셨다고는……."

"두 분이 드셨다. 그건 확실해."

"형이 어떻게 알아?"

"내 요리에 손님이 손을 댔는지 안 댔는지도 모르면 요리사가 아니지. 더구나 어머니 아버지에게 바친 음식인데."

"형……."

"제대로 된 약선요리라면 귀신도 한 끼 먹일 수 있어야지. 안 그러냐?"

자부심이 발동했다. 무려 세 전생의 경험을 입력받은 민규였다. 그 셋은 달리 말하면 사자(死者)들이었다. 그러니 사자에게도 통할 거라는 확신이었다.

사자를 위한 요리.

사자가 먹는 요리.

무엇에 쓸 수 있을까?

사자들을 상대로 장사를 할 건 아니었다. 하지만 불가능한 영역까지 미치는 요리가 나쁠 것은 없었다.

"우리 이제 잘될 거다. 개고생은 그동안 한 걸로 충분해. 그렇지?"

민규가 종규를 위로했다.

"응……."

종규가 답했다. 남은 쑥죽은 민규가 박박 긁어 먹었다. 맛은 없지만 부모님과 함께하는 밥상이었다. 그것만으로도 충분했다. 죽은 한 방울도 남지 않았다.

* * *

집으로 돌아갈 때 핸드폰이 울렸다. 차 약선방의 사장이었다. 받지 않았다. 전화는 다섯 번도 더 왔다. 그래도 받지 않자 문자가 들어왔다.

[이 셰프, 나 차 셰프인데 전화가 안 돼.]

[문자 보면 바로 전화 좀 부탁해. 출장 요리 한 건 부탁할 게 있어. 일당은 세 배로 쳐줄게.]

출장 요리 부탁.

뭔지 감이 왔다. 보나 마나 허달구 회장 건일 것이다. 답을 보내지 않았다. 김천익의 동전 건은 아직도 치가 떨리는 일. 차만술이 시킨 일이 아니라고 해도 다시는 상종하고 싶지 않았다.

다시 벨이 울렸다. 이번에는 처음 보는 전화번호…….

'이 인간이 알바생들 핸드폰으로 거는 거 아냐?'

역시 받지 않았다. 또 다른 번호로 전화가 걸려왔다. 이번에는 그냥 받았다. 전화하지 말라고 따끔한 일침을 줄 생각이었다.

"여보세……?"

목소리를 깔고 냉소를 뿜다 멈췄다. 전화기에서 흘러나온 건 황삼분 할머니 목소리였다.

—민규 총각?

"어, 할머니."

—잠깐만, 우리 차 사장이 할 말이 있다네.

"……!"

당했다.

차만술 이 인간, 민규가 황삼분과 케미가 좋다는 걸 알고 있었다. 그렇기에 그녀를 이용하는 만행을 자행하고 있었다.

'오냐, 어디 받기만 해봐라.'

이제는 민규가 차만술을 벼르게 되었다.

—여보세요.

그 차만술의 목소리가 나왔다.

"뭡니까?"

준비되었던 냉소가 비로소 발사되었다.

—이 셰프… 미안, 하도 전화가 안 되길래…….

차만술의 응대는 비굴할 정도로 굽신 모드였다.

"요리사 깜냥도 못 되는 저 같은 인간에게 용건이 있습니까?"

—목소리 왜 그래? 어디 아파?

"용건 없으며 끊겠습니다. 바쁘니까 다시 전화하지 마십시오."

—잠깐, 잠깐, 10초만, 아니, 20초!

"……."

—미안, 내가 잘못했네. 그러니 출장 요리 한 번만 부탁하겠네.

"출장 요리라뇨? 약선요리의 대가께서 무슨 말씀을……."

—지난번 그 석이병 말이야. 그거 한 번만 더 수고해 줘. 출장비는 50만 원 맞춰줄게.

"사장님!"

—허 회장님이 예약을 해왔네. 그 석이병으로 콕 집어서 말이야. 게다가 이번에는 미식 모임 VIP 멤버들까지 거느리고 오신다네.

미식 모임 VIP 멤버.

차만술의 똥줄이 타는 이유를 알 것 같았다. 허달구 회장은 큰손 고객이다. 그 자신이 미식가인 데다 인맥이 넓어 놓칠 수 없는 사람이다. 지금까지 그를 통해 연결된 큰손 고객이 짭짤한 차만술이었다. 그런 차에 일이 삐걱거리게 된다면?

'차 약선방도 한물갔어.'

공론화가 되면 타격이 생길 일이었다. 게다가 허 회장의 미식 모임. 누가 오는지는 모르지만 VIP라면 그들의 영향력 역시 무시할 수 없다. 차 사장으로서는 똥줄이 탈 수밖에 없었다.

“그게 저하고 무슨 상관입니까?”

—상관이 왜 없어? 이 셰프도 약선요리 하는 사람이잖아? 서로 상부상조해야지.

“언제부터 저를 약선요리사로 인정하셨는데요?”

—지난 일은 면목 없게 되었네. 미운 정도 정이라고 한 번만 부탁하네.

“저 바쁩니다. 생각은 해보죠.”

—이, 이봐. 이 셰프.

“생각해 본다고 하지 않습니까?”

—알았네. 그럼 한 시간 후에 전화 걸겠네. 부디 좋은 쪽으로 생각을…….

톡!

종료 버튼을 눌러 버렸다.

차만술.

급하긴 급한 모양이었다. 지난번에 70만 원을 털렸던 그. 어쩌면 치를 갈고 있어야 할 판에 다시 50만 원 배팅이라니. 하긴 대안이 없을 일이었다. 제아무리 약선요리 경력이 길다 해도 민규의 맛을 넘볼 수는 없었다. 초자연수의 정기로 빚어낸 석이병. 그건 오직 민규만이 낼 수 있는 맛이었다.

“그 인간 몸 달았네. 가지 마, 형!”

듣고 있던 종규가 잘라 말했다.

“아니, 다시 전화 오면 간다.”

“왜? 복수전은 다 끝났잖아?”

“복수가 아니라 중원 출도다.”

"중원 출도?"

"종규야, 생각해 봐라. 내가 가면 누가 이익이냐?"

"그 인간."

"그건 차만술 이름으로 요리가 나갔을 때의 일이고."

"그럼?"

"이번에는 내 이름으로 요리 낸다. 아니면 단칼이고."

"그 인간이 그 옵션 받아들이겠어?"

"아니면? 차만술은 선택의 여지가 없어. 그 인간이라면 손해 안 보도록 둘러댈 궁리도 있을 테고."

"무슨 궁리?"

"예를 들면 이런 거지. 약선요리계에 혁신을 일으키는 요리사를 초빙해 새로운 메뉴를 개발 중이다. 개발된 메뉴는 우리 식당 새 메뉴로 등록될 것이다. 그전에 여러 귀빈들에게 맛보일 기회를 드리게 되어 영광이다."

"말 되네?"

"하지만 귀빈들을 사로잡는 맛의 주인은 바로 나다. 다시 말해서 나도 언젠가 개업을 하게 될 테니 막강 영향력을 지닌 사람들에게 일찌감치 인증을 받는 것도 나쁘지 않다, 이거다."

"흐음… 고난도 전략인데?"

"이제 알겠냐?"

차만술의 전화는 다시 울렸다. 통화가 끝나고 정확히 56분 만의 일이었다.

—나야, 나. 차만술…….

"예."

—생각 좀 해봤어?

"두 가지 옵션이 있습니다. 수용하시면 잠깐 수고해 드리고 아니면 마세요."

—말, 말해봐. 뭐든 들어줄게.

"50만 원 선입금하세요."

—선입금? 알았어. 또 하나는?

"그분들 접대는 전적으로 제가 알아서 합니다. 주문부터 서빙까지 말입니다."

—그거야 뭐…….

"제 말인즉슨 요리의 주관 셰프도 제가 된다는 겁니다."

—……?

"싫으면 그만두십시오. 제가 요리하고도 제 요리라고 밝히지도 못하는 일은 하고 싶지 않습니다."

—그, 그게… 일당을 20만 원 더 줄 테니 그냥 내 보조라고 하면 안 되겠나?

"전화 끊으시죠."

—아, 아니… 잠깐, 잠깐만!

"Yes입니까? No입니까?"

—알았네. 그럼 나도 조건이 있네.

"뭡니까?"

—돈은 황삼분 할머니에게 맡기면 어떨까? 지난번처럼 허 회장이 만족하면 문제없지만 자네가 대충 요리하면 곤란하니까. 절충되겠나?

"그렇게 하죠."

―예약은 토요일 오후 2시네. 12시까지는 와주게.

통화가 끝났다.

토요일이면 내일 모레. 뜻하지 않게 장안의 미식가들을 만나게 되었다. 차만술이 벌벌 기는 걸 보면 나름 인지도가 있는 사람들. 약선요리를 검증하기에 딱 좋은 기회였다.

누구든 상관없어.

다 맛으로 녹여 버릴 테니까.

민규의 마음은 어느새 토요일로 날아갔다.

*　　　*　　　*

"이 셰프으……."

금요일 아침, 식의감 나 사장의 목소리가 아이스크림처럼 녹아들었다.

"나 잠깐만!"

느끼함의 극치를 이룬 그의 방으로 민규가 들어섰다.

"앉아."

나 사장은 극진하게 자리를 권했다.

일주일 사이에 민규의 위상은 또 한 번 변했다. 마백동과 정대발 셰프가 사표를 낸 것이다. 마백동은 자기 사업을 하겠다는 게 이유였고 정대발은 강남유치원 사건 때문이었다.

강남유치원 사건.

그건 민규의 위상 강화에 큰 기여를 했다.

전말은 이랬다. 정대발 셰프, 막강 편식공주와 만났다. 문제는 이 공주의 엄마가 싸가지 상실의 원조라는 점이었다. 강남에 빌딩 다섯 개를 소유하고 청와대 영부인과도 막역하다는 여자는 금은보석으로 치장한 채 참관자로 자리를 했다. 정대발이 만드는 요리의 과정마다 딴죽을 걸고 나왔다. 거기까지는 정대발이 참았다. 그도 산전수전 다 겪은 셰프였던 것.

그런데, 시식도 엄마의 몫이었다. 아이의 안전을 위해 그래야 한다는 주장이었다. 원장이 방관하면서 정대발의 핏대가 오르기 시작했다.

"별로네?"

"이건 우리 아이 수준에 안 맞아요."

"이래서 우리 요리사들은 프랑스에 안 된다니까."

"이건 우리 체리도 안 먹겠는 걸?"

체리!

거기서 정대발의 인내가 박살이 났다. 그건 그 집 애완견의 이름이었다.

와라락!

정대발이 테이블의 요리를 쓸어버렸다.

"개 입맛도 못 맞추는 셰프는 그만 물러갑니다."

요리복을 벗었다. 그래도 분이 풀리지 않은 정대발, 문을 나서며 비수 하나를 날려 버렸다.

"우아한 사모님 수준도 모르고 개밥을 시식하게 해서 죄송합니다."

개밥시식 사모님.

엄마의 자존심이 핵폭발의 버섯구름을 뿜으며 터져 버렸다. 그 불똥은 식의감 본사로 튀었다. 학부모의 민원을 접한 관계 부서에서 협박과 압력이 동시다발로 쏟아진 것이다. 능글맞은 나 사장은 사건의 본질을 알았다.

돈 많은 여자의 자존심.

그 비위를 맞추는 건 나 사장의 전공에 속했다. 당장 전화를 걸어 납작 엎드렸다. 그런 다음 지구 최강의 셰프를 파견하겠다는 선심을 난사했다.

이 셰프는 특별한 경우에만 파견하는 스페셜리스트로서…….

이 셰프는 청와대 남북정상 만찬에도 참여했고…….

두 구라에 사모님(?)이 녹았다.

"그럼 진작 그런 사람을 보냈어야죠?"

사모님의 호통은 합의와 다르지 않았다.

"이 셰프, 회사의 운명이 풍전등화에 이르렀네. 구국의 각오로 한번 도와줘야겠어."

다음 날, 나 사장은 저 홀로 비장했다. 민규는 그의 트릭에 넘어가지 않았다. 이미 사건 전말을 들은 민규, 당연히 빅 딜을 날렸다.

"추가 출장비 주셔야 합니다."

"……!"

나 사장의 미간은 보이지도 않을 정도로 구겨졌다. 남의 위기를 틈타 옵션을 거는 게 마땅하지는 않았지만 나 사장은 예외였다. 그 역시 셰프들의 사소한 실수에 옵션을 걸어 출장비를 등쳐 먹는 인간이기 때문이었다.

아무튼 강남유치원 건은 민규가 단칼에 해결하고 돌아왔다. 게다가 일타삼피였으니 사모님에 그 딸, 나아가 원장의 식성까지 사로잡아 버렸다.

적두수화취(赤豆水火炊).

병자(餠煮).

사모님을 녹인 건 딱 두 가지였다.

적두수화취, 풀어쓰면 팥물밥이다. 품격 따지는 사모님이기에 유식한 말로 바꾼 것뿐.

조선시대, 밥의 국가대표로 두 가지가 있었다. 바로 쌀밥과 팥물밥이었다. 솥으로는 곱돌솥과 오지탕관, 그다음으로 무쇠솥이 꼽혔다. 오지탕관은 질그릇에 잿물을 발라 구운 뚝배기를 말한다.

그릇은 주방의 돌솥으로 대신했다. 거기 국산 팥을 넉넉히 넣고 요수와 정화수를 떨구었다.

톡!

한 방울 더 더한 건 민규의 자부심.

팥물이 끓자 팥은 건져내고 그 물로 밥을 지었다.

"……!"

적두수화취는 기막힌 자태로 나왔다. 좌르르 흐르는 윤기에 알알이 피어난 탐스러운 쌀알. 거기다 색감이 또 죽음이었다. 정화수의 기를 받은 팥물에 생동감이 돌면서 생화의 싱그러움을 방불케 한 것이다.

병자 역시 때깔이 고왔다. 메밀가루를 풀어 참기름에 지져낸 단품. 그럼에도 찰진 풍미가 압도적이었다.

"옛문헌 규합총서와 부인필지에 나오는 한국 전통의 밥 적두수화취입니다. 옆 접시는 조선시대 영접도감의궤와 음식디미방에 나오는 전통 병자입니다. 입맛 까탈스러운 명나라 사신도 반한 바로 그 요리를 원방 레시피대로 구현했습니다."

김순애, 기다렸다는 듯이 받아쳤다.

"요리를 입으로 하세요? 말은 그럴듯하지만 팥밥에 메밀지짐이잖아요. 최고의 셰프라더니 시골 칠순잔치 출장 전문이세요?"

그녀의 반격이었다. 민규도 그냥 당하지 않았다.

"사모님, 매운맛 좋아하시죠? 하지만 그건 사모님과 상극의 맛입니다. 그래서 슬슬 근육경련에 쥐도 나고 편두통과 함께 눈도 시릴 겁니다. 왜냐면 사모님은 木형 체질이라 신맛을 많이 드셔야 하는데 매운맛에 빠져서 신맛을 외면했기 때문입니다. 이 두 요리는 사모님 말대로 고작 팥과 메밀, 참기름밖에 쓰지 않았습니다. 하지만 식재료의 성분을 최대로 살렸으니 맛을 보시면 아실 겁니다. 시식자 역시 말이 아니라 입으로 맛을 보고 판단해야 하는 게 옳다고 생각합니다."

민규의 눈이 김순애를 겨누었다. 겸손하지만 묵직한 시선이었다.

"이봐요."

논리적인 대꾸에 김순애 눈꼬리가 올라갔다.

"어느 것이든 한 번만 맛을 보시죠. 제 말에 틀림이 있다면 백배사죄하고 물러가겠습니다. 사모님의 귀한 시간을 더 뺐고 싶지 않으니까요."

"나 참, 이깟 음식 먹어봤자… 응?"

대충 맛을 보고 1승을 굳히려던 사모님. 적두수화취를 맛보고는 얼어붙고 말았다. 이런 밥맛은 머리에 털 나고 처음이었다.

"후우."

넋이 반쯤 풀린 그녀, 무심결에 병자를 집었다.

'하아.'

뱃속 심연의 한숨까지 올라왔다. 맛에 올린 김순애는 천국으로 올라갔다. 팥물밥과 메밀을 풀어낸 건 지장수와 정화수의 배합체. 유수로 이미 식욕이 촉진된 사모님이었기에 비위의 반응은 즉각적이었다.

적두수화취와 병자.

달리 말하면 팥밥에 작은 빈대떡 하나.

그러나 그녀의 체질에 최적화된 작품. 민규는 보았다. 요리에서 피어오른 향이 그녀의 몸에 자연스레 녹아드는 것. 아마도 요리가 잘 맞는다는 신호인 것 같았다.

기세등등하던 사모님의 자존심은 흔적도 없이 녹아버렸다. 더구나 자신의 몸 상태를 족집게로 저격한 게 아닌가?

"한 점만 더 먹어볼 수 없을까요?"

단 한 점이라 너무 아쉬운 사모님. 머릿속에 병자 그림이 사라지지 않았다. 그녀의 공주 상휘도 민규의 요리에 홀리고 말았다. 원장도 그 뒤를 이었다.

게임 오버.

대반전을 이룬 민규가 쿨하게 퇴장을 했다. 그때까지도 민규의 병자 맛이 입에 남은 사모님은 결국 나선태 사장에게 전화를 걸었다. 컴플레인을 걸 때와는 360도 변한 목소리였다. 오늘 나 사장이 간드러지게 민규를 부른 이유였다.

"뭐 마실래?"

사장이 물었다.

"말해봐. 내가 뭐든지 쏠 테니까."

"출장 가야 합니다."

"아아, 출장… 가야지. 하지만 그까짓 것 좀 늦으면 어때?"

"……"

"아무튼 대단해. 내가 이런 보석을 몰라보고 있었다니… 나 어제 안과에 가서 안구 정화 좀 하고 왔다네. 요즘 너무 세파에 물든 거 같아서 말이야."

'이 인간이 또 무슨 말을 하려고…….'

"이 셰프."

"예."

"내가 말이야 셰프 생활 20여 년에 최고로 꼽는 셰프가 누군 줄 아나?"

"백종휜이라면서요?"

"어허, 그건 옛날 말이고."

'하긴 변덕이 죽 끓듯 하는 인간이니.'

"이젠 이 셰프네. 우리 이민규 셰프."

"……!"

"솔직히 구슬이 서 말이라도 꿰어야 보배라고 백종훤이 부러우면 뭐 하나? 먼 친척보다 이웃사촌이 낫다고 내 옆에서 반짝거리는 이 셰프가 최고지."

"사장님!"

"너무 오버인가?"

"너무 정도가 아니죠. 제가 그런 깜냥도 아니고."

"아니야. 이 셰프는 그런 깜냥이야. 강남의 김순애 여사님도 인정한 셰프가 바로 자네거든."

"그 학부형이 인정하는 게 중요합니까?"

"자네 아직 모르는 모양인데, 그 여자, 굉장한 파워 우먼이야."

"돈 말입니까?"

"미식!"

나 사장이 한 단어에 힘을 주었다.

"그 여자 말이야, 특급 호텔 셰프의 요리가 아니면 쳐주지도 않는 우월한 입맛을 가진 사람이야. 외국에서도 미슐랭 별 식당이 아니면 찾지를 않는다고 하더군."

사장은 한없이 진지했다. 반면 민규는 터져 나오는 웃음을 간신히 참았다.

'누구 앞에서 구라를…….'

사장이 진심 가련해 보였다. 다 먹고살자고 하는 일이지만 상대가 민규였다. 민규가 읽어낸 사모님의 미각은 허접했다. 그녀는 그저 화려하고 푸짐한 음식을 좋아하는 수준일 뿐이었다.

"그런 사모님이 자네를 인정했네. 별 세 개 만점에 네 개를 주고 싶다고 하더군."

"결론만 말씀해 주시죠. 요리하러 나가야 합니다."

"아아, 알았어. 결론은 말이야 사모님이 다음 주말에 생신이신데 자네에게 생일 음식을 맡기고 싶다는 거야. 적두수화취와 병자가 눈에 아른거린다나?"

출장 요리, 긴 사설의 핵심이었다.

"안 됩니다."

민규가 단칼에 거절했다.

"왜? 이거 출장비가 어마어마하다고. 자그마치 자네가 원하는 대로 내겠다고 하셨어."

"선약이 있습니다. 동생도 아프고……."

"이 셰프, 그거 다 취소하고 좀 맡아주게나. 정 셰프 일 또 거론하시길래 그만 오케이를 날려 버리고 말았어."

"그럼 다른 셰프 보내세요. 고작 생일 음식이라면서요."

"싸모님이 트―윽―별―히 자네를 지명했다니까!"

사장은 '특별히'에 굉장한 방점을 주었다.

"저는 누가 지명하면 무조건 가야 합니까? 그것도 쉬는 날?"

"그, 그건 아니지만……."

"저 나가야 합니다."

민규가 일어섰다.

"이, 이봐. 이 셰프!"

다급한 나 사장이 문을 막아섰다.

"부탁하네. 내 체면 한 번만 살려주게."

"사장님."

"제발……."

나 사장의 가련 연기는 발군이었다. 정말이지 천의 얼굴을 가진 인간이다. 차라리 연기 쪽으로 나갔으면 영화든 연극이든 대성했을 재능이었다.

"연락처 주세요. 제가 전화해서 제 조건에 맞으면 가고, 아니면 안 갑니다. 단, 사장님은 이 일에 관여하지 않는다는 조건입니다."

"……!"

"내키지 않으면 그만두시고요."

"아, 아니야. 그렇게 하자고. 아무 조건도 걸지 않을 테니까 이 셰프가 다 알아서 하라고. 그저 생일 음식만 사모님 입맛에 맞춰주라고."

사장은 쌍백기를 들었다. 이렇게까지 간절한 걸 보면 따로 속셈이 있는 나 사장. 뭐 그건 관심 없었다. 돈 많은 사모님을 구워삶아 투자를 받든지 아니면 꼬드겨서 로맨스를 벌이든지.

민규가 원하는 건 단지 자기 주도일 뿐이었다. 쉬는 날의 출장과 그 출장비까지 사장이 침 바르고 덤벼드는 건 용납할 수 없었다.

이윤.

권필.

정진도.

세 전생의 품격을 생각하면 더욱 그랬다.

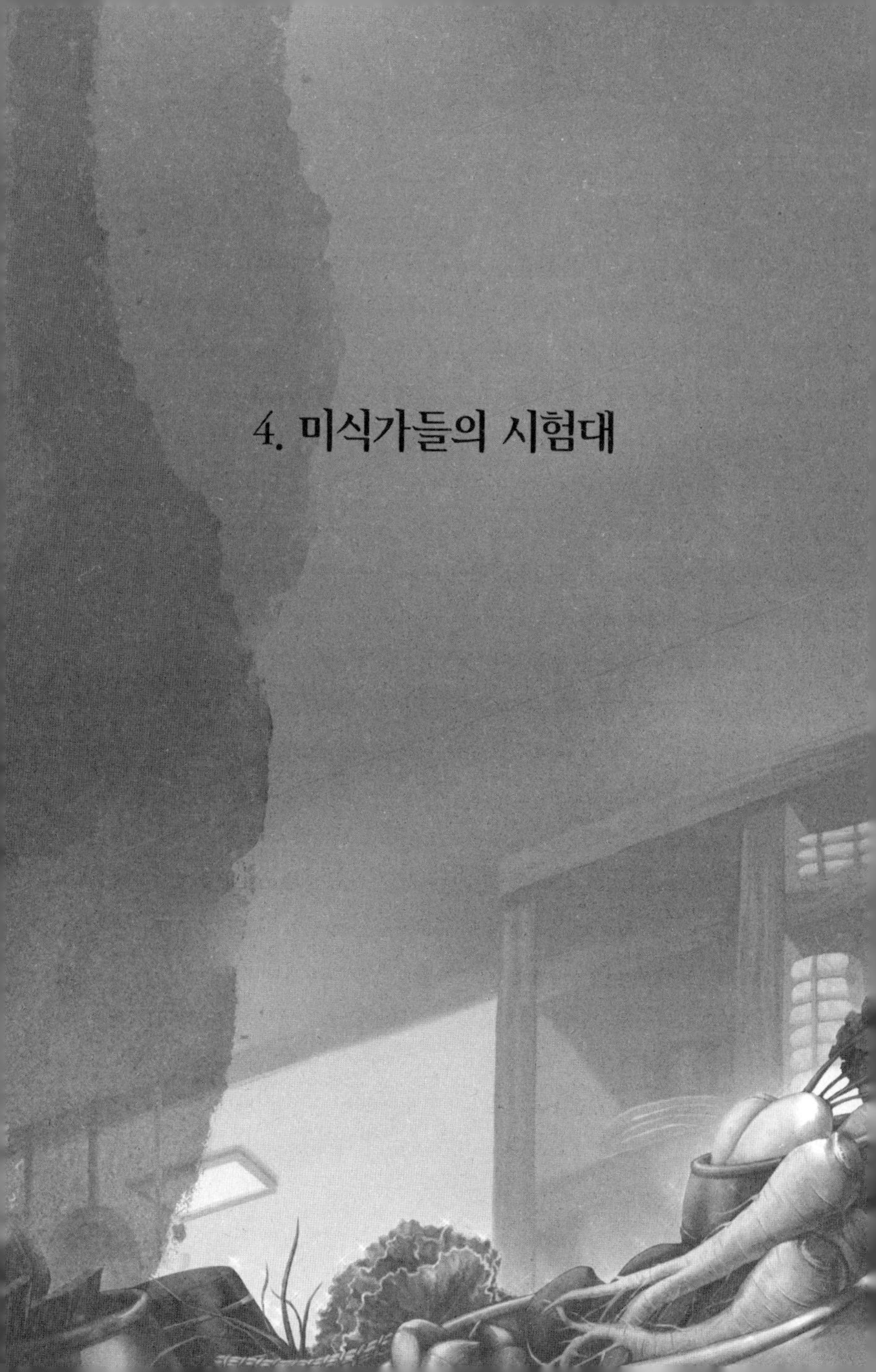

4. 미식가들의 시험대

주말, 출장 두 건이 예약되었다. 한 건은 허 회장을 비롯한 미식가들. 또 한 건은 우아 떠는 게 취미라는 갑부 김순애 사모님. 한쪽은 맛을 음미하는 사람들이고, 또 한쪽은 미식을 부의 과시로 아는 사람이었다. 민규의 중심은 후자로 쏠렸다. 돈 때문이 아니었다. 맛을 아는 사람들에게 요리를 선보이는 것도 행복하지만 그 반대의 경우에 요리의 참맛을 알려주는 것도 나쁘지 않았다.

"형!"

이른 아침, 식탁의 종규가 조금 더 다가앉았다.

"왜? 입에 안 맞냐?"

민규가 물었다. 오늘 아침, 종규의 식단은 평상식이었다. 금형체질에 맞춰 달래무침에 오미자청을 가미하고 조개탕에 부추를 듬뿍 넣었지만 특별한 약선요리는 아니었다. 이유는 체질 창 때문이었다. 종규의 상지수창은 거의 정상에 가까웠다. 그렇다면 굳이 매 끼니를 약선에 의지할 필요가 없다고 판단한 것이다.

"그게 아니고……."

"그럼 뭐?"

"밥 말이야."

종규가 현미밥을 가리켰다. 지장수와 천리수에 오미자청 물을 살짝 섞어 지은 밥. 현미지만 그 윤기는 쌀밥에 못지않았다.

"현미에 질렸어?"

"아니, 방금 든 생각인데 형 가게 내면 어떨까?"

"가게?"

"밥 말이야. 내 생각인데, 형 밥이라면 밥만 팔아도 통할 거야. 백반(白飯), 적두수화취(赤豆水火炊), 뉴반(紐飯), 아니면 죽으로 들어가서 소주원미, 장탕원미……."

"응? 니가 그런 걸 어떻게 알아?"

"왜 몰라? 형이 공부하는 거 어깨너머로 봤지. 내 친구 상택이 놈 알지? 그 자식, 내가 남긴 밥 먹어보더니 그냥 뻑 가버렸어. 그놈은 원래 밥 잘 안 먹는데 솥바닥까지 뚫고 갔다니까."

"밥 장사라……."

"형이 밥 짓고 내가 서빙하고… 몇 년 고생하면 형이 원하는 약선식당도 낼 수 있지 않을까?"

"굿 아이디어다."

"그렇지?"

"하지만 좀 약하다. 약선요리도 막강한데 굳이 먼 길 돌아갈 필요 있을까?"

"그렇긴 한데 당장은 돈이 없으니……."

"우리 사장 보니까 사업은 내 돈으로 하는 거 아니라더라. 형이 슬슬 스폰서 찾아볼 생각이다. 그러니까 너는 그때까지 몸이나 챙겨."

"내 걱정은 마. 나 이제 아무렇지도 않아."

종규가 이두박근을 만들어 보였다. 제법 토실한 알통이 잡혔다.

"내일도 모레도 그래야지. 완전히 안정될 때까지 너무 서두르지 마라. 형도 생각 중이니까."

"알았어."

종규가 고개를 끄덕였다. 아픈 게 나으니 민규 걱정을 하는 종규. 그 마음이 고마워 콧등에 새콤 레몬 맛이 느껴졌다.

새콤한 하루의 시작.

오늘이 겨눈 과녁은 차 약선방이었다.

* * *

녹채 보리밥집.

다시 그 앞을 지났다. 주인은 마당의 연못가에 나와 있었다. 그림 액자를 든 사람과 이야기 중이다. 연잎은 초록으로 가득하지만 손님 차량은 별로 보이지 않았다.

'잘못하면 문 닫겠네.'

분위기 괜찮은 곳이라 가게가 아깝다는 생각이 절로 들었다.

"이 셰프!"

차만술은 차 약선방 앞에 있었다. 종종거리는 폼을 보니 오래 전부터 나와 있는 것 같았다.

탈탈딸!

똥토바이 시동을 껐다. 하얀 연기가 차만술의 얼굴쯤에서 흩어졌다. 민규는 생수 통 몇 병을 꺼내 들었다. 초자연수를 설명하게 되자면 이 방법이 상책이었다.

"손님들이 와 있나요?"

"15분이나 지났네."

"……!"

15분.

굉장히 긴 시간이었다. 물론 차만술이 알아서 시간을 끌었겠지만 그렇다고 해도 짧지 않았다. 전 같으면 불벼락부터 칠 일이지만 사안이 사안이다 보니 차만술은 걸레 씹은 표정만 감출 뿐이었다.

손님들 차는 약선방 건물에 가까이 주차되어 있었다. 식당 가까운 곳의 자리를 내주는 건 VIP의 경우에만 가능하다. 허 회장이 차 약선방에서 차지하는 입지를 알 수 있었다.

"두 분을 데리고 오셨어."

차만술이 민규 뒤를 따라 걸으며 Live 중계를 해주었다. 세 사람은 정자가 가까운 텃밭에서 뭔가를 보고 있었다.

"미식가들이라면서요?"

"한 명은 강희대학교 한의학장 이규태, 또 한 명은 한국 거시경제학의 거두 박병선 박사."

"……!"

앞서가던 민규가 걸음을 멈췄다. 이규태와 박병선이라면 대한민국 미식가 중에서도 유명한 사람 축에 속했다. 이규태는 약선요리 품평에 일가견이 있었고, 박병선이 인정하는 맛이면 정계 학계 등에서 닥치고 통하는 수준이었다.

"전에 내가 한번 말한 거 같은데 이 양반들이 이 분야에서 영향력이 막강하셔. 그런데 허 회장님 추천에 들떠가지고……."

차만술이 주절거리는 사이에 민규는 정자 쪽으로 훌쩍 멀어졌다.

"이, 이봐. 이 셰프."

"왜요? 15분이나 기다리셨다면서요?"

민규가 잠시 걸음을 멈췄다.

"그래도 우리끼리 입은 맞추고 가야지."

"무슨 입 말입니까? 주문받아서 맛있게 드시게 하시면 끝 아닙니까?"

"석이병이야 그렇다고 치고 다른 주문이 나오면?"

"뭐가 나오든 전부 제게 맡기는 거 아니었나요?"

"다른 요리도 자신이 있다는 건가?"

"세상에 한 가지 요리만 하는 셰프도 있습니까?"

민규 눈에 힘이 들어갔다. 그 위엄에 질린 차만술은 더 이상 군말을 하지 못했다. 민규가 한 번 더 쐐기포를 가동했다.

"다시 한번 계약 조건 상기할까요? 이 요리는 제가 주관합니다. 맞습니까?"

"……."

"주문도 제가 받고 접대도 제가 합니다. 맞습니까?"

"……."

"드신 분들에게 별문제가 없으면 황 할머니에게 맡기신 50만 원은 제가 가져갑니다. 맞습니까?"

"……."

"맞습니까? 안 맞습니까?"

"마, 맞아."

"사장님 집에 오신 손님들이니 같이 인사드리고, 저 소개하시고, 식사 후에 계산받는 거까지만 사장님 역할입니다. 이의 있으면 저는 돌아갑니다."

민규의 맺고 끊음은 사시미 칼보다도 확실했다. 차만술이 농간을 부릴 틈새는 한 치도 엿보이지 않았다.

"아, 알았어. 알았다니까."

차만술이 백기를 들었다. 시작부터 완전하게 민규의 페이스였다.

"오래 기다리셨습니다. 오늘 요리를 책임질 이민규 셰프가 도착했습니다."

차만술이 정자 앞에서 민규를 소개했다. 정황을 모르는 허 회장과 지인이 고개를 들었다. 지인 중의 한 사람인 이규태는 화장실에 갔다가 합류했다. 두 지인의 상지수창이 민규 눈에 들어왔다.

체질 유형—木형.

간담장—허약.

심소장—양호.

비위장—허약.

폐대장—양호.

신방광—양호.

포삼초—양호.

미각 등급—S.

섭취 취향—小食.

소화 능력—C.

첫 상지수창부터 민규를 긴장시키는 결과가 나왔다. 경제학자 박병선, 미각 등급이 무려 S등급이었다. 그의 미뢰는 100,000개쯤 될지도 몰랐다.

'다음…….'

부드럽게 시선을 옮겼다.

체질 유형—삼초형.

간담장—양호.

심소장—우수.

비위장—양호.

폐대장—허약.

신방광—허약.

포삼초—허약.

미각 등급—S.

섭취 취향—平食.

소화 능력—A.

"……!"

민규의 눈꺼풀에 작은 경련이 일었다. 이번에도 미각 S등급이었다. 다만 삼초와 폐대장이 약하고 신방광도 쏠쏠하지 못했다. 그렇다면 건강하지는 못하다는 신호. 좋은 자리에서 화장실을 들락거리고 땀이 많은 게 증명이었다. 다행히 얼굴은 검지 않았다. 어쨌거나 처음 보게 되는 S등급의 두 미식가들. 민규의 전의가 불타기 시작했다.

"지난번에 드셨던 석이병 공동 개발자입니다. 제가 최근에 컨디션이 안 좋아서 실수를 할까 봐 아예 초빙을 했습니다. 다른 약선요리도 기가 막힌 솜씨니 기대해 보십시오."

차만술은 두루뭉실 묻어갔다.

"그 석이병을 이 셰프가?"

차만술이 소개를 날리자 허 회장이 민규를 바라보았다. 민규가 공손히 고개를 숙였다.

"허어, 아직 약관으로 보여서 그날은 짐작도 못했는데?"

"예전에 제가 데리고 있었는데 약선요리 쪽에는 일가견이 있는 친구입니다."

차만술은 매번 자신을 끼워 넣기 바빴다.

"하긴 석이병의 맛 느낌과 닮아 보이기도 하고……."

허 회장이 고개를 끄덕거렸다. 제대로 된 미식가들은 그들만의 안목이 있으니 아주 틀린 말은 아니었다.

"그래, 오늘도 그 석이병을 맛보여 주실 수 있겠소?"

"문제없습니다."

"지난번하고 똑같이 부탁하오. 똑같이!"

"그건 불가능합니다, 회장님."

민규가 또렷하게 답했다.

불가능이었다.

"불가능?"

허 회장이 반응했다. 차만술도 기겁하는 눈치였다. 불가능이라니?

"지난번의 회장님과 지금의 회장님은 다릅니다. 따라서 소와 양념에 미묘하나마 변화를 주게 될 겁니다. 그걸 무시하고 똑같이 만든다면 지난번보다 만족도가 떨어지게 될 테니까요."

"……!"

민규의 말에 네 사람이 흔들렸다. 그러니까 이 말은, 그때그때 사람의 상태에 따라 맛을 가감해 준다는 뜻이 아닌가?

"지금 셰프께서 변증용선과 변증시선의 디테일을 말하는 것이오?"

강희대학교 한의학장이 묵직하게 운을 떼고 나왔다.

강희대. 대한민국 최고의 한방대학이었다. 거기서 학장이라면 한의학의 거두에 속했다. 그가 검증에 나선 것이다.

"그렇습니다."

민규의 대답은 주저가 없었다.

"젊은 분의 의욕이 대단하시군. 변증용선을 적용하는 것만 해도 어려울 텐데 어제와 오늘의 상태까지 구분이 된단 말이오?"

"허 회장님은 그날 제 석이병을 드시고 컨디션이 좋아지셨습니다. 이분 체질이 수형이라 그쪽에 포인트를 맞췄는데 그 맛을 살짝 줄이고 평소 탐닉하던 단맛을 미량 높여야 첫날 같은 만족도를 얻을 것으로 생각합니다."

"……!"

다시 네 사람이 뒤집어졌다. 가장 큰 반응은 허 회장에게 나왔다. 그날 기막히게 맛나게 먹었다. 그 기분으로 며칠을 살았다. 요리가 주는 행복을 간만에 제대로 만끽한 허 회장이었다. 민규가 그걸 짚어낸 것이다.

"그렇다면 군신좌사의 이해는 물론, 식재료의 성분량까지 자유롭게 조절할 수 있다는 말 아니오?"

"군신좌사의 군은 주재료를 말하는 것입니다. 약선요리에 있어 목적을 해결하는 주인공이죠. 삼계탕으로 치면 닭이 군이고, 변비를 치료하는 소자마인죽으로 치면 마인이 군입니다. 신은 보좌의 역이니 군의 목적 해결에 기여하며 삼계탕의 인삼, 소자마인죽의 소자가 신의 역할입니다. 좌는 증강하거나 본 목적을 이루는 데 딸린 증세를 치료하는 것으로 삼계탕의 대추가 그렇고, 사는 약선의 성분을 병소까지 이르게 하거나 조화의 역할을 하니 흔히 감초가 그 역할을 맡습니다. 요리사는 요리로 말하는 것이라 말이 앞설 수 없지만, 주제가 되는 식재료의 조절 정도는 가능한 재주입니다."

"그렇다면 대추 말이오, 좌의 역할로 많이 쓰이는데 삼계탕의 대추는 어떻게, 왜 쓰이는지도 알고 계시오?"

삼계탕의 대추.

깨끗이 씻어서 닭의 배 속에 넣는다.

너무나 간단한 일을 이규태는 왜 묻는 것일까? 그건 기본을 확인하려는 의도였다.

"대추는 감초와 더불어 쓰임새가 귀한 재료입니다. 대추는 비장을 강화하고 12경맥의 흐름을 돕지요. 나아가 생대추를 쪄 먹으면 장과 위를 편하게 하고 기력을 높여줍니다. 이는 특상품인 별초와 특초, 상초, 찍초, 최하품인 낙초로 나뉘는데 삼계탕에 들어가는 대추는 씨를 제거하고 넣어야 약효를 제대로 볼 수 있습니다."

"……!"

명쾌한 설명에 이규태가 출렁거렸다. 핵심은 삼계탕의 대추였다. 그냥 넣는 게 아니라 씨를 제거하고 넣어야 좋다. 그 간단한 기본을 모르고 약선을 하는 사람이 너무도 많은 세상이었다. 돌직구 같은 답변에 한의학장은 토조차 달지 못했다.

"역시 허 회장님이 사람 보는 눈이 있군요. 약선의 원리도 잘 아는 것 같고 허 회장님께서 인증하신 맛이니 주문부터 합시다."

경제학자 박병선이 정리에 들어갔다.

"나는 오매불망 석이병이요."

허 회장의 주문은 바뀌지 않았다.

"나는 꿩만두가 좋은데 아까 사장님께 재료를 여쭈니 싱싱한 꿩고기가 있다고 하더이다. 약선식으로 가능하겠소?"

한의학장의 주문은 꿩만두.

"가능하지만 권하고 싶지 않습니다."

민규가 바로 잘라 버렸다.

"자신이 없는 것이오? 변증용선까지 되는 분이……."

한의학장이 확인에 나섰다.

"원하신다면 올리겠지만 꿩은 본래 겨울에 좋은 약이 되는 음식입니다. 꼭 필요한 경우라면 모르되 다른 만두도 많으니 달리 고려하심이……."

"……!"

한의학장 눈빛이 다시 출렁거렸다. 꿩만두 역시 그의 떡밥이었다. 만약 민규가 콱 물었다면 급한 약속을 핑계로 일어설 참이었다. 계절 음식도 구분 못 하고 입을 나불거리는 젊은 친구의 요리에 놀아날 생각은 없었다.

"하하핫, 내가 깜빡했군요. 그럼 셰프의 추천을 받아볼까요?"

"오늘 날씨가 더운 편이니 규아상이 어떻겠습니까?"

"전통 규아상도 가능하오?"

"물론입니다."

"그렇다면 한번 맛을 보도록 하지요."

"그런데… 한 가지 여쭤봐도 되겠습니까?"

"말하세요."

"소변, 시원하게 보십니까?"

질문은 신방광 때문이었다. 방광의 수막 창에 혼탁한 덩어리 같은 게 아른거리는 것이다.

"아픈 데를 찌르시는군. 내 명색이 한의사지만 의사도 세월 앞에는 별수 없다오. 이 나이쯤 되면 수도꼭지가 슬슬 녹슬기 시작하지요. 마음은 변강쇠인데 실상은 반대라오."

"알겠습니다. 선생님은?"

한의학장의 자백(?)을 끌어낸 민규 시선이 경제학자에게 돌아갔다.

"어제 칼럼을 읽었는데 노시인이 보리수단에 대한 추억을 적어놨어요. 배는 어느 정도 부르니 특별한 음료를 마시고 싶은데 혹시 궁중요리급의 보리수단도 가능합니까?"

보리수단.

선홍빛 색감이 예술이다.

영양과 갈증까지 한 방에 해결하니 세계적으로도 빠질 리 없는 전통요리.

하지만 손이 제법 가는 요리다. 그러나 못할 리 없는 민규, 흔쾌히 주문을 접수했다.

"아!"

정자를 내려가던 민규가 걸음을 멈추고 돌아보았다.

"차도 따로 준비해 드릴 테니 그 물 마시지 마시고 기다려 주시기 바랍니다. 기왕에 제가 주관하는 것이니 차도 요리에 맞춰 내드리겠습니다."

민규는 정중한 인사를 두고 멀어졌다.

"대박 아니면 쪽박!"

민규가 멀어지자 한의학장 이규태 박사가 소감을 피력했다.

"이 사람 생각도 거기 한 표입니다."

경제학자 박병선의 생각도 비슷한 모양이었다.

"그럼 두 분은 필시 대박을 만나게 될 겁니다."

허 회장의 생각은 달랐다. 석이병 때문이었다. 그 맛은 아직도 허 회장의 혀에, 목에, 코끝에 선명하게 남았다. 그건 결코 우연히 나올 수 있는 맛이 아니었다.

게다가…….

'오늘은 그 맛을 오늘 내 상태에 따라 조절을 한다?'

감은 오지 않았다. 그러나 기대감만은 숨길 수가 없었다.

*　　　*　　　*

"이모님!"

뒤뜰로 가서 황 할머니에게 먼저 인사를 했다. 할머니는 장독을 열어놓고 둘레를 닦고 있었다.

"민규 왔네?"

"물 한잔 드려요?"

"그때 그 약수? 오늘도 있어?"

"당연히 있죠."

민규가 생수병 하나를 꺼냈다. 뚜껑을 열면서 바로 정화수를 한 방울 점적했다.

쪼르륵!

정화수로 변한 생수는 나오는 소리도 달랐다.

"아이구, 시원하고 달아라. 이거 대체 어디서 뜨는 거야? 장은 이런 물로 담궈야 하는데……."

"장은 춘우수가 최고 아닌가요?"

"고로쇠물도 좋고 자작나무물도 좋지만 옛날 정화수나 납설수는 당할 수 없지. 하지만 그런 물이 있어야 말이지."

"제가 나중에 알려 드릴게요."

"그려. 꼭 부탁해."

"네."

"아, 오늘도 무슨 내기 걸렸어? 차 사장이 50만 원짜리 봉투를 맡겨놓던데."

"저기 정자 손님들 특식 만들러 왔어요. 사장님이 의심이 많아서 저분들이 잘 먹었다고 확인을 해야 돈을 준다네요."

"차 사장은 그게 탈이야. 그 심보만 버리면 요리 맛도 더 좋아질 텐데……."

"그러게요."

"사람이 마음을 좋게 써야지. 저 아래 녹채 좀 봐. 있을 때 잘해야지. 그렇게 잘나가더니 파리만 날리잖아?"

"왜 그렇게 된 거죠?"

"주인이 그림에 미쳐서 그렇지 뭐. 주인이 툭하면 그림이나 보러 다니니까 거래 업자가 가짜 유기농 채소를 대줬나 봐. 그걸 누가 방송에 제보하면서 확 기울었어."

'차만술.'

민규 뇌리에 차 사장이 스쳐 갔다. 그 비슷한 자랑을 한 적도 있었다. 녹채가 잘되는 날은 배앓이를 했으니 증거는 없지만 심증은 있는 일이었다.

"그런 가게, 민규가 맡아서 하면 잘할 텐데. 진짜 경쟁자가 들어서면 차 사장도 정신이 번쩍 들 테고."

"제가 돈이 있어야 말이죠. 이따 뵙겠습니다."

"그래. 맛나게 만들어서 차 사장의 코를 확 눌러 버려."

황 할머니는 오늘도 민규 편이었다.

주방에 들어온 민규는 찻물부터 올렸다. 그런 다음 김천익 부주방장을 불렀다.

"둥글레 좀 가져오세요."

"응?"

김천익의 눈이 휘둥그레졌다.

"둥글레 좀 가져오시라고요."

"지금 나한테 시키는 모드?"

"뭐가 잘못되었나요?"

"야, 나 김천익이야. 부주방장!"

"사장님!"

민규가 바로 차만술을 호출했다.

"가져다줘."

사장은 한마디로 답했다. 분위기를 파악한 김천익은 찍소리도 못하고 둥글레를 한 줌 쥐어왔다.

"이건 안 좋네요. 아예 통째로 가져와 보세요."

"아, 씨……."

김천익이 뒤통수를 긁으며 돌아섰다.

"다시."

두 번째 둥글레도 퇴짜를 놓았다.

"다시!"

세 번째도 그랬다.

"뭐야? 다 같은 건데 왜 그래? 지금 똥개 훈련시키는 거야?"

김천익이 핏대를 올렸다.

"그럼 아무거나 가져오지 말고 봄에 캔 둥글레 찾아오세요."

"뭐? 야, 다 손질해서 말린 건데 그게 구분이 가능해? 내가 무슨 허준이냐?"

"약선방 부방장 생활이 몇 년입니까? 그 정도도 못 하나요?"

"뭐야?"

"어디 하나 써먹을 데가 없군요. 아예 통째로 가져오세요."

"야, 이민규. 너 지금……."

"빨리 가져다드려. 손님들 기다린 시간이 20분이야."

입구 쪽의 차만술이 짜증을 작렬했다. 기가 죽은 김천익, 별 수 없이 민규의 명령(?)을 수행했다.

김천익.

사실 엿 먹이는 건 맞았다. 당해도 싼 인간이었다. 하지만 봄에 캔 둥글레는 거짓말이 아니었다. 민규는 정말 봄에 캔 둥글레가 필요했다. 큰 봉지를 엎으니 몇 뿌리가 나왔다. 이걸 찾는 이유는 정화수 때문이었다. 이른 봄의 재료로 만든 차라면 정화수와 잘 어울렸다. 차 맛을 배가시킨다는 얘기다. 다른 사람들은 몰라도 미식가들에게는 큰 차이일 수 있었다.

"뭐 더 도와줄까?"

차만술이 기웃거리며 물었다. 말이 도움이지 재촉이었다.

"일없습니다."

"이거 말이야 이번에 특상품으로 구한 건데 조금씩 끼우면 어떨까? 저 나이대면 뭐니 뭐니 해도 정력이 제일 아쉽거든."

차만술이 들이민 건 음양곽, 즉 삼지구엽초였다. 남자의 발기에 좋고 허리와 무릎을 보하는 그 풀. 차만술의 손님 끌기 비법 중의 하나였다. 가만히 풀잎을 보던 민규, 그대로 쓰레기통에 처박아 버렸다.

"이, 이봐. 무슨 짓이야?"

차만술은 기겁을 하지만 민규의 대답은 가차가 없었다.

"가짜입니다."

"가짜?"

"다른 테이블 예약 없습니까? 가셔서 요리하시죠."

민규는 둥글레차를 들고 나갔다.

"저 자식 간땡이가 부은 거 아닙니까?"

김천익이 핏발 맺힌 눈동자를 뒤룩뒤룩 굴렸다.

"일단은 두고 보자고."

차만술은 음양곽을 집어 들었다. 이 약재는 가짜가 많았다. 하지만 확인은 어렵지 않았다. 한약의 대가가 정자에 있는 것이다.

'오냐, 이따가 보면 알겠지.'

이래저래 배알이 꼴리는 차만술. 하지만 아직은 티를 내지 않았다.

"드시지요. 눈이 맑아지고 머리가 상쾌해질 겁니다."

정자로 온 민규, 손님들에게 한 잔씩 따라주고 주방으로 돌아왔다. 손님들은 많이 기다렸다. 그렇다면 어떤 서비스보다 요리가 우선이었다.

1) 석이병.

2) 보리수단.

3) 규아상.

석이병의 재료는 전과 같았다. 다른 건 내용물을 가감하면 될 일이었다. 보리수단은 햇보리와 녹말가루, 오미자와 잣이 필요했다.

갓 찧어낸 햇보리!

그런 게 있을 리 없었다. 그나마 도정한 지 몇 달밖에 안 된 게 있었다. 그것부터 춘우수와 요수 배합물에 넣어 푹 삶았다. 냄새가 좋았다. 초자연수 덕분에 햇보리 못지않았다.

'木형.'

시거나 고소하거나 노린내 나는 음식 체질.

오미자 대신 산수유가 좋았지만 그냥 오미자를 골랐다. 보리수단에 많이 쓰이는 건 오미자 국물이었다. 미식가들은 지나치게 변형된 레시피를 달가워하지 않는다. 그렇기에 '시의전서'에 나오는 레시피에 충실했다. 오미자는 다섯 맛을 가졌으니 신맛을 살리면 단맛을 억제할 수 있었다.

단맛은 신맛에 의해 억제된다.

단맛은 土요 신막은 木이니 목극토에 의한 원리였다.

다음은 규아상.

오이와 소고기, 표고버섯이 필요하지만 소고기를 대신해 물 좋은 생물오징어를 택했다. 오징어는 오이와 함께 삼초형 체질을 영양할 수 있는 재료이기 때문이었다. 만두소는 다져서 넣는 것이니 식성에 맞춰 바꾸는 것도 나쁘지 않았다. 그리고… 이규태의 애로에 맞춰 약선재료를 더했다. 황기와 산수유에 잘 익은 참외를 더했으니 삼초 중에서도 하초의 원활한 유통을 위한 약선이었다.

차만술의 약재 창고에는 나름 약재가 많았다. 황기는 음력 2월에 캔 것으로 골랐다. 황기의 명성은 인삼에 못 미치지만 잘 쓰면 그 이상이었다. 땀이 많거나 기운이 없을 때 직방이고, 신장이 약해 귀가 잘 들리지 않는 사람도 좋다. 통증을 줄이기도 하고 새살 돋는 것도 돕는다. 꿀에 볶아 쓰면 폐에도 좋다. 흔한 약재로 이만한 약성을 가진 것도 드물었다. 황기는 기운 양성과 땀을 잡기 위해 넣었다. 얼굴이 검었다면 다른 방도를 찾았을 민규였다.

산수유 열매는 소변불통을 위해 우렸다. 이규태의 상지수창 색감에 맞추어 우렸다. 약성 좋은 놈들이었으니 민규의 바람과 일치하는 농도가 나왔다.

이 약재는 소변을 시원하게 보지 못할 때 좋았다. 보너스로 정(精)을 보충할 수도 있으니 알뜰한 쓰임새였다.

'출발!'

민규의 손이 연주자의 그것처럼 절도 있게 움직이기 시작했다.

약선요리.

약이 아니다. 요리였다. 그렇다면 만드는 과정부터 즐거워야 했다. 시작부터 흥의 삼매였다. 손은 정갈하고 동작은 절제되었다.

세 요리 중에서 둘은 차게 내는 음식이고 하나는 따뜻한 요리였다. 둘은 소가 들어가는 요리지만 하나는 아니었다. 석이병과 규아상은 함께 진행했다. 석이병이 나오면 마지막을 장식할 일이었다.

규아상.

미만두로도 불린다. 레시피는 자연스럽게 스쳐 갔다.

1) 껍질 벗긴 오이를 한 손 크기로 잘라 돌려 깎고 채를 썰어 소금을 살짝 뿌려둔다. 소금기가 배면 물기를 짜내고 센 불로 빠르게 볶아 잘 펼쳐 식힌다.

2) 물에 불린 표고버섯의 물기를 짜고 기둥을 떼어 곱게 채를 썬다.

3) 표고를 소고기와 함께 양념하여 볶는다.

4) 볶아 나온 고기와 오이를 섞어 소를 만든다.

5) 만두피를 놓고 가운데 소를 넣은 다음에 잣을 하나 넣고 만두피 양쪽 자락의 맞닿는 부분을 붙인다. 다음으로 양 끝을 삼각 모양으로 잡고 등에 주름을 잡으며 빚는다.

6) 찜통에 젖은 베를 깔고 만두가 겹치지 않게 안친 후에 10분 정도 쪄낸다.

7) 완성된 만두는 담쟁이 잎 하나에 하나씩 올려 접시에 담고 초간장을 곁들여 낸다.

규아상은 오이가 중심이다. 소고기보다 오이를 많이 넣어야 얇은 밀피 안에 든 내용물이 투명하게 비치고 청량한 풍미가 나는 것이다.

오이는 보통 세 가지가 나온다. 청오이, 백오이, 가시오이가 그것이었다. 민규는 살이 투명한 백오이를 골랐다. 마른 표고버섯은 천리수로 재빨리 씻어 물기를 뺀 후에 다졌다. 표고는 생것보다 말린 것의 맛과 영양이 더욱 뛰어나다.

"……."

다지던 손을 잠시 멈췄다. 한 버섯에 버섯털의 흔적이 보이지 않았다. 독충이 내려앉았다는 증거였다. 과감히 음식물 쓰레기로 던져 버렸다.

손질이 끝나자 벽해수로 씻어낸 생물오징어 다진 것과 함께 볶았다. 여기에 오이를 더해 고루 섞어주니 소가 완성되었다.

밀피 반죽에는 황기와 산수유 우린 물을 더했다.

톡!

가미된 초자연수는 순류수였다. 순류수는 성질이 순해 대소변불통에 좋았다.

반대로 소변이 너무 잦아 오줌이 졸졸 샌다면 어떤 식재료가 좋을까?

호두와 은행, 돼지오줌보와 닭똥집 등이 좋다. 견과류는 헐거운 것을 조여주고, 쫄깃한 막이 있는 식재료는 방광에 탄력을 주기 때문이다.

소 중심에 들어갈 잣은 종잇장처럼 깎아낸 참외 조각에 담아 넣었다. 다섯 만두는 그랬다. 나머지 다섯에는 잣 대신 다른 걸 넣었다. 민규의 회심작, 체질 저격용이었다.

만두피의 양쪽 자락을 붙이고 삼각 모양으로 잡은 채 등에 주름을 넣었다. 만두의 골은 모두 일곱 줄로 통일했다.

완성된 만두는 담쟁이 잎 위에 올려두었다. 주문자의 소화 능력은 탁월. 규아상이 크지 않으니 10개가 한 세트였다. 석이병까지 끝나자 두 요리가 찜통에 들어갔다.

'이제 보리수단인가?'

삶은 보리는 정화수로 헹구어놓았다. 알알이 따로 분리한 후에 녹말가루를 고루 묻혀 끓는 물에 삶아 건졌다. 보리는 매번 정화수 물에 들어갔다 나왔다. 이 과정이 네 번 반복되자 보리알이 머루알만큼이나 커졌다. 그냥 크기만 큰 게 아니었다. 체에 받친 보리알은 자체 발광 보석이었으니 보석을 빚어놓은 것이다. 투명하게 익은 녹말 가운데 자리한 보리알은 수정 이상이었다.

사라락.

초자연수로 우려낸 오미자 국물에 보리알을 띄웠다. 일반적으로는 생수에서 10시간 이상 우리지만 급류수와 천리수의 힘을 빌어 제맛과 색을 우려냈다. 선명한 다홍색 오미자 물속에서 투명 보리알들은 선계의 철쭉꽃물을 보는 것 같았다. 마무리는 잣을 대신해 대추편 세 조각으로 갈무리했다. 대추편은 꽃 속에서 또 하나의 꽃이 되었다.

뒤를 이어 규아상도 완성.

"흐음……."

푸근한 풍미가 일품. 색감은 두말할 것 없이 연두빛 보석이었다. 하나하나 정성을 다해 담쟁이 잎 위에 올렸다. 그렇게 접시를 장식하니 달리 플레이팅이 필요 없을 정도였다.

'이제 마무리…….'

석이병이 나왔다. 석이병의 맛과 향은 첫날보다 조금 강했다. 민규가 이미 설명했으니 한계효용 체감의 법칙이었다. 미리 준비한 들꽃과 들꽃 잎으로 접시에 장식을 했다. 그것으로 요리는 끝이었다.

"……!"

요리를 받아 든 세 미식가.

한결같이 침묵했다.

"우와!"

"키햐!"

…하는 감탄이 나오지 않는 것이다. 민규도 슬쩍 긴장이 되었다.

셋은 각자의 요리에 대한 탐색에 나섰다. 맛은 시각에서 출발한다. 눈으로 확인한 미식가들은 약속처럼 눈을 감았다. 이제는 후각이었다. 그런 다음 요리의 풍미를 음미하더니 약속처럼 시식에 들어갔다.

첫 주자는 허 회장이었다. 석이병 하나를 물고 오래 음미했다.

우물, 우물…….

속 터질 정도로 길었다.

"……"

민규의 시선은 요리에 있었다. 거기서 피어오른 맛의 향. 허 회장 앞에서 하늘거렸다. 허 회장 몸과 하나가 되면 맛 조절이 먹힌다는 것. 민규의 맛 조절은 과연 성공일까?

아니면…….

조금 떨어진 곳에서 지켜보던 차만술이 먼저 애간장이 녹았다. 뱉어내거나 인상을 쓰면 대략 낭패가 될 일이었다.

"아, 씨… 그 양반, 뜸 되게 들이시네."

차만술의 혀는 자꾸만 말라갔다.

"후우우!"

마침내 허 회장 입에서 맛김이 밀려 나왔다.

후룹!

석이병이 넘어갔다.

꿀꺽!

민규도 모르게 목젖이 반응을 했다.

허 회장의 젓가락이 다른 석이병을 집었다. 이번에는 주저 없이 한입이었다. 처음보다 빠르게 목으로 넘어갔다.

"이거야 원……."

쉴 새도 없이 또 하나를 집어 드는 허 회장. 그제야 요리의 향이 허 회장과 자연스레 어우러졌다. 동시에 민규 숨소리도 편해졌다.

'나이스.'

의도 적중이었다. 석이병 쪽은 더 신경 쓰지 않아도 될 것 같았다.

다음은 보리수단이었다. 한 수저 넉넉히 떠 넣은 박병선의 얼굴이 푸근하게 변했다. 오미자의 오미 중에서 신맛이 먼저 미각을 들이친 것이다.

"이야, 이건 마치 신선 세계의 신선수로 만든 음료처럼 정갈한데?"

박병선의 목소리는 먼 차만술에게까지 들렸다.

"하나같이 고른 녹말옷에 찰지게 삶긴 보리… 거기에 감미롭게 어울린 오미자 향이란……."

박병선은 아예 눈을 감았다. 그 요리의 냄새도 그와 하나가 되고 있었다. 한국식 별점이라면 다섯 개도 나올 수 있는 그림이었다.

'그렇다면?'

마지막은 규아상 쪽이었다. 거기서 김천익이 차만술 귀에 고자질을 넣었다.

"민규 자식, 소고기 대신 물오징어를 넣었어요."

'윽.'

차만술의 얼굴이 석고처럼 굳어버렸다. 상대는 궁중요리와 약선요리를 두루 섭렵한 특급 미식가들. 그렇다면 엉뚱한 재료를 쓴 것 자체가 문제가 될 수도 있었다.

"……!"

그래서 그럴까? 이규태의 표정은 처음부터 굳었다. 그걸 아는지 요리의 향도 가라앉은 형세였다. 그는 냄새만으로도 규아상 안에 들어간 고기가 오징어인 걸 알았다. 이는 규아상 레시피를 모르고 덤볐다는 것? 기분이 살짝 상하려는 차에 또 다른 냄새가 미각 수용체를 건드렸다. 얌전하던 풍미가 그를 자극한 것이다. 이규태의 입가에 미소가 돌았다.

푸근한 풍미로 달려드는 청아함과 싱그러운 달콤함… 차갑게 나온 규아상이기에 자극적이지는 않지만 그 섬세한 풍미를 이규태는 놓치지 않았다.

'또 다른 재료가 들어갔다.'

이규태의 후각이 솔잎 바늘처럼 일어섰다. 하지만 촉각은 이내 무뎌졌다. 후각을 치고 온 향은 거부감이 아니라 친근감이었다. 옥침을 자극하는 것이다.

그건 시작에 불과했다. 은은한 향은 이내 이규태의 미각 뿌리를 건드렸다. 원초적 입맛에 대한 지긋한 자극이었다.

순간, 노란 나비 한 마리가 날아와 규아상의 담쟁이 잎에 내려앉았다. 초록과 연두에 섞인 나비는 그대로 한 폭의 동양화가 되었다. 나비를 보며 한입을 더 물었다.

후우.

'이럴 수가.'

수많은 진미를 맛본 이규태. 그 어떤 미식도 이토록 조용한 파문은 아니었다. 마치 입안에 나비의 날갯짓이 들어온 느낌. 그 어떤 맛의 폭풍도 이토록 부드럽게 미각의 뿌리를 건드리지는 못했던 것이다.

우물.

이규태의 입 속도가 빨라졌다. 더는 거역할 수 없는 유혹이었다.

"……!"

규아상의 소에서 나온 풍미가 혀의 구석구석에 닿자, 이규태는 감전 직전까지 치달았다. 오징어의 향은 전혀 불협화음이 아니었다. 오이와 표고버섯에 어울린 오징어는 규아상의 신세계였다. 우물거리는 사이에 세 가지 다른 맛이 감지된 것이다.

'하나는…….'

참외?

이규태가 저작을 멈췄다. 아삭하면서도 달큰한 조직감. 그건 살짝 익은 참외였다. 볶지 않고 소에 넣었기에 다른 재료에 비해 푹 익지 않았다. 그렇기에 생 냄새와 함께 질감이 살아 있었다.

아삭!

청량한 소리에 뒤이어 고소함이 폭발했다. 잣이었다. 그 향긋함 역시 다른 잣과 달랐다. 참외의 단맛을 덮어쓴 떨떠름한 고소함. 참외의 식감을 받아 별미가 되었으니 그 또한 삼초형 체질을 위한 민규의 맞춤 저격이었다.

데엥!

맛의 종소리가 머리와 심장을 울렸다.

데엥!

자꾸자꾸 울렸다.

이제 참외는 알았다. 그럼 다른 두 가지는 무엇이란 말인가?

'황기와 산수유…….'

짐작은 갔다. 그러나 확신할 수 없었다. 그가 맛본 황기와 산수유 중에는 이토록 절실한 맛이 없었다. 판단을 미루고 다른 줄의 규아상을 잡았다. 색감이 달라 보인 것이다.

'가운데 뭔가 다른 게 있는 거 같은데?'

그걸 입에 넣었다.

'아몬드?'

이규태의 눈이 휘둥그레졌다. 다른 색감의 정체는 잣 대신으로 뭉쳐 넣은 아몬드가루였다. 그 뒷맛은 이규태의 미각을 또다시 속절없이 흔들었다.

뎅, 데엥!

감동적인 맛을 체험할 때만 울리던 미각의 종소리. 그 소리가 거푸 이어졌다. 최근에는 들은 적이 없는 그 종소리였다.

지배쫑배쫑 쯔쯔즛!

가까운 새소리까지 섞이니 여기가 바로 무릉도원이었다.

"……!"

마지막 규아상을 음미하고 젓가락을 내밀었을 때 젓가락에 집힌 건 담쟁이 잎이었다. 어느새 규아상 접시를 비워 버린 이규태였다.

"다 드셨습니까?"

마지막 주자가 젓가락을 놓자 민규가 다가왔다.

"두 사람은 몰라도 나는 최고였네."

허 회장이 엄지를 세워주었다.

"첫날과 같은 맛이었습니까?"

"그보다 조금 나았네. 대체 어떻게 한 건가?"

"경영을 하시니 아시겠지만 한계효용 체감의 법칙으로 설명하겠습니다. 첫날보다 주재료의 비중을 5% 정도 높여 맛을 진하게 만들었습니다."

"진하게?"

"이미 맛을 보셨으니 혀와 뇌가 기억하고 있을 일입니다. 컨디션 또한 좋아졌으니 같은 소를 넣었다면 조금 싱겁게 느끼셨을 겁니다."

"허어! 약선요리에 한계효용 체감의 법칙이라……."

민규의 정확한 대처에 허 회장은 몸서리를 치고 말았다.

"젊은 친구가 기가 막히군. 내 보리수단도 최고였어요. 한 알, 한 알 정성껏 빚어내 균등한 것도 그렇지만 오미자 국물 맛이 압권이었어요. 그러고 보니 여기 물맛이 남다른 거 같은데?"

박병선이 물 잔을 바라보았다.

"제가 따로 준비해 온 비법수를 썼습니다."

"비법수? 그럼 나중에 나온 둥글레차도?"

"그렇습니다. 둥글레차에도 비법수를 썼습니다."

"과연… 어쩐지 시야가 확 맑아지는 느낌이더라니……."

"선생님의 경우에는 체질상 산수유물을 쓰면 보리수단이 더 정갈했을 겁니다. 하지만 지나친 파격이 눈에 거슬릴까 봐 원전 레시피대로 맞췄습니다."

"……!"

민규의 부연에 박병선은 혀를 내둘렀다. 그가 산수유를 좋아하는 걸 정확하게 꿰뚫고 있는 까닭이었다.

"그럼 이 규아상 말이오……."

차례를 기다리던 이규태 박사가 운을 떼고 나왔다.

"소에 오징어를 쓰고 가운데다 반은 잣을 박았고 반은 아몬드 가루를 콩알처럼 넣었던데 그 또한 내 체질에 맞춘 것이오?"

"그렇습니다. 선생님은 체질상 심포삼초가 다소 부실하여 꿩고기와 양고기가 유익하지요. 그러나 꿩고기는 철이 아니고 양고기는 주방에 없기에 차선책으로 오징어를 택했습니다. 규아상은 일종의 만두이니 소는 적절히 바꿔 써도 큰 무리가 없을 것으로 판단했습니다."

"참외와… 또 다른 두 가지 맛… 황기? 산수유?"

이규태가 민규를 바라보았다.

짝짝!

민규는 박수부터 정중히 쳐주었다. 과연 미식가들은 달랐다. 초자연수로 우려 본래의 향을 감췄음에도 기어이 짚어내고 있었다.

"황기와 산수유였소?"

"예."

"대단하군. 본연의 약 향이 흔적뿐이었소. 그렇기에 나도 확신은 없었습니다."

"그걸 짚어내는 박사님의 미각 센스가 존경스러울 뿐입니다."

"규아상에 참외와 아몬드, 황기와 산수유라……."

"황기로 땀을 잡고 산수유로 하초의 기를 강화해 소변불통을 해소하려는 생각이었습니다. 지나쳤다면 다음번에는 우직하게 원전 레시피대로 한번 모시겠습니다."

'땀?'

그러고 보니 땀이 나오지 않았다. 먹는 동안은 찬 규아상이니 그러려니 했다. 하지만 그게 아니었다. 냉면을 먹어도 도중에 땀이 맺히던 그였다.

'이럴 수가.'

이규태, 마침내 입까지 벌어졌다. 그의 직업은 한의사. 대한민국 최고 한방병원의 정교수이기도 했다. 그러나 그조차도 체질은 이론 쪽에 가까웠다. 실상에서 체질을 정확하게 적용하기란 어려움이 많은 까닭이었다.

황기.

땀 흘리는 데 좋은 건 그도 알았다. 여름날 닭 요리를 할 때면 많이 넣어 먹었다. 하지만 그런 성분이 있다는 것이지 즉시 즉발의 효과는 없었다.

그런데 민규 요리는 달랐다. 황기를 제대로 쓴 것이다. 그렇지 않고는 이마가 이렇게 뽀송할 리가 없었다. 더 놀라운 건 황기와 산수유의 맛을 감췄다는 것.

'그렇다면 소변은?'

"……!"

때맞춰 하초의 신호가 왔다. 어쩐지 방광이 쫄깃, 탱탱해지는 느낌이 들었다.

'화장실?'

이규태의 시선이 난감하게 바뀌었다. 민규는 모른 척 고개를 돌려주었다.

"나 잠깐 실례 좀 하오."

이규태가 화장실로 향했다. 실은 아까도 다녀온 화장실이었다. 모처럼 좋은 사람들을 만났기에 물통을 비우고 편안하게 요리를 즐기고 싶었다. 하지만 오줌발은 찔끔거리다 말았다. 나오다 만 소변은 결국 죄 없는 팬티만 적시고 만 꼴이었다.

좌아아.

"……!"

변기에 서기 무섭게 굵은 소나기가 쏟아졌다. 다섯 번, 열 번은 끊기던 아까와 달랐다.

'아아!'

오줌발 하나로 자신감이 솟구쳤다. 이렇게 뿌듯하고, 이렇게 시원할 수가 없었다.

"험험!"

이규태는 멋쩍은 헛기침과 함께 컴백을 했다.

"이 셰프!"

입을 다물고 있을 수 없었다.

"예."

"덕분에 개운하게 거사를 치뤘소. 셰프가 정말 사람의 체질에 맞춰 맞춤 요리를 할 수 있는 겁니까?"

"예."

"대단하군. 이 하나만으로 본다면 얼마 전에 만난 수석사 광보 스님의 약선요리 이상이지 않소?"

수석사의 광보 스님.

단아하게 요리의 세월을 쌓고 있는 여승이다. 그녀의 실력은 민규도 귀동냥으로 들은 적이 있었다. 방송에도 자주 나오고 외국 유명 인사들의 방문도 잦았다. 물론 그녀가 약선, 사찰요리의 최고봉은 아니었다. 장광 거사가 있고 해인 스님이 있고 종가집 비법요리의 대표로 꼽히는 안동 권씨 종부 유혜정이 있었다.

장광!

해인!

유혜정!

장광의 나이는 60줄, 해인 스님은 70줄이다. 종부 역시 60대 후반. 역사와 함께 익어온 손맛은 자연을 테이블에 올린다. 식재료 본연의 맛을 고스란히 살려내는 사람들.

그들의 요리는 한마디로 약손으로 불렸다. 스님들 중에는 사주나 관상으로 신도들의 추앙을 받는 사람도 있지만 이들은 요리 한 접시로 번뇌를 풀어주었다.

더구나 그 요리의 재료는 특별하지도 않았다. 때로는 민들레로, 또 때로는 호박잎과 콩잎으로 질박한 자연의 맛으로 속세의 때를 벗겨주는 요리사들.

광보 스님은 그들 3강의 후계 반열에 가장 가까운 실력자였다. 그렇다고 해도 감히 쳐다도 못 볼 고수 광보 스님과 민규가 견주어지고 있는 것이다.

"한의사인 나도 이런 즉시 즉발의 처방은 낼 재주가 없는데 체질은 얼마나 공부한 거요?"

"황제내경 통천편에서 태양지인(太陰之人) 소음지인(少陰之人) 음양화평지인(陰陽和平之人) 소양지인(少陽之人) 태음지인(太陽之人)의 다섯 가지를 배웠고 음양25인편에서 오행을 바탕으로 하는 목형지인, 화형지인, 토형지인, 금형지인, 수형지인의 다섯을 배웠습니다. 나아가 명나라 장개빈에게서 양장지인(陽臟之人)과 음장지인(陰臟之人)을 공부해 냉한 체질과 열 체질을 배워 몇 가지 표준을 삼으니 세밀한 것은 상황에 맞춰 조합하면 되는 정도입니다."

"……!"

이규태의 머리카락이 쭈뼛 올라갔다. 대충 얼버무리면 일장 강의로 얼굴 한번 세울 생각이었다. 하지만 비비고 들어갈 틈이 없었다. 이론까지도 틈이 없지 않은가?

쪽박 아니면 대박.

식사 전에 셋이 했던 말이 뇌리를 스쳐 갔다.

'오늘 일이 우연이 아니라면…….'

그야말로 초대박이었다.

"약선요리 종류는 어디까지 가능한 겁니까?"

이규태의 질문이 이어졌다.

"궁중요리부터 맞춤 약선까지 대략은 다 흉내 낼 수 있습니다."

"허헛, 내가 간밤에 꾼 꿈이 식신(食神)을 만나는 길몽이었군.

언제 약선요리가 필요한 환자가 있으면 이 셰프를 불러야겠소."

"고맙습니다."

"아니오. 오늘 하루 신선이 된 기분이었소. 나비에 새소리까지 어우러지니……."

"궁중요리는 어느 정도입니까?"

거기서 박병선이 질문에 가세했다.

"그 또한 궁중 대령숙수들이 하던 요리는 거의 다 재현할 수 있습니다."

"……!"

질문자들의 시선이 민규에게서 멈췄다. 이미 세 가지 요리를 맛본 두 사람. 그건 대충 흉내의 수준이 아니었다. 그렇다면 민규의 말은 겸양으로 한 말, 실상은 자신 있다는 말에 다름이 아니었다.

"대단하구려. 기회가 온다면 다른 요리도 맛보고 싶습니다."

박병선은 기대를 감추지 않았다.

"저도 다음에 또 모실 수 있기를 바랍니다."

민규가 답했다. 맛을 아는 사람들을 위한 요리. 그건 굉장한 설렘과 즐거움이었다.

미식가로부터의 인증!

그들의 만족은 민규에게 또 하나의 검증이 되었다. 민규에게 또 하나의 재산이 되었다.

부릉!

시동이 걸렸다. 차만술은 이규태의 세단에 달라붙어 뭔가를 묻고 있었다.

"이 셰프!"

세 귀빈이 떠나자 차만술이 민규를 잡아끌었다.

"왜 그러시죠?"

"이거 말이야……."

그 손에 들린 건 음양곽이었다.

"이 박사님 말씀이 가짜가 맞다는군."

차만술. 세단에 붙어서 확인을 한 모양이었다. 이규태의 확인. 그는 한방의 권위자였으니 수긍하지 않을 도리가 없었다.

"아직 출장 요리 다닌다고? 이 기회에 우리 가게로 컴백하는 거 어때?"

"예?"

"주방책임자에 연봉 6,000 맞춰줄게. 내 주방 일체를 이 셰프에게 맡기고 싶네."

"6,000……."

"손님이 늘면 8,000도 고려할 수 있네. 필요하면 두세 달 치 가불도 찔러줄 용의가 있고."

"사장님."

민규가 차만술을 돌아보았다.

"내가 주방 전권을 준다니까."

"방금 베팅에 동그라미 하나 더 붙여주시면 생각해 보죠."

"응?"

차만술의 머리에서 계산기가 돌아갔다. 6,000에 동그라미 추가면……?

"저는 갑니다. 아, 참고로 더 이상 출장은 안 올 거니까 연락하지 마세요."

황 할머니에게 인사를 하고 똥토바이 시동을 걸었다. 백미러로 차만술의 낭패감을 고스란히 느꼈다. 6억. 어차피 차만술의 배포로 꿈도 못 꿀 베팅이었다. 사실은 억만금을 줘도 차만술과 일할 생각은 없었다.

알고 보니 돈이나 밝히는 차만술…….

당신은 김천익하고가 딱이야.

유유상종이나 하셔.

백미러 뒤로 멀어지는 차만술에게 어울리는 사자성어였다. 살아 있는 물고기는 물결을 거슬러 오르고 죽은 물고기는 물길을 따라 흘러가는 법. 차만술은 민규와 갈 길이 달랐다.

녹채 보리밥집.

돌아오는 길에 또 보게 되었다. 손님 차량은 한 대뿐이었다.

"민규가 하면 잘할 텐데… 차 사장도 정신 번쩍 들 테고……."

황 할머니 말이 스쳐 갔다. 가만히 가게를 바라보았다. 호감 때문인지 괜히 끌렸다.

녹채 보리밥집…….

저기다 내 약선요리 가게를 개업해?

상상에 취한 민규는 오래도록 보리밥집을 바라보았다.

5. 선녀들의 생일상

"오빠!"

집에 도착하기 무섭게 상아가 3층에서 손을 흔들었다.

"상아야!"

민규도 손을 들어 화답을 했다. 상아는 엄마와 함께 계단참에 있었다.

"총각!"

운을 떼는 주인아줌마의 표정이 밝았다.

"무슨 좋은 일 있으세요?"

"있지. 나 좀 잠깐……."

그녀가 민규를 집 안으로 끌었다.

"무슨 일인데요?"

"앉아봐. 실은 오늘 상아 병원에 가는 날이었거든."

"아, 네……."

"진단이 뭐라고 나온 줄 알아?"

"상아, 심장 정상!"

"딩동댕!"

옆에 있던 상아가 먼저 정답을 알렸다.

"아줌마."

"맞아. 우리 상아, 이제 심장이 정상이래."

아줌마의 목이 메어왔다. 민규 표정도 숙연해졌다. 주인아줌마. 따지고 보면 민규와 동병상련이었다. 민규는 종규 때문에 그랬고, 아줌마는 상아 때문에 그랬다. 여간해서는 낫지 않는 병. 더구나 어린 딸이었으니 그 애탐이 오죽했을까?

"고마워. 이게 다 총각 덕분이야."

아줌마 눈에 그예 이슬이 맺혔다. 상아는 제 엄마 품을 파고들더니 눈물을 닦아주느라 바빴다. 고사리 손이 예뻤다.

"아닙니다. 제가 무슨……."

"그런 소리 마. 의사는 자기 처방이 좋아서 그런 줄 알지만 내가 알아. 우리 상아는 총각이 고친 거야. 그 약선샐러드 말이야."

"알아주시니 고맙습니다."

"내가 이 은혜 평생 잊지 않을게. 우리 상아의 은인이야."

"뭐 은인까지는……."

"동생도 총각 약선요리 먹고 다 나았다며?"

"예. 많이 좋아졌습니다."

"어휴, 그렇게 동생 위해서 동분서주하더니 결국 해내네?"

"아줌마 덕분이죠 뭐. 방세 밀려도 많이 봐주시고……."

"무슨 소리야? 내가 얼마나 닦아세웠는데… 그것만 생각하면 면목이 없어."

"아닙니다. 이제부터는 방세 밀리지 않을 겁니다."

"아니, 밀려도 괜찮아. 그리고 방세도 반만 내도 돼."

"네?"

"상아 아빠하고 상의했어. 마음 같아서는 공짜로 살게 하고 싶은데 우리 형편이 아직 넉넉하지 못해서 말이야."

"아닙니다. 지금도 싸게 살고 있는데……."

"안 돼. 반만 내. 나도 낯이 있지. 게다가 이제 상아 병원비 걱정도 없고……."

"아줌마……."

"내 말대로 하고 빨리 돈 벌어서 집 사서 나가. 나도 총각네 잘되는 거 보고 싶어."

"……."

"그리고 이거 쓸 만하면 가져다 써. 시골 사는 친척이 상아 심장병에 좋다고 보내왔는데 이제 상아는 쓸데가 없잖아?"

아줌마가 내민 건 오미자와 연밥이었다. 둘 다 심장질환에 쓰는 약재들이 맞았다. 약재는 최상품이었다.

"고맙습니다."

인사를 하고 약재를 받았다. 약선요리를 하자면 많은 약재가 필요했다. 좋은 약재들이니 언젠가 쓸데가 있을 일이었다.

"상아야, 오빠한테 고맙다고 인사해야지. 이 오빠가 진짜 네 의사 선생님이야."

아줌마가 상아 등을 밀었다.

"요리 의사 선생님, 고맙습니다."

쪽!

상아의 보답은 뽀뽀였다. 진심 어린 입술이 민규의 볼에 닿자 심장에 햇살이 들어오는 것 같았다.

"고마워."

상아 머리를 쓰다듬어 주고 나왔다. 기분 한번 끝내줬다.

디로딩동동!

계단을 오를 때 전화가 들어왔다. 김순애였다.

―이 셰프, 내일 출장 요리 잊지 않았죠?

확인 전화였다.

"그럼요."

―내가 생각해 봤는데 장은 이 셰프가 보는 게 맞을 거 같아서요. 그게 좋지 않겠어요? 물건 보는 눈도 그렇고…….

"원하신다면 그렇게 하겠습니다."

―그럼 계좌번호 찍어줘요. 재료비 보내 드릴 테니까. 아, 돈 아끼지 말고 무조건 최상급으로, 알았죠?

"예. 영수증 가져다드리겠습니다."

―그건 상관없어요. 아, 요리에 필요하면 사람을 데리고 와도 좋아요. 몇 명이라도 일당 따로 챙겨 드릴게요.

"알겠습니다. 그런데… 혹시 사모님들 사진이 있으면 하나 받아볼 수 있을까요?"

―사진은 왜요?

"체질을 알면 더 좋은 요리를 해드릴 수 있으니까요."

—어머, 그런 거라면 백 번이라도 보내 드려야죠. 우리가 엊그제 바자회에서 찍은 거 쏴드릴 테니까 잘 부탁해요.

김순애는 기대에 찬 목소리로 전화를 끊었다. 사진은 바로 들어왔다. 여섯 여걸이었다. 재료비 역시 바로 입금이 되었다.

"……!"

재료비를 본 민규가 흠칫거렸다. 무려 500만 원이었다.

'통 크네.'

피식 웃음을 머금고 옥탑에 올라섰다. 종규는 새 떼와 놀고 있었다.

"야, 이종규!"

"형!"

"새 노래 좀 시켜봐라."

작은 의자에 앉으며 소리쳤다.

"출장 성공이구나?"

"아니면? 이 형 실력 못 믿냐?"

"믿지. 닥치고 믿는다니까."

"노래!"

민규가 새들을 가리켰다. 지시를 받은 종규가 새들에게 휘파람을 불었다. 그러자 새들이 지저귀기 시작했다. 눈을 감았다. 숲에 온 것만 같았다.

"야, 애들 보내고 나비 좀 불러봐라."

"나비는 왜?"

"그냥!"

민규가 어깨를 으쓱해 보였다.

이번에는 나비가 왔다. 희고 노란 나비의 날갯짓은 더없이 평화로웠다. 손을 내밀자 노랑나비 한 마리가 손가락에 앉았다. 그러자 환상 하나가 떠올랐다. 복숭아꽃 흐드러진 무릉도원이었다. 왕족 두 사람이 낮은 정자에 마주 앉아 음식을 먹는다. 진달래꽃 우아하게 드리운 화전이다. 솔향 가득한 송엽주다.

꽃잎이 지자 나비들이 날았다. 꽃이 나비인지 나비가 꽃인지 알 수 없었다. 멀리서 들리는 건 산새들의 정다운 소리. 음식 먹는 왕족들은 신선에 다름 아니었다.

그 환상에서 복숭아꽃과 새, 나비를 지웠다. 정자는 초라해 보이고 화전 역시 생기를 잃었다. 왕족들 역시 평범한 백성과 다르지 않았다.

다시 처음으로 돌아갔다. 새와 나비, 꽃이 어우러지니 왕족은 바로 신선이 되었다.

"……!"

민규가 번쩍 두 눈을 떴다.

새와 나비.

약선요리의 분위기를 살리는 데 제격이었다. 미식가 이규태의 경우도 그랬다. 때마침 날아온 노랑나비와 새소리는 분명 한몫을 했었다.

"종규야."

나비를 어르는 동생을 불렀다.

"응?"

"너 내일 알바 좀 안 할래?"

"내가?"

"형이 내일 강남 싸모님 생일상 차리러 가잖니. 거기서도 새와 나비 부를 수 있겠냐?"

"당연하지. 불덩이 속만 아니라면 문제없어."

"일당은 얼마로 책정할까? 30만 원?"

"우와, 대박. 하지만 너무 많은 거 아냐?"

"그건 너 하기에 달렸지. 피아노나 바이올린 연주자들도 분위기 만드는 데 그 정도 받거든."

"새와 나비로 사모님들 연회 분위기를 살리라는 거야?"

"오냐."

"될까?"

"내가 볼 때는 된다."

"형. 그러다가 오히려 망치면……."

"새소리와 나비 싫어하면 약선요리 먹을 자격도 없지. 넌 형이 시키는 대로만 하면 되니까 걱정 마라."

"으아, 새 나비 알바라니. 묘하게 떨리네."

"그게 사는 맛이다. 기대와 설렘, 불안과 긴박감……."

민규가 종규 어깨를 쳐주었다. 경험자로서의 말이었다.

'水형, 土형, 木형, 水형, 火형……'

김순애가 보낸 사진으로 멤버들 체질 리딩에 돌입했다. 체질은 골고루였다. 다만 한 멤버는 살짝 신경이 쓰였다. 토형 체질인데 간담이 좋지 않았다. 하지만 아주 심각한 것 같지는 않아 넘겨 버렸다. 진짜 문제는 마지막 멤버에게 있었다. 거기서 민규의 리딩이 멈췄다.

"……!"

이 여자, 뜻밖에도 상지수창이 광선처럼 밝았다. 너무 밝아서 리딩할 수가 없었다. 하지만 속이 빈 광채였다.

'실내등 옆에 서 있어서 그런가?'

첨부된 다른 파일을 열었다. 거기서도 마찬가지였다. 누구든 상지수창을 리딩할 수 있는 민규. 심지어는 죽은 사람의 초상에서도 가능했다. 그런데, 처음으로 리딩이 불가능한 사람이 나왔다.

'후우!'

호흡을 고르고 다시 멤버들을 보았다. 리딩은 변하지 않았다. 김순애를 비롯해 다른 사람들의 체질 창은 가능하지만 그 여자의 것만은 속 빈 빛덩어리로 보였다.

'초대박 상지수창인가? 아니면……'

자꾸만 궁금해졌다.

이른 아침, 잠에서 깨었다. 장을 봐야 하기 때문이었다.

'일찍 일어나는 새가 벌레를 잡는다.'

다른 건 몰라도 요리에서는 정답이었다. 작은 규모의 음식점이 잘되는 곳에는 공통점이 하나 있었다. 사장이 일꾼처럼 일하고 이른 새벽에 직접 장을 봐온다. 그래야만 가장 좋은 재료를 가장 싼값에 확보할 수 있는 것이다.

"아흠!"

기지개를 짜릿하게 켰다. 늦은 밤까지 공부한 탓이었다.

여섯 사모님들.

그들만의 연회에 어떤 메뉴를 낼까 고민했다. 비용은 넉넉했다. 하지만 남들 다 하는 산삼이나 송이버섯, 와규, 랍스터 등의 초호화판 요리를 차리고 싶지는 않았다.

'약선요리… 아니면 우리 궁중요리의 참맛 보여주기.'

민규의 생각이었다. 자그마치 황제와 왕의 약선요리를 하던 능력이 들어와 있었다. 그렇다면 보리쌀이나 쑥, 냉이처럼 평범한 재료로도 그들을 녹여야 했다. 더구나 조선시대에는 왕들조차 검소한 상을 받았다. 초호화판 연회가 등장하는 영화나 드라마는 관객의 눈을 즐겁게 하기 위한 '과장'일 뿐이었다.

약선요리.

그건 돈으로 만드는 호화 요리가 아니었다.

그렇다고 최저 비용의 재료를 쓸 생각은 없었다. 그렇게 꽉 막힌 민규는 아니었다. 음식을 주문한 사람의 수준에 맞추되 쓸데없이 호화롭게 차리는 걸 지양하는 것이다.

'응?'

하품을 하다 멈췄다. 종규가 보이지 않았다.

'얘가 또…….'

새들 부르러 간 걸까?

"야, 이종……?"

문을 열고 나왔다. 옥상은 텅 비어 있었다.

'뭐야?'

문득 가슴이 철렁거렸다. 옥상에도 없다니? 혹시나 싶은 마음에 아래를 내려다보았다. 종규는 거기 있었다.

"형!"

똥토바이 세차를 하던 종규가 위를 보며 손을 흔들었다.

"너 뭐 하는 거야?"

"보면 몰라? 국대급 셰프님 자가용 닦고 있잖아?"

"야, 누가 너보고 그런 거 하래? 빨리 못 올라와?"

"다 됐으니까 형이 내려와. 새벽 시장에 갈 거잖아?"

"……."

"준비 끝. 일일 알바생 이종규, 출격 준비 끝났습니다."

종규가 차렷에서 경례로 동작을 이었다.

바다당!

똥토바이가 새벽바람을 갈랐다. 핸들은 종규 차지였다. 종규는 중학생 때부터 오토바이를 몰았다. 절친 오상택의 영향이었다. 하지만 무면허다. 이후로 몸이 아프면서 면허를 따지 않은 까닭이었다.

"올 때는 내가 한다."

민규가 못을 박았다. 새벽이라 경찰이 없기에 소원 한번 들어준 것이다.

"오토바이는 내가 형보다 낫지?"

속도를 올리며 종규가 물었다.

"그래봤자 무면허!"

"그까짓 면허증 따면 되지."

"기왕 따는 거 차량 면허로 따라. 오늘 알바비에다 모자라는 건 형이 지원한다."

"오, 대박."

그사이에 시장에 닿았다. 종규는 조수를 자처하며 민규 뒤를 따랐다. 재료 사는 시간은 많이 걸렸다. 식재료에서 보이는 단점 때문이었다. 보기 좋은 떡이라고 다 좋은 건 아니었다. 8가지 특성으로 골라내는 민규의 눈을 100% 만족시키는 식재료는 거의 없었다.

모양과 색감, 산지가 좋으면 생육기간이 엇나갔고.

생육기간과 산지까지 좋으면 채집 시기가 빠르거나 늦었다.

그래도 로또 맞듯 기준에 가까운 재료들이 있었다. 낚시로 잡았다는 숭어와 농어가 그랬다. 두 어류는 가마보곶에 쓸 재료들. 노련한 낚시꾼이 잘 어르고 달래며 올린 놈들이라 특급이었다. 힘으로 제압해 올린 고기는 필사적인 몸부림으로 열이 올라 맛이 없는 까닭이었다. 득템을 하니 저절로 기분이 좋아졌다. 좋은 식재료는 좋은 물과 함께 양보할 수 없는 일이었다.

그렇다고 선별 능력을 티 내거나 과시하지도 않았다.

"좋은데 제가 할 요리랑은 맞지 않네요."

민규의 재기 넘치는 거절법 역시 전생들에게서 왔다. 잘 익은 벼가 고개도 잘 숙이는 법이었다.

"형, 물건 고르는 거 지린다."

종규는 두 손을 들고 말았다.

"얌마, 좋은 요리 만드는 게 쉬운 줄 아냐? 더구나 일당 300만 원짜리 출장이다. 300만 원 벌려면 얼마나 빵이 치는 줄 알아? 돈 많이 받으면 그만한 가치를 해야지."

민규가 웃었다. 이 마음은 진심이었다.

300만 원 일당.

통 큰 김순애에게 3,000만 원의 만족을 안겨줄 생각이었다. 아니, 가능하면 3억이라도…….

*　　*　　*

“어서 와요, 셰프님.”

오전 시간, 논현동 저택에서 김순애가 나왔다. 정원이 시원한 저택이었다.

“정원이 좋네요?”

민규가 정원을 보며 말했다. 자가용만 한 다복솔이 인상적이고 암석과 조화를 이룬 정원수도 수려해 보였다.

“그럼 테이블을 밖에다 차려도 될까요?”

김순애가 물었다.

“좋죠. 오늘은 미세먼지도 없고…….”

“여기는 우리집 살림을 맡고 있는 최 여사님이세요. 필요한 거 있으면 말씀하시고 음식상 차리는 것도 시키도록 하세요.”

김순애가 가정부를 가리켰다. 그때 편식공주 상휘가 개를 안고 나왔다. 김순애가 애지중지하는 두 자식(?)이었다.

“안녕하세요?”

이미 민규의 요리 맛에 홀렸던 편식공주 상휘. 공손하게 인사를 해왔다. 이렇게 보니 유치원에서의 인상과는 달랐다. 김순애도 상휘도 완전 싸가지 스타일만은 아니었다.

“저기 셰프님.”

외부 동선을 체크하는 민규에게 김순애가 다가왔다.

“예.”

“죄송하지만 그날 먹은 병자 있잖아요? 그것 좀 같이 안 될까요? 내가 그거 먹고 묵직하던 뒤도 가벼워지고……."

"문제없습니다만 오늘 메뉴에 섭자반이라고 더 좋은 게 있습니다. 그걸 드셔보시고 그래도 생각이 나면 말씀하십시오."

"어머, 그럼 더 좋은 걸 먹어야죠."

대화하는 사이에 종규가 따로 준비한 생수 통 몇 개를 꺼내놓았다.

일단 주방 동선과 연회 공간, 연회용 테이블, 대기 공간 등을 체크했다. 그런 다음 주방의 조리 기구와 그릇, 가스레인지를 체크했다. 체크가 끝날 즈음 멤버들이 도착했다. 옥화여고 88회 동기 동창 6인방. 100년 전통 옥화여고에서 가장 잘나간다는 여걸들이었다. 차량만 봐도 현기증이 났다. 태반이 대형 외제 세단이었다.

"어서들 오세요."

김순애가 정원의 테이블에서 손님들을 맞았다. 손님들은 제각각 선물 보따리를 풀어놓았다. 민규는 정화수+요수로 끓여낸 산수유차를 들고 정원으로 나갔다.

"애들아, 내가 말한 셰프님, 얼굴도 미남이시지?"

김순애가 민규 소개를 했다.

"정성껏 모시겠습니다."

민규가 인사말로 화답했다.

"기대할게요."

"나는 아침도 굶고 왔어요."

동기생들 사이라 그런지 멤버들의 목소리는 자유분방하게 나왔다.

"우리 멤버들 한 식성들 하겠죠? 애는 발해대학교 총장 사모님, 얘는 세계적으로 유명한 화백님, 여긴 한국 최고의 패션 디자이너, 여긴……."

멤버를 소개하는 김순애의 손이 분주했다. 민규 눈이 석경미에게서 멈췄다. 유명한 교회의 신도회장을 맡고 있는 사람이었다. 사진에서는 상지수창의 간담이 그리 좋지 않았던 사람.

간담장—허약.

결과는 비슷했다. 다만 음산한 느낌만은 더 강했다. 살짝 신경이 쓰이지만 진짜 심각한 케이스가 주의를 뺏어 가버렸다. 체질 창 리딩이 되지 않던 그녀 차례가 된 것이다.

"요리 솜씨가 기막히다고요? 잘 부탁해요."

뉴욕에서도 주목받는 현대미술의 거장 천명화 화백, 그녀의 이름이었다.

"……!"

민규의 눈이 천명화에게 고정되었다. 사진과 다르지 않았다. 상지수창은 헛빛으로 찬란했다.

'대체…….'

조리복의 솔기 아래로 늘어진 손이 파르르 떨었다. 눈부시지만 오싹한 기분이 드는 상지수창. 심장 상태를 반영하는 창은 신기루인 듯, 혼탁이 서린 듯 허망해 보였다.

"어머, 우리 셰프님 눈빛 그윽한 것 좀 봐. 천 화백에게 반했나 봐."

멤버 하나가 조크를 날렸다. 그녀를 바라보는 눈빛이 너무 진지했던 모양이다.

“천 화백, 그림 한 폭 기증하셔야겠어. 저렇게 그윽한 눈빛을 받고 그냥 넘어가면 총각에게 실례지.”

멤버들의 농담이 깊어지기 시작했다.

“좋아. 뉴욕의 별 세 개 요리사들도 다 허당이던데 내 입맛을 사로잡으면 못 줄 것도 없지. 마침 방송사 다녀오느라 차에 소품이 몇 개 가지고 있거든.”

천명화가 화끈하게 답했다.

“어머, 너 그 말 진심이니?”

멤버들이 화들짝 놀랐다. 이때까지도 민규는 몰랐다. 그녀의 그림이 보석보다 비싸다는 걸.

“왜?”

거실로 오자 종규가 물었다. 민규의 눈치를 모를 리 없는 동생이었다.

“좀 이상한 느낌이 들어서.”

“무슨?”

“그런 게 있어.”

“아까 그 아줌마지? 왜 그렇게 넋 놓고 쳐다본 거야?”

“별거 아니라니까. 넌 네 파트 준비나 해라. 아까 말한 타이밍, 제대로 지켜야 한다.”

“아, 진짜… 그거 안 하면 안 돼?”

종규가 울상을 지었다. 걱정이 되는 모양이었다.

“안 돼!”

민규가 선을 그었다. 종규는 고개를 저으며 거실을 나갔다.

도마 앞에서 마지막 시뮬레이션을 돌렸다.

'오늘의 메뉴.'

1) 연잎국수. 2) 가마보곶. 3) 어장찜. 4) 대추설기. 5) 마대추꿀병. 6) 도전복. 7) 화병. 8) 섭자반. 9) 고추부각. 10) 들깨송이부각. 11) 과일토마토김치. 12)향설고.

마음속의 상에 요리가 세팅되었다. 은은한 파스텔 톤의 궁중요리들은 하나의 환상이었다. 그것들에 더해 분위기용으로 나갈 메뉴는 이미 완성 직전이었다.

'셋, 둘, 하나.'

찜통의 김 농도를 보고 완성의 타이밍을 잡았다. 천천히 찜통을 열었다. 첫 작품은 오색 떡고물로 단장한 전통 떡이었다.

1층—맵쌀가루에 상추잎+껍질 벗긴 흰 팥고물.

2층—맵쌀가루에 상추잎+붉은 말린 산수유고물.

3층—맵쌀가루에 상추잎+으깬 노란밤고물.

4층—맵쌀가루에 상추잎+검은콩가루고물.

생일 떡!

두 번을 반복한 후에 마지막 9층 떡탑은 연둣빛 청태(靑太) 콩가루를 올려 초록 단장을 했다. 푸근하기 그지없는 민규의 첫 작품이 출격했다.

작품은 김순애 앞에 놓여졌다. 멤버들의 시선이 한결같이 집중되었다. 민규가 살포시 뚜껑을 열어 공개했다. 9층짜리 상추떡이 질박함의 궁극을 드러냈다. 직경은 20㎝, 높이는 김순애의 나이 56㎝에 이르는 걸작이었다.

"어머!"

"어쩜!"

사모님들이 자지러졌다. 상추떡의 색감은 생동 그 자체였다. 흰빛은 시리도록 희었고 붉은빛은 선명하게 붉었다. 최고 압권은 상층부에 놓여진 문어 구화와 글자였다.

축 탄신 김순애.

잣으로 수놓아진 여섯 글자는 초록의 청태 바다에서 노랗게 반짝이고 있었다. 그 글자를 지키는 건 문어로 오린 봉황 조각이었다. 어찌나 정교한지 날아갈 듯 보였다.

"와아아!"

멤버들의 넋이 헐거워졌을 때 첫 번째 이벤트가 일어났다. 노랑나비 한 마리가 날아와 봉황 위에 앉은 것. 나비는 하나가 아니었다. 그 뒤를 이어 다섯 마리의 나비가 꼬리를 물었다. 도합 여섯. 나비는 이들 멤버 숫자와 같았다. 그녀들 중 하나가 그걸 알아챘다.

"나비도 6인방이야."

"세상에나!"

나이를 먹었지만 소녀 감성이 남아 있는 여걸들. 그 기이한 우연에 혼이 나갈 수밖에 없었다.

"전통 상추떡으로 제목은 간담상조(肝膽相照)입니다. 오늘 이

자리의 만남이 아름다운 기억으로 남기를 바라며 지어보았습니다."

"셰프님 작명 센스 있네!"

멤버들이 자지러졌다.

"상추는 영약으로 불리는 쑥에 못지않은 효능을 가지고 있지요. 오장을 이롭게 하고 가슴을 시원하게 하는가 하면 원기를 돕기도 합니다. 한방에 나오는 상추의 효능을 다 적으면 이야기가 길어지니 이쯤 하고, 여기 켜켜이 들어간 오색의 떡고물들도 각각의 효능이 있으니 팥은 심장을 이롭게 하고 밤과 산수유, 검은콩은 신장을 이롭게 합니다. 대개 중장년기가 되면 혈관에 낀 콜레스테롤로 인해 심장에 부담이 되고 신장 또한 기능이 떨어지기 시작해 아름답던 피부와 대소변에 문제가 생길 수 있습니다. 이 떡을 먹으면 심장과 신장이 강화되어 건강한 피부와 일상을 유지할 수 있게 됩니다."

민규, 멤버들을 돌아본 후에 다음 말을 이었다.

"하지만 의미만 좋은 건 아닙니다. 요리란 의미 위에 진미가 있어야 하니 특별히 좋은 약수로 쪄냈습니다. 오색 고물과 상추의 조화를 음미하면서 본격 요리가 나올 때까지 담소의 군것질로 삼아주시면 고맙겠습니다."

민규가 설명을 끝냈다. 정화수에 지장수, 추로수까지 배합한 상추떡. 소박한 기품에 못지않게 구미까지 당기고 있었다.

짝짝짝!

박수는 저절로 나왔다.

찰칵찰칵!

핸드폰도 부산해졌다. 최상류층 사모님들이지만 사진 욕심만은 소녀들에 못지않았다.

기분이 업된 김순애, 딸 상휘의 생일 축하곡을 들으며 상추떡을 잘랐다. 순간 나비들이 하르르 날아올라 김순애의 팔과 어깨에 내려앉았다.

"어머어머, 나비가 주인공을 아는 모양이야."

멤버들의 카메라 셔터는 쉴 새가 없었다.

커팅이 끝나자 나비들이 퇴장을 했다. 상휘는 그 나비를 따라 뛰었다.

"그런데 셰프님. 뭐 좀 물어봐도 될까요?"

상추떡 접시를 받아든 멤버 하나가 민규를 보았다. 특급 호텔을 경영하는 봉명주 여사였다.

"말씀하시죠."

"상추떡… 실은 처음은 아니에요. 내가 저 서해의 큰 절에 인연이 있는데 거기 방장님도 약선요리에 일가견이 있거든요. 상추의 효능에 대해 역설하면서 이거 먹으면 원기가 돌고 잠도 잘 오고 정력도 세진다기에 단잠이 욕심나서 많이 먹었었는데 솔직히 효과는 없더라고요."

"봉 회장, 그거야 그런 성분이 들었다는 거잖아? 한 트럭쯤 먹으면 잠이 오기는 하지 않겠어?"

옆자리의 석경미 여사가 주의를 환기시켰다.

"그보다는 임계치 때문인 것 같습니다."

민규가 설명에 나섰다.

"임계치?"

"적량이 부족했다는 거죠. 상추를 한 트럭이나 먹어야 그런 효과가 나온다면 본초강목이나 동의보감 같은 의서나 요리집에서 언급하지도 않았을 겁니다."

"그럼 대체 임계치가 얼마라는 거죠?"

"원하신다면 제가 맞춰 드릴 수 있습니다만……."

"그게 가능해요?"

"다만 정말 잠이 오면 요리를 못 드실 수도……."

"괜찮아요. 한번 경험해 보고 싶네요. 그런데 설마 한 바구니나 먹으라는 건 아니겠죠?"

봉명주가 화답하고 나섰다.

"아닙니다. 전통 방식으로 싼 한 쌈이면 됩니다."

"한 쌈?"

멤버들이 웅성거리기 시작했다. 상추를 먹으면 졸리다는 사람은 있었다. 그러나 수면제가 아닌 다음에야 단 한 쌈이라니?

"잠깐만요."

민규가 주방으로 향했다. 오래 걸리지 않았다. 민규가 들고 온 건 상추 20여 장과 구운 고등어 한 점, 그리고 가늘게 썬 파와 쑥갓 몇 조각이었다.

상추!

그녀들이 보기엔 그저 평범했다. 민규로 보자면 최상의 성분을 지닌 것만 골라온 것이었다. 마술이라도 하듯 멤버들 보는 앞에서 상추쌈을 쌌다. 상추 10여 장을 보여주고 손으로 끊었다. 상추에서 하얀 진액이 나왔다.

"오늘 새벽 시장에 나온 것 중에서 가장 좋은 상추입니다. 사모님 집에 있던 것과 어떻게 다른지 맛을 보시지요."
민규가 멤버들에게 상추 한 조각씩을 권했다.
"……!"
상추를 씹어본 멤버들의 표정은 비슷하게 닮아갔다.
"어머, 이건 아삭아삭거리며 미각을 돋구는데 이건 뭔가 밍밍하고 불손한 맛이 나."
바람과 흙의 정기를 먹고 자란 최상급 상추와 키만 잔뜩 키워놓은 상추의 차이. 직접 맛을 본 멤버들은 동의하지 않을 수 없었다.
확인이 끝나자 상추의 하얀 진액을 고등어 살에 묻혔다. 민규의 손길 하나하나는 마술사의 시범과 다르지 않았다.
남은 10여 장도 같은 방식을 따랐다. 그런 다음 상추떡 약간에 세파와 쑥갓을 곁들여 싼 후 봉명주에게 건네주었다.
"드시면 됩니다. 시의전서라는 옛 요리책에 나온 전통 상추쌈법입니다."
시의전서.
고서의 명성이 봉명주를 얌전하게 만들었다.
우물.
그녀가 쌈을 받아 물었다.
"조금 기다리면 될 겁니다. 그럼 저는 요리 때문에 이만……."
민규가 돌아섰다.
"뭐야? 아무렇지도 않은데……."
봉명주가 고개를 갸웃거렸다.
"봉 회장, 당장 잠이 오겠어? 오늘 밤에 보면 알잖아?"

김순애가 분위기를 정리했다. 상추쌈 이야기는 더 나오지 않았다.

"나 잘했어?"

주방으로 돌아갈 때 종규가 물었다.

"Very Good이다. 2차전 준비해라."

민규가 찡긋 윙크를 날렸다.

사삭사사삭.

본격 요리가 시작되었다. 상추에 대해서는 시간이 해결해 줄 일이었다.

채칵채칵.

그 시간도 함께 흐르기 시작했다.

가마보곶(可麻甫串).

어류 육류 '버섯모듬말이'라고 할 수 있을 정도로 다양한 재료가 들어간다. 수문사설에 나오는 재료만 봐도 '숭어, 농어, 도미, 소고기, 돼지고기, 목이버섯, 석이버섯, 표고버섯, 해삼' 등으로 많았다.

사삭!

민규의 칼질이 빛을 발하기 시작했다. 세 생선의 살을 투명하고 넓은 포로 떠냈다. 하나하나의 포는 글자가 비칠 정도로 얇았다. 이 요리의 핵심은 완성품을 커팅해 놓았을 때 보이는 문양이었다. 대령숙수나 셰프의 재주에 따라 태극에서 무지개까지 다양한 문양을 낼 수 있는 것이다.

가마보곶은 일본식 요리 어묵에서 유래했다는 말도 있지만 옛 요리서에 나오는 레시피는 일본과 달랐다. 즉 어묵이라기보다, 재료를 김밥처럼 말아내 녹두 녹말 옷을 입혀, 삶거나 쪄내는 것으로 보면 이해가 쉬웠다.

—가마보곶 레시피.

1) 숭어, 농어, 도미 등의 살을 얇고 넓게 포로 떠낸다.

2) 소고기, 돼지고기는 다져서 합쳐 양념한다. 각종 버섯과 해삼, 고추, 파, 미나리는 각각 곱게 다져둔다.

3) 김 한 장을 깔고 그 위에 1)의 생선살을 펼치고 2)의 소를 색색으로 놓는다. 그 위에 또 1)의 생선살을 펼치고 2)의 소를 놓기를 반복해 원하는 두께를 만든다.

4) 3)을 꼭꼭 말아 녹두 녹말 옷을 입힌다.

5) 끓는 물에 익혀서 편으로 썰어낸다.

6) 고추장을 곁들여 찍어 먹는다.

여기 핵심은 썰었을 때의 문양이었다. 레시피에 약간의 변형을 주었다. 첫 번째 생선 살 위에는 육류 다진 소만을 깔았고 두 번째에는 파와 미나리로 초록색을 만들었다. 마지막 생선 살 위에는 조금 수고를 더했다. 큰 홍고추의 속을 파내고 해삼 살을 다져 넣은 것. 김의 색감과 합쳐 그려내는 일곱 원형 문양의 완성이었다.

'요수.'

당첨된 초자연수는 요수 한 방울이었다.

톡!

'식욕과 함께 담박한 맛을 부탁해.'

바람도 함께 떨구어 넣었다.

두 번째는 어장찜이었다. 대구 내장을 정리한 후에 지장수로 씻었다. 대구 흰 살은 잘 다져 소로 넣었다. 양념을 하고 양쪽 끝을 무명실로 묶으니 끝이었다. 어장찜의 화룡점정은 바다 한 가운데에서 온 벽해수에게 맡겼다. 푸른빛의 바다 기운이 배면 맛도 식감도 좋아질 일이었다.

내친김에 도전복(餡全鰒)의 준비까지 아울렀다. 반건조 전복에 칼집을 내고 그 안에 고운 잣가루를 채운 후 베 보자기로 싸서 잣 맛이 고루 퍼지도록 밟아주는 것. 시대가 변했으니 차마 발로 밟을 수 없어 정원의 돌을 집어다 눌러놓았다. 다른 요리가 끝날 때쯤 보자기를 벗겨 먹음직한 크기로 썰기만 하면 되었다.

맛난 전복에 고소한 잣가루의 향연.

꿀꺽!

상상만으로도 침이 절로 넘어갔다.

이제는 연잎국수를 밀 차례였다. 연잎국수. 생각만으로도 국숫발의 진한 초록에 마음이 물드는 민규였다.

'어찌 보면 오늘의 메인…….'

민규가 신중해졌다.

그 옛날 생일잔치에는 국수가 빠지지 않았다. 긴 국수를 먹으며 국수 길이만큼이나 긴 수명을 기원해 온 민족이었다.

냄비에는 이미 육수가 나와 있었다. 음양기혈 조화를 위해 열탕과 생숙탕, 요수를 섞은 육수 물에 다시마와 표고버섯, 무 등을 우린 작품이었다.

다르륵다륵!

깨끗이 씻은 연잎을 손으로 자른 후에 확독에 넣고 곱게 갈았다. 반죽에는 갈아낸 연잎즙과 함께 밀가루, 볶은 콩가루, 미량의 볶은 소금이 들어갔다. 반죽은 나무 밀대로 고이 밀었다.

사삭사삭!

칼질과 함께 초록 반죽이 면발로 변하기 시작했다. 멤버들의 국수는 모두 같았지만 김순애의 것은 다르게 썰었다.

'주인공이니까.'

완성된 국수는 고동색 질그릇에 담았다. 진초록 면발 위에 올라앉은 건 육수에서 건져둔 다시마와 표고버섯이었다. 가지런히 잘라 올리고 붉은 통고추를 도톰하게 썰어 세 조각씩 올렸다. 표고버섯의 노란 속살과 빨간 고추 조각이 초록의 면발 위에 꽃을 피우니 기막힌 포인트가 되었다.

국수는 토마토과일김치를 곁들여 구성했다.

"연잎국수와 토마토과일김치입니다."

국수가 공개되자 멤버들은 그 색감에 넋을 놓고 말았다. 그렇잖아도 세팅에 일가견이 있는 민규였다. 거기에 요리의 색감까지 생생하게 살아나자 최상의 비주얼이 나온 것이다.

"어머어머!"

"이거 정말 먹어도 되는 건가요? 꼭 예술 작품 같아."

멤버들은 식감에 홀려 어쩔 줄을 몰랐다.

"드셔보시죠. 연잎은 부드러운 성질을 가지고 있어 심장, 간장, 폐장, 비장 등에 유익합니다."

“어머, 하긴 연은 버릴 게 없다지.”

“어때? 우리 이 셰프, 굉장하지?”

김순애는 고양된 자부심을 숨기지 않았다.

“아, 사모님은 잠깐요.”

민규가 김순애의 젓가락을 막았다.

“왜요? 나 지금 너무 먹고 싶은데… 마치 신선의 국수를 받은 것 같아.”

“사모님은 생신을 맞으셨기에 면발을 특별하게 만들었습니다.”

“특별하게?”

“한 가닥을 잡고 들어보시죠.”

“이렇게요?”

김순애가 면발을 들어 올렸다. 면발은 아주 길었다. 결국 자리에서 일어서고 말았다. 그래도 면발은 끝나지 않았다. 멤버 둘이 도와주고서도 면발은 끝이 나지 않았다.

“생일날 국수를 먹는 건 무병장수를 위해서라죠. 면발은 특별히 한 가닥으로 준비했습니다. 오래오래 건강하게 사시길 바랍니다.”

장수축원.

주인공의 부각을 위해 1인분의 반죽만은 한 가닥으로 썰어낸 민규였다.

짝짝!

멤버들의 박수가 아낌없이 터져 나왔다.

노랑나비 한 마리가 다시 날아와 김순애 국수 그릇의 가장자리에 앉았다. 고동색 그릇에 진초록 국수, 거기에 진한 노랑이

앉으니 기막힌 그림이 되었다. 멤버들은 다시 핸드폰을 출동시키는 수밖에 없었다.

찰칵찰칵!

핸드폰에 불이 났다.

맛?

당연히 끝내줬다. 연잎의 부드러움을 최상으로 살려준 초자연수 때문이었다.

배쫑배배쫑.

가까운 곳에서 새소리까지 들렸다. 호로록, 호로록. 연잎국수는 잘도 들어갔다.

연잎국수가 끝나기 무섭게 본격 궁중요리들이 줄을 잇기 시작했다.

오색을 품은 대구어장찜.

노란 잣가루를 두른 도전복.

흑설탕 옷을 입고 꼬치에 꿰어 걸린 한입 크기의 대추설기.

계란 지단과 청태 고물을 입어 혀에 닿으면 녹아버릴 것 같은 화병.

메밀과 치자, 파래의 삼색으로 구워진 단아한 섭자반 삼총사.

흰 생마에 대추 오린 것과 꿀을 뿌려 순백의 한국화를 이룬 마대추꿀병.

닿기만 해도 바삭 부서질 것 같은 들깨송이부각.

새싹 기운을 한가득 담아낸 화살나물깨무침.

하나하나 명작을 방불케 하는 요리 접시에 멤버들은 말을 잃고 말았다. 그건 김순애도 다르지 않았다. 솔직히 여기까지 예상한 건 아니었다. 그저 족보 있는 궁중요리가 나오려니 했다. 하지만 음양의 조화를 이룬 요리들은 감동의 도가니 그 자체였다.

모락거리는 어장찜은 위장을 흔들고, 풍후한 향을 뿜는 도전복은 옥침의 홍수를 만들었다. 화병은 몽땅 앞으로 당겨 혼자 먹고 싶을 정도였고 마대추꿀병은 한입 물면 자연이 몸으로 들어올 것 같았다.

배쫑배배쫑.

새소리도 훌쩍 가까워졌다.

"세상에!"

"……!"

멤버들은 사진 찍을 엄두조차 없었다. 난다 긴다 하는 셰프들의 요리를 먹어본 사람들이었다. 약선요리도 접했고 궁중요리도 접했다. 하지만 달랐다. 민규의 요리는 더욱 단아했고 더욱 기품이 서렸다.

결정적인 건 음식의 풍미였다. 저렴하게 후각을 후벼대는 자극이 아니었다. 품위를 지키려고 해도 코끝에 닿으면 몸이 움직이는, 손이 반응하고 목젖이 춤을 추는, 그녀들이 경험하지 못한 요리가 거기 있었다.

"드시죠. 요리가 사모님들을 기다립니다."

민규가 권했지만 김순애조차도 먼저 손을 대지 못했다. 이 아름다운 구성을 깨고 싶지 않았던 것이다. 그걸 깬 건 천명화였다.

와삭!

들깨부각 깨무는 소리였다.

"와아!"

그녀가 감탄사를 밀어냈다.

바삭!

"아아!"

자지러지는 소리도 났다.

"어때?"

김순애가 물었다. 식욕 짧은 천명화를 아는 까닭이었다.

"음… 이런 맛 처음이야. 이 아삭거리는 소리… 새소리에 나비랑 함께 먹으니 자연의 일부가 된 기분이다, 얘."

천명화의 말에는 꾸밈이 없었다. 오랫동안 닫힌 식욕에 불이 붙은 것이다. 그제야 사모님들의 젓가락도 다투어 출격을 시작했다.

—둘이 먹다 하나가 죽어도 모른다.

그녀들은 그 말뜻을 절감했다.

석경미가 대추설기를 물고 행복에 겨울 때였다. 무심코 시선을 돌리다 뒤집어지고 말았다.

"봉 회장!"

봉명주. 상추쌈을 받아먹은 멤버였다. 그녀는… 놀랍게도 들었던 화병을 놓은 채 꾸벅꾸벅 졸고 있었다.

"얘, 명주야!"

석경미가 봉 회장을 깨웠다.

"어머!"

봉명주가 화들짝 놀랐다. 어느새 침까지 흘리며 존 것이다.

"세상에, 셰프님 말이 맞았어. 잠이 미치도록 쏟아지네?"

봉명주는 반쯤 넋이 나가 있었다. 차마 믿을 수 없는 일이 일어난 것이다.

"물 한잔 드시지요."

민규가 물을 내밀었다. 졸린 걸 막아주는 장수(漿水)였다.

"마법이네, 마법이야."

천명화가 손뼉을 쳤다. 그러는 사이에도 그녀는 계속 먹어댔다. 다른 사람에 비해 세 배는 먹은 거 같았다. 그녀 앞의 접시가 비면 민규가 채워주었다. 그때마다 그녀의 상지수창을 살폈다. 신기하게도 변하지 않았다. 먹을수록 생동감을 더하는 다른 멤버들과는 영 딴판이었다.

'대체…….'

민규의 고개가 살짝 기울었다.

마무리는 향설고가 맡았다. 배와 생강, 후추로 빚어낸 향설고는 수정과 대용이었다. 배에서 우러난 맑은 붉은빛이 압권이었다. 천명화는 향설고도 2인분 분량을 호로록호로록 해치워 버렸다.

"천 화백, 오늘 식신 강림이네? 맨날 깨작거리더니 그렇게 많이 먹는 거 난생처음 본다, 얘."

김순애가 흐뭇한 표정을 지었다.

"그러게. 나도 내가 이렇게 식탐이 있는 줄 몰랐어. 솔직히 말하면 아직도 더 먹을 수 있을 거 같아."

천명화에게는 아쉬움이 남았다. 그걸 안 민규가 섭자반과 대추설기를 한 접시씩 더 내주었다.

"셰프가 최고예요. 까짓것 먹다 죽은 귀신은 때깔도 곱다는데 한번 먹어보지 뭐. 내 평생의 인생 정찬이야."

천명화의 젓가락이 다시 움직였다.

"에라, 나도 오늘은 다이어트 해제다. 뱃살은 셰프가 책임져요."

다른 멤버들도 식탐을 숨기지 않았다.

"셰프, 돌아오는 내 생일 연회도 부탁 좀 해요."

"나는 우리 엄마 팔순상요."

"나도 호텔 예약 연회 취소하고 이 셰프에게 부탁해야겠어. 억만금을 줘도 아깝지 않을 요리들이야."

멤버들이 다투어 예약을 청했다. 출장 요리비도 그 자리에서 입금이 되었다. 돈은 출장 때 달라고 했지만 막무가내가 되었다.

"돈을 미리 드려야 펑크 안 나죠. 다른 사람이 채 가면 어떡해요?"

멤버들의 말이었다. 네 명의 멤버가 각 500만 원씩. 무려 2천만 원이 꽂혔다.

김순애가 민규를 향해 엄지를 세워주었다. 생일상은 대성공이었다. 당신이 최고. 김순애는 온몸으로 그 말을 전하고 있었다.

"천 화백, 뭐 잊은 거 없어?"

자리를 파할 때 봉명주가 말했다.

"뭐? 정신 줄? 하도 넋 놓고 먹어서?"

"얘 좀 봐. 아까 셰프하고 약속했잖아? 요리가 맛있으면 그림 한 점 기증한다고."

"어머."

"그림이야. 우리한테도 안 파는 인간이니 격려 봉투나 하나 주시지. 너 그렇게 맛있게 먹는 거 처음 봤다. 얘."

"미투. 우아 떨기 9단인 천 화백한테도 그런 인간미가 있을 줄이야."

석경미도 거들고 나섰다.

"좋아. 기분이다. 내가 오늘 그림 한 점 쏜다."

고무된 천명화가 차 키를 꺼내 들었다.

"……"

멤버들의 눈이 휘둥그레졌다.

"둘 중 하나 고르세요. 내 인생 정찬을 차려준 보답이에요."

천명화가 그림 두 폭을 내놓았다. 강렬한 색감이 인상적인 비구상화였다.

"어머, 쟤 좀 봐. 진짜 주네?"

놀란 멤버들이 아이처럼 재잘거렸다.

"골라요. 내 그림이 값이 제법 나가거든요. 마음 변하기 전에……."

천명화가 민규를 재촉했다.

"그렇게 귀한 걸 제가 받아도 될는지……."

"내 뱃속에 아름다운 그림을 그려줬잖아요? 그 보답이에요."

화백다운 표현이 나왔다.

"그럼 이걸로……."

민규의 선택은 도자기와 학, 할미꽃이 어우러진 그림이었다. 제목은 '신선마을'…….

천명화의 소품 서양화 한 점. 이 그림이 민규의 개업에 키포인트가 될 줄은 민규도 알지 못했다.

"아유, 저것들 이번에는 군소리 없이 가네."

멤버들이 떠나자 김순애가 만족스러운 미소를 지었다.

"정신 하나도 없죠? 나이 먹으면 남는 건 수다밖에 없다니까요."

"아닙니다. 보기 좋던데요, 뭐."

"아무튼 정말 수고했어요. 깨작거리던 천 화백 입맛까지 녹여낼 줄은 기대 못 했거든요. 정말이지 신선의 생일상이었어요."

"요리란 접시에 마음을 담아내는 거죠. 테이블에 진심을 올리면 누구의 입맛이든 맞출 수 있습니다."

"멋진 말이네요. 접시에 마음을 담는다……."

"……."

"그나저나 우리 천 화백, 이상하네. 안 하던 짓을 다하고……."

김순애가 '신선마을' 그림을 바라보았다.

"그림, 나중에라도 돌려 드릴까요?"

"아, 아니에요. 천 화백은 한국 사람에게 그림을 안 팔거든요. 우리가 부탁해도 막무가내였는데 선뜻 기증하는 게 신기해서요. 걔가 아주 뻑 갔나 봐요."

"예……."

"아무튼 오늘 정말 기대 이상이었어요. 이 셰프님은 아예 이 길로 나가는 게 어때요? 손님은 내가 모아줄 수도 있는데……."

"그렇잖아도 준비 중에 있습니다. 많이 도와주십시오."

"아, 그런데 아까 그 나비 말이에요. 그것도 이 셰프가 어떻게 한 건가요? 내가 이 집에서 20년을 넘게 살았지만 나비 본 적이 없거든요.”

“맞습니다. 제가 나비술사를 데려왔지요. 음식이라는 게 분위기도 한몫을 하거든요.”

“나비술사?”

“종규야.”

민규가 신호를 보냈다. 그러자 종규가 뒤뜰에서 나왔다. 그 손에는 나비 몇 마리가 하늘거리고 있었다.

“어머!”

“장 보고 남은 돈은 주방 테이블에 놓아두었습니다. 그럼…….”

민규가 조리복을 벗었다. 약선요리와 궁중요리 출장은 대성공이었다.

“잠깐만요.”

민규를 세워둔 김순애가 안으로 들어갔다. 그녀는 민규가 꺼내둔 봉투를 가져왔다. 안에는 300만 원가량의 돈이 들어 있었다. 재료비 500만 원 중에서 남은 돈이었다.

“이거 가져가세요. 나비술사 일당도 필요하잖아요.”

“그건 제게 주신 출장비로도…….”

“받아두세요. 팁이라면 우습지만 내 마음이에요. 난 오늘 내 친구들에게 500만 원짜리 연회를 베풀었거든요.”

“사모님.”

“처음 만났을 때 무례했던 점이 있으면 이해하세요. 이렇게 멋진 셰프님인 줄은 몰랐네요.”

"저도 이렇게 쿨한 사모님인 줄 몰랐습니다."

민규가 웃었다.

"그럼 우리 새 이미지로 잘해봐요. 나, 이 셰프님의 영원한 단골이 되고 싶네요."

"고맙습니다."

"상휘야. 셰프님 가신다. 와서 인사드려야지."

김순애가 소리쳤다. 상휘는 애완견을 안고 나와 공손히 인사를 했다. 상휘의 편식은 민규를 처음 만난 날 이후로 사라졌다. 그건 조금 전에도 확인이 되었다. 민규가 따로 차려준 음식을 맛나게 해치운 것이다.

"그럼 고맙게 받겠습니다만, 사모님."

민규가 조심스럽게 운을 떼고 나왔다.

"네?"

"이 그림 주신 화백님 말입니다. 혹시 심장병이 있으신가요?"

"글쎄요? 그런 얘기는 못 들었는데… 왜요?"

"말씀드리기 조심스러운데… 제가 보기엔 심장이 좀 이상해서요. 나중에라도 병원에 한번 가보시라고 전해주시면 고맙겠습니다."

"심장이라… 한번 얘기는 해볼게요."

"그럼 이만……."

인사를 하고 저택을 나왔다.

부릉!

똥토바이도 주인 기분을 아는 걸까? 시동이 한 방에 걸렸다.

"형."

종규가 뒤에서 소리쳤다. 갈 때는 민규가 운전이었다.

"왜?"

"멋지던데? 진짜 최고의 셰프님 같았어. 방송에 나오는 사람처럼 말이야."

"너도 멋졌다. 나비와 새 덕분에 내 요리가 더 빛났어."

"당연하지. 난생처음 일당받는 알바라서 목숨 걸고 했거든."

"그런 데다 목숨 걸면 안 되지. 넌 내 하나밖에 없는 동생인데."

"그러니까 목숨 걸어도 돼. 내 하나밖에 없는 형을 위해서 하는 일이니까."

"사모님들에게 옮았냐? 말은……."

"자, 가시죠. 셰프님."

"그래. 그럼 잘 잡아라. 특별한 팁이니까."

"옛썰, 셰프!"

종규의 대답과 함께 똥토바이가 출발했다.

콧노래가 절로 났다. 초상류층 사모님들의 입맛을 제대로 저격했다. 게다가 추가 예약까지 받았다. 세상에는 인생을 사는 두 가지 방식이 있었다.

하나는 그 무엇도 기적이 아닌 삶, 또 하나는 모든 것이 기적인 삶.

지금, 민규의 삶은 후자 쪽이었다.

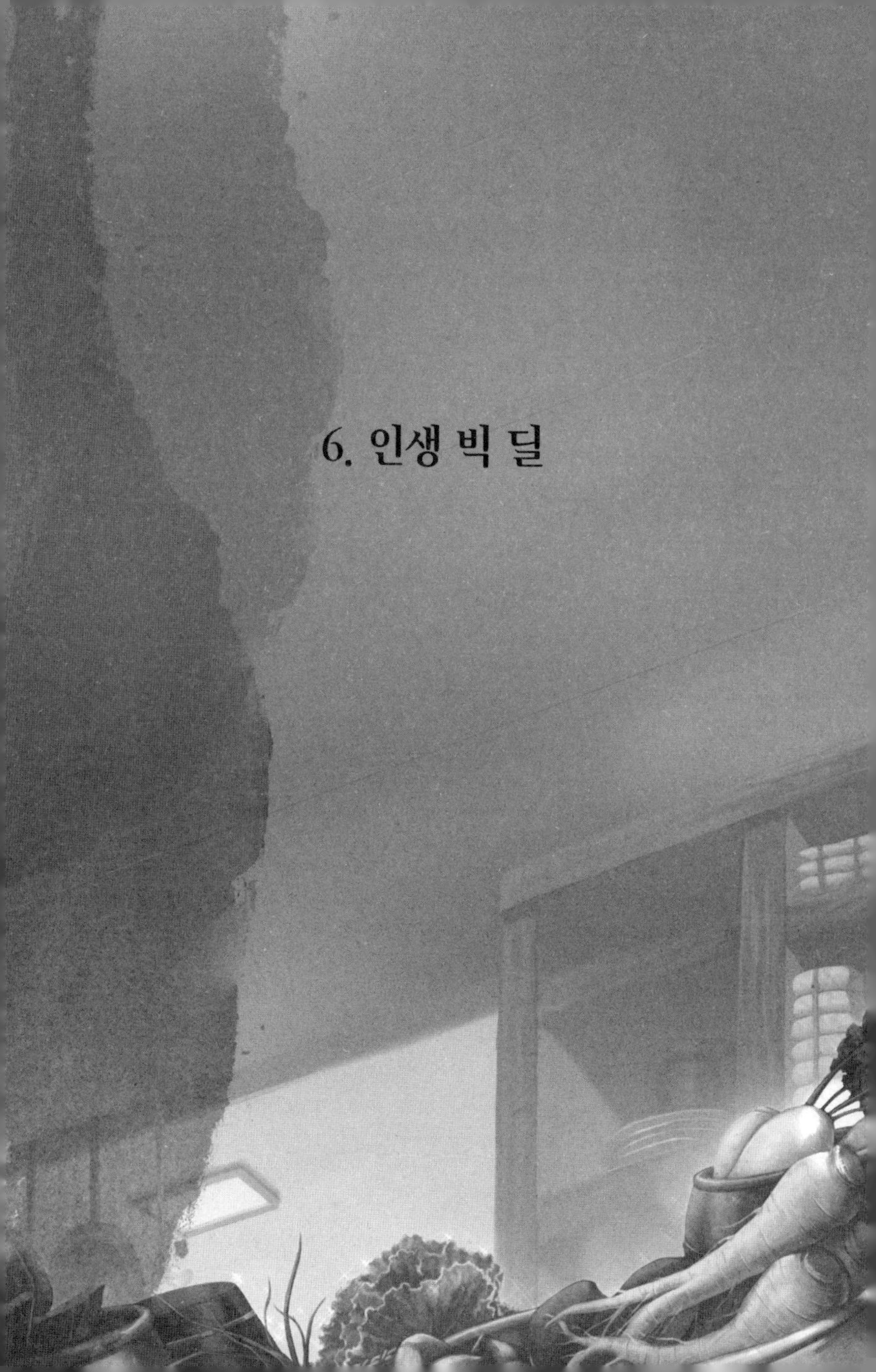

6. 인생 빅 딜

"건배!"

창!

두 잔이 부딪쳤다. 거금 5만 원을 내고 지른 싱글빈야드 까르미네르 와인이었다. 출장 요리의 성공과 종규의 회복을 겸한 파티였다. 와인을 마신 후에 김이 모락거리는 피자를 집었다. 오늘 하루는 일탈이다. 하지만 양송이피자라 종규에게도 그리 불량한 선택은 아니었다.

"형, 이거."

종규가 작은 상자를 내밀었다.

"뭐냐?"

"첫 알바비 기념 선물."

"뭐?"

"검색해 봤더니 첫 월급 타면 부모님 빨간 내복 사야 돈 번다더라? 그런데 나는 형이 내 엄마 아빠와 동격이니까."

"야, 그건 월급이지 이건 알바비잖아? 그것도 꼴랑 하루."

"아무렴 어때. 마음에 드나 열어봐."

"아, 짜식. 지 옷이나 좀 사지……."

민규가 상자를 열었다.

"……!"

시선이 상자에서 멈췄다. 빨간 지갑이었다.

"마음에 들어? 형 지갑 솔직히 존나 구리잖아? S급 셰프가 그러면 안 되지."

종규가 웃었다. 새벽 장에서 꺼내는 지갑을 본 모양이었다. 낡아서 가죽이 바랜 지갑이었다. 먹고살기 바쁘다 보니 새 지갑은 꿈도 꾸지 못하던 민규. 콧속에 탱자즙이 들어온 양 시큰해졌다.

"감동 먹었어?"

종규가 고개를 비틀며 민규 표정을 커닝했다.

"놀고 있네. 감동은 무슨… 어디서 만 원짜리 비닐 노점 지갑을 가지고."

"어, 노점 아니야. 무려 십만 원도 더 주고 샀거든."

"진짜냐?"

"응, 사실 더 좋은 거 사고 싶었는데 그건 나중에 또 선물할게."

"어이구, 우리 종규 철들었네."

"열어봐."

종규가 지갑을 가리켰다. 안을 보니 신권 지폐들이 보였다. 오만 원권 하나, 만 원권 하나, 오천 원권, 천 원권 하나였다. 민규가 샤워하는 동안 사라지더니 이런 음모를 꾸민 모양이었다.

"형은 이제 대박 날 거야. 내가 돈에 굿기름 왕창 묻혔거든."

"야, 그럼 운전면허는?"

"상택이가 알선해 줬어. 그 자식 외숙모가 운전학원 운영하잖아."

"아, 짜식 진짜……."

"감동?"

"됐고 너 필요한 거나 말해봐라. 형이 다 사준다."

"형 가게."

"응?"

"내가 원하는 건 그것뿐이야. 우리 형이 버젓한 약선요리집 내서 세상 사람들 입맛을 사로잡는 거."

"내 가게라……."

"그래서 미슐랭 별도 한 세 개쯤 달고……."

"해볼까?"

"어떻게? 노점 약선요리?"

"첫술에 배부르냐? 차근차근 모으면 되지. 그러니까 가게 말고 다른 거 말해봐라."

"뭐든지 다 되는 거야?"

"당연하지. 오늘 우리 형제가 최고의 팀워크를 발휘한 날인데."

"그럼 재희 약선요리 좀 해줘."

"재희?"

"내 환우 알잖아."

"야, 이종규. 걔는 병원에 있어서 곤란해. 의사들이 허락할 리 없다고."

"의사가 무슨 상관이야? 어떻게든 나을 수 있는 게 중요하지. 그냥 식사 때 먹게 하면 되잖아? 의사들이 병원 식사까지 일일이 챙기는 것도 아니고."

"종규야!"

"형은 그 마음 몰라. 나을 기약도 없이 하루하루 시들어가는 게 얼마나 힘든 줄 알아? 걔도 폐 이식은 어려워. 폐 기증이 나온다고 해도 걔한테 돌아가지 않는다고."

"……."

"부탁해. 형이 나를 통해 이미 증명했잖아? 나한테 통하는 게 재희한테는 안 통할 리 없잖아?"

"……."

"형."

"좋다. 까짓것 한번 해보자. 나도 생각이 없는 건 아니었다."

"형!"

"사진 있으면 하나 보내달라고 해라. 사람을 봐야 체질에 맞출 수 있거든."

"옛날에 봤잖아?"

"기억 안 난다."

민규가 고개를 저었다. 물론 거짓말이었다. 다른 사람도 아니고 종규와 같은 병에 걸린 아이. 잊을 리가 없다. 하지만 그때는 초자연수와 상지수창의 재주가 없던 때였다.

"그럼 그냥 내 것처럼 지어. 병명도 같으니까."

"안 돼. 그렇게 대충하면 오히려 나빠질 수도 있어."

"아니야. 괜찮아. 내가 이미 실험했어."

종규가 가슴을 두드렸다.

"무슨 뜻이야?"

"형이 해준 내 약선 말이야. 내가 형 몰래 좀 가져다줬거든. 그거 먹더니 숨 쉬기가 편하다고 그랬어."

"뭐야?"

민규가 득달같이 반응했다. 종규의 마음은 알지만 위험한 선택이었다.

"당장 사진 보내달라고 해. 그리고 형 모르게 그런 짓 하면 그냥 안 둔다. 약선은 나눠 먹을 수 있는 게 아니야."

"알았어. 왜 화를 내고 그래."

종규가 삐죽거리며 전화를 걸었다. 재희의 사진이 파일로 날아왔다.

"자."

"……!"

사진을 본 민규 시선이 굳어버렸다. 다행히 재희의 체질은 종규와 비슷했다. 천운이었다.

달그락달각!

설거지는 종규가 맡았다. 재희의 약선요리를 위한 아부의 일환이었다. 그 속을 알지만 그냥 두었다. 이제 종규도 슬슬 정상적인 일상으로 돌아가야 하기 때문이었다.

토독토독!

민규는 검색을 했다. 천명화의 그림 때문이었다. 가만히 들여다보니 굉장한 매력이 있었다. 검색 결과가 나왔다.

천명화 화백.

유명한 정도가 아니라 뉴욕 화랑에서 한국을 대표하는 사람이었다. 그럼에도 드러나지 않은 건 그녀가 언론 노출을 꺼린 까닭이었다. 현재 그녀는 싱글이었다. 젊은 시절, 두 번의 이혼을 겪었다. 그로 인해 사람과의 접촉을 꺼린다는 기사도 보였다. 그러나 그녀는 그 아픔을 작품에 녹여냈다. 찡하면서도 존경스러운 사람이었다. 가정이라는 일가는 이루지 못했지만 대신 예술의 일가를 이룬 것이다.

일가(一家).

셰프에게 있어 일가라면?

젠장, 역시 내 가게가 필요했다.

'내 가게…….'

간단히 말해 개업이다. 손을 바라보았다. 초자연수를 소환하는 신묘한 손가락. 전생들의 요리와 한의학에 대한 영감도 이제는 익숙해졌다. 여러 계층의 사람을 통한 실험도 성공적이었다. 대충 후려잡는 차만술과는 비교 불가의 약선요리. 개업을 해도, 누구와 붙어도 자신이 있었다.

하지만.

실력과 돈은 직결되는 게 아니었다. 가진 돈은 옥탑방 보증금 1,000만 원. 게다가 약선요리는 작은 식당으로 될 일이 아니었다.

'좋은 장과 다양한 약재, 그리고 좋은 식재료들…….'

머리에 약선 재료들이 스쳐 갔다. 출장 요리에서 가장 아쉬운 건 된장, 고추장 간장 등의 장이었다. 매실청이나 오미자청, 산수유청 등의 발효액도 그랬다. 전생의 선별력으로 골라 쓰기는 하지만 좋은 약선요리를 위해서는 필수품인 것들.

초자연수로 장을 담그고 싶었다. 편작의 물인 반천하수로 담근 장은 어떤 맛이 날까? 화타의 물로도 불리는 마비탕은 또 어떨까? 죽은 장맛을 살려내는 우박은? 그것들을 만들고 관리하려면 햇살 잘 드는 장독대가 필요했다. 그러자면 필연 터가 넓어야 했다.

'더구나 약선요리.'

분위기도 문제였다. 맞춤한 분위기가 아니면 손님들과 괴리가 될 수 있었다. 결론은 어렵지 않았다. 본격 약선요리를 하려면 개업. 하지만 한두 푼으로 감당할 수 없다는 결론이 나왔다.

결국은 허황된 꿈일까?

허황이라는 단어를 찾아보았다.

허황—되다虛荒[발음: 허황되다/허황뒈다].

허황하다(헛되고 황당하며 미덥지 못하다).

허황된 말.

허황된 꿈을 키우다.

허황된 꿈.

허황은 실력이 딸리거나 가능성 없는 일을 넘볼 때 적용된다.

하지만 민규에게는 세 전생의 요리 엑기스가 영감으로 녹아 있다. 그럼에도 불구하고 자본이 모자란다는 이유로 주야장천 출장 요리나 나가야 하는 걸까? 요리 실력을 갖췄으니 어떻게든 시도해 보는 게 답이 아닐까?

吉星照門 貴人相對(길성조문 귀인상대).

陰陽和合 萬物化生(음양화합 만물화생).

길성이 문에 비치니 귀인과 대면한다. 고귀한 이들을 만나 큰 도움을 받게 되리라.

음양이 화합하니 만물이 화생한다. 안과 밖에서 화합하니 매사 대박 형통하리라.

운명 시스템이 허락한 행운의 괘를 떠올렸다. 그 말이 틀리지 않다면 쫄아서 움츠릴 일이 아니었다. 훨훨 날아 한국뿐 아니라 중국, 일본, 미국과 프랑스까지 넘봐야 할 일이 아닌가? 약선요리의 존엄을 알려야 할 일이 아닌가?

"……!"

가게 형상 하나가 숙명처럼 스쳐 갔다.

'녹채 보리밥집…….'

그 가게는 아직도 민규 마음에 있었다. 서울에서 그만한 입지의 가게는 없었다. 게다가 분위기를 갖춘 전통보리밥집이라 인테리어도 그냥 쓸 만했다. 강과 자연을 접하고 있어 약선요리 분위기로도 그만인 입지…….

'일단 질러보자.'

마음이 민규의 등을 밀었다. 검색을 했다. 파리 떼를 날리고 있는 보리밥집. 어쩌면 매물로 나왔을지도 몰랐다. 몇 군데 중개 사이트를 열었다. 매물에는 녹채 보리밥집이 없었다.

'부동산에는 안 나왔네?'

전의가 한풀 꺾였다. 하긴 매물로 나왔다고 해서 당장 침 바를 수 있는 것도 아니었다. 잠시 골똘하다가 내친김에 질렀다. 전화였다. 보리밥집 인근 부동산을 찾아 번호를 눌렀다.

—녹채 보리밥집?

장년의 중개사가 심드렁하게 물었다.

"혹시 매물로 나왔나 해서요."

—나오진 않았지만 주인이 문의는 해온 적이 있지요.

"그래요?"

귀가 솔깃했다.

—시세만 알아보고 갔는데, 그 가게 사시게?

"아닙니다. 그냥 궁금해서요. 시세는 대략 얼마나 하나요?"

—세라면 1억에 800정도, 매매하면 못해도 8억은 줘야겠죠.

'8억.'

—그것도 요즘 장사가 안 되어서 그렇지. 장사만 잘되면 두 장은 더 써야 합니다.

두 장 더하면 10억.

억 소리에 척추가 뻣뻣하게 굳어버렸다. 당장은 1억도 낼 수 없는 형편이었다.

—생각 있으면 언제 한번 나오세요. 주인이 당장 팔 생각은 아닌 거 같던데 그래도 임자 만나면 금방입니다. 현금 3억 정도 있

으면 은행 대출 더해서 잡을 수 있습니다.

3억.

그 또한 장난은 아니었다.

바스락.

저녁 시간, 민규가 채소를 신문에 말기 시작했다. 채소는 미리 다듬어놓으면 좋지 않다. 그만큼의 싱싱함을 포기하는 것과 같았다.

"……!"

그러다 부고란에서 시선이 멈췄다. 부고란 중앙에 아는 이름이 찍혀 있었다.

〈우람은행 지점장 방경환 부친상〉

날짜를 보니 장례가 끝났을 일이었다. 그날, 민규의 궁중붕어찜을 맛나게 먹은 할아버지가 끝내 유명을 달리한 모양이었다.

'지점장……'

나선태 사장의 목소리가 스쳐 갔다.

"지점장만 잘 알면 대출은 자동빵인데 말이야."

나 사장이라면, 몇 억이 필요하다면 당장 전화를 걸지도 몰랐다. 천연덕스럽고 능청스레 사업 구상을 뻥 튀겨 설명할 것이다. 구라로 서류도 만들고 필요하면 간이라도 빼 준다.

'될까?'

지점장 얼굴을 떠올렸다. 민규의 약선요리를 인정한 사람 중의 하나였다. 한 푼 두 푼 모아서 내 가게를 가질 수도 있었다. 하지만 어느 날 문득 내린 기연처럼 문득 시작할 수도 있었다. 그만한 실력은 이제 갖추고 있었다.

'방경환 지점장님…….'

민규는 점점 골똘해졌다. 마음에 드는 가게가 있다. 문제는 돈이었다. 지점장이라면 대출이 안 되더라도 대안을 알려줄 수 있을지도 몰랐다. 금융에 대해서는 젬병인 민규. 미래를 앞당기기 위해서는 행동이 필요했다. 옥탑방에 퍼질러 앉아서 이룰 수 있는 일은 없었다.

'일단 질러보자.'

결심이 섰다.

* * *

"이 셰프!"

오늘도 나 사장은 회사 현관 앞에 있었다. 두 팔을 벌려 민규를 껴안는 만행까지도 서슴지 않았다.

"김순애 여사님 말이야, 신선의 요리를 선보여 드렸다고?"

사장은 오버의 극치를 달렸다.

"사모님에게 연락이 왔습니까?"

민규가 물었다.

"천만에. 내가 전화 걸어서 확인했지."

"……."

"수고했어. 이제 이 셰프가 명실공히 우리 회사 간판이야."
"사장님 간판은 마 셰프님 아닌가요?"
"떠난 인간들은 왜 찾아? 나는 뒤돌아보는 사람이 아니야."
'말은…….'
"뭐 사업 구상? 사업은 개뿔… 그래도 나니까 대우해 줬지 까놓고 말해서 그 친구들이 어디 가서 대우받을 실력이야?"
"……."
민규는 대꾸하지 않았다. 언제는 에이스라고 띄워주던 사람들. 사표를 내고 나니 헌신짝처럼 내려놓는 나 사장이었다.
"사모님 집 어때? 있는 사람 저택이니 궁궐 같았을 거 같은데?"
"좋기는 하더군요."
"일당은 얼마 불렀어?"
"그건 왜요?"
"아니, 내가 뭐 침 바르려는 게 아니라 큰손들 배포가 궁금해서."
"그냥 주는 대로 받았습니다."
그쯤에서 말을 끊고 돌아섰다. 속이 느끼해져서 정화수라도 한 잔 소환해야 할 판이었다. 그나마 다행인 건 김순애가 디테일한 정보를 주지 않았다는 것.
"조 셰프님, 모닝커피입니다."
사람 좋은 조병서에게 믹스커피를 건네주었다. 오늘은 순류수가 아니라 지장수였다.
"음, 오늘은 맛이 다르네? 새로운 배합이야?"

조 셰프는 순류수와 지장수의 차이를 알아챘다.
"어떤 게 더 맛있나요?"
"지난주의 배합. 이것도 좋기는 한데 그게 더 환상이었어."
"알겠습니다. 그럼 내일부터는 그 배합으로 계속 모시죠."
"주말 출장은?"
"좋은 평 받았습니다."
"하긴 아침부터 나 사장이 싱글벙글하고 있으니……."
"마 셰프님하고 정 셰프님 어디 가신지 아세요?"
"알아서 뭐 해? 뭐 어차피 여기 절반 이상이 다 임시방편인데. 이 셰프도 이제 실력 많이 붙었으니 호텔 같은 데 찾아서 옮겨 가."
"오라는 데가 있어야 말이죠."
"아니야. 요즘 보면 이 셰프 실력이 확 는 거 같아. 원하면 내가 있던 곳에 알아봐 줄 수 있는데?"
"아닙니다. 저도 구상하는 게 있어서요. 추이를 봐서 말씀드릴게요."
"약선요리 대회 출전?"
"예?"
"마 셰프, 정 셰프 다 거기 나가려고 사표 낸 거야. 대상 상금이 자그마치 1억이라던데 이 셰프도 생각 있으면 한번 나가보지 그래?"
"그럴까요?"
대충 받아넘기고 스케줄표를 보았다. 표는 오늘도 사장이 직접 들고 나왔다.

"무려 네 쌍둥이야. 권 셰프가 두 번 다 손 들고 온 건인데 네 쌍둥이가 언론의 주목을 받는 몸이라 그냥 넘길 수 없거든. 출장비는 따블!"

사장이 손가락 두 개를 펴 보였다. 네 쌍둥이 기사는 민규도 본 적이 있었다. 언론에 민감한 사장이 켕기지 않을 수 없는 일이었다.

요양원 출장 건과 함께 받아 들고 복도로 나왔다. 똥토바이 앞에서 전화번호를 눌렀다. 우람은행 지점장 방경환의 번호였다.

처음에는 받지 않았다. 어쩔까 싶었지만 기왕에 뽑은 칼, 재발신을 눌렀다.

—여보세요.

방경환의 목소리가 나왔다.

"아, 안녕하세요? 저는 약선요리 하는 이민규라고 합니다. 전에 부친께 붕어찜 요리를 해드렸는데 기억하시겠습니까?"

민규의 설명은 좀 길었다.

—아, 그 요리사분? 그런데 어쩐 일로?

"그게… 대출 상담 좀 하고 싶어서 전화드렸습니다."

본론을 돌직구로 던져 버렸다. 주저주저하다가는 말도 못 꺼낼 수 있었다.

—대출 상담?

"예, 제가 약선요리로 창업을 하고 싶습니다."

—창업이라?

"언제 찾아뵈어도 되겠습니까?"

—음, 그렇잖아도 내가 출장 요리 한번 부탁할 생각이었는

데… 괜찮으면 오후 2시쯤 올 수 있겠어요?

"알겠습니다. 2시에 뵙겠습니다."

재빨리 대답하고 전화를 끊었다. 후아, 폐에서 참았던 날숨이 나왔다. 긴장 때문에 내쉬지 못한 숨이었다.

오후 2시.

오전에 유치원 끝내고 찾아가면 될 것 같았다. 요양원은 은행 상담한 후에 가면 스케줄에 문제가 없을 일이었다. 그래도 다행이었다. 무시하면 어쩌나 싶었는데 거기까지는 아니었다.

이민규.

쫄지 말자.

니 약선요리 보통은 아니거든.

하지만 일단은 네 쌍둥이부터.

민규는 차분하게 일상을 겨누었다.

네 쌍둥이는 모두 공주님들이었다. 노란 원복을 입으니 분신술을 쓴 한 사람 같았다. 도무지 구분하기 힘들었다.

"내 이름은 수미입니다."

"나는 수라예요."

"나는 수연이!"

"나는 수희라고 합니다."

쌍둥이들이 합창을 할 때면 정말이지 정신 줄이 흔들리는 기분이었다. 예전 같으면 한숨부터 나올 일. 하지만 이제는 오히려 구미가 당겼다.

—시험받지 않는 삶은 가치가 없다.

고로 인간은 시험을 받아야 성장한다. 너 자신을 알라로 대표되는 소크라테스의 두 번째 명언에 귀를 기울이는 민규였다.

수미, 수라, 수연, 수희. 이름은 메모지에 적어 요리대 옆에 꽂아두었다. 자칫 이름을 잘못 부르면 감당 못할 결과가 나올 수 있는 까닭이었다.

"되겠어요?"

안경 낀 원장님이 울상을 지었다. 이미 두 번이나 실패한 편식 교정. 원장은 별 기대감이 없어 보였다.

"나는 파 싫은데."

"나는 김치가 제일 싫어요."

"채소를 먹으면 배가 아파요."

"하느님은 바보예요. 왜 먹기 싫은 걸 만들었는지 모르겠어요."

한 명이 입을 열면 자동으로 4연발이었다. 똑같은 아이들이 재잘거리니 손오공의 분신 마법 작렬처럼 보였다. 그런데, 손오공의 분신 마법이 감기에 걸렸다. 콧물을 훌쩍이는 걸 보니 알 것 같았다. 몸에서 나는 여린 비린내, 더불어 기침과 천식 기운이 보였다. 자꾸 긁적이는 걸 보니 피부도 좋지 않았다. 폐 때문이었다. 아이들의 상지수창은 공통으로 폐대장이 부실했다.

체질 유형—金형.

간담장—양호.

심소장—허약.

비위장—양호.

폐대장—허약.

신방광—양호.

포삼초—양호.

미각 등급—C.

섭취 취향—平食.

소화 능력—B.

'화극금(火克金)…….'

쌍둥이들의 상지수창은 복사라도 한 듯 거의 같았다. 불이 강해 쇠를 쳤다. 폐대장이 약해지니 심소장도 따라갔다. 금형 체질이면서 화형 체질의 음식에 치우친 까닭이었다.

"나 은행은 먹을 수 있는데……."

막내의 말이 증거였다.

"초콜릿 좋아하지?"

민규가 물었다.

"네, 밥 대신 초콜릿만 먹으면 좋겠어요."

"바비큐도 좋아하지?"

"바비큐 대박 좋아해요. 바비큐 해주세요."

합창은 저절로 이어졌다. 화형은 쓴맛에 불에 단내, 불 맛, 그슬린 맛을 선호한다. 그러니까 이 쌍둥이들은 옆길로 제대로 샜다.

"맞아요. 애들은 일 년 내내 감기를 달고 살아요. 심하면 나오지 못하게 하는데 늘 그러니……."

원장이 민규 생각을 확인해 주었다.

연중 감기.

편식하는 아이들에게 감기는 족쇄와도 같았다. 코가 편하지 못하니 음식 맛도 제대로 못 느낄 일이었다. 요리의 1순위가 정해졌다. 맛난 요리를 즐기려면 감기부터 내치는 게 순서였다.

—배, 꿀, 생강, 은행.

레시피의 재료는 간단했다. 꼭지를 도려내고 배의 속을 파냈다. 재료를 배 속에 넣고 중탕을 시켰다. 중탕의 초자연수는 천리수와 벽해수를 한 방울씩 혼합했다. 벽해수는 가려운 피부병에 좋다. 천리수는 치료식에 좋으니 고민하지 않았다. 중탕이 끝나자 하나씩 컵에 올려 아이들에게 주었다.

"먹어봐. 기침 안 하게 될 거야."

"거짓말!"

민규 말에 수미가 입을 삐죽거렸다.

"거짓말 아니야."

"거짓말이에요. 난 다 알아요."

"수미가 거짓말탐지기야?"

"맞아요. 수미가 거짓말탐지기."

아이들이 까르르 웃었다. 아이들의 반은 웃음이다. 사소한 일에도 아이들은 테이블을 두드리며 웃었다. 하긴 네 자매다. 겁날 게 없는 숫자였다.

"은행 좋아하는 수희가 먼저 먹어볼까? 이상한 맛이 나면 안 먹어도 돼."

민규가 저격 종용을 했다. 은행 좋아한다고 소리쳤던 수희, 책임감을 아는지 숟가락을 들었다. 세 언니들은 저마다의 심각한 표정으로 막내를 바라보았다. 수희는 신중했다.

"큼큼."

일단 후각부터 발동한다. 그런 다음 무른 배를 건드려 본다. 은행을 깔짝거리더니 이윽고 눈꼽만큼 분량의 즙을 떠 들었다. 세 언니들은 조금씩 더 다가섰다. 숟가락이 입으로 들어갔다. 동시에, 수희는 눈을 질끈 감았다.

"어때?"

"수희야."

"맛없지?"

세 언니들이 감상평을 재촉했다.

꼼지락.

느리게 수희의 목젖이 움직였다. 이제야 즙이 목을 넘어가는 것이다. 동시에 요리의 풍미도 그녀와 하나가 되고 있었다.

"맛없어?"

"아니, 아무렇지도 않아."

수미의 물음에 수희가 큰 소리로 답했다.

"우와!"

세 언니가 자지러졌다. 막내의 용기에 대한 경탄이었다. 으쓱해진 수희가 배즙을 제대로 퍼 들었다. 입으로 들어갔다.

"흐음."

콧김까지 뿜는다.

안전하다. 쌍둥이들의 결론이었다.

언니들의 시선이 각자의 접시로 돌아갔다. 배즙을 먹기 시작했다. 셋의 첫술은 조심스럽지만 경계심은 곧 풀렸다.

"내가 일등!"

"나는 이등!"

"일등은 나야. 내가 제일 먼저 먹기 시작했잖아?"

늦장을 부리던 수희가 발끈하고 나섰다. 민규가 아이들에게 물컵을 내밀었다. 입맛 돋구는, 시원한 요수가 원수였다. 아이들이 물을 받아 마셨다.

"어때? 목이 편하지?"

민규가 물었다.

"네, 목이 안 가려워요."

"기침이 죽었어요."

아이들 목소리가 커졌다. 그렇다면 본론 돌입이었다. 이미 아름아름 준비를 끝낸 민규, 10분도 걸리지 않아 요리를 내놓았다.

—현미부추장떡.

오늘의 편식 요리였다.

—현미가루, 부추, 조갯살, 계란 흰자, 고추장, 간장, 설탕, 후추.

재료는 간단했다. 부추는 두 가지로 준비했다. 일단 첫 접시는 부추즙을 사용한 장떡을 출격시켰다. 잘 구워낸 붉은 장떡에 계란 흰자 옷을 입힌 요리였다. 쌍둥이들의 취향을 고려해 조갯살을 불에 살짝 그을린 후 반죽과 섞어 지져냈다.

"이번에도 용감한 수희가 일등으로 시식?"

살짝 고양된 수희를 부추겼다.

"네, 내가 먼저!"

수희가 덥석 떡밥을 물었다.

우물!

수희의 암팡진 볼이 실룩거리자 언니들은 또 막내바라기가 되었다. 수희는 제법 의젓하게 첫 장떡을 삼켰다. 그러고는 언니들을 향해 끄덕 먹을 만하다는 고갯짓을 보냈다. 풍미가 출렁이자 몸이 신호했다. 풍미가 네 쌍둥이 코를 간질러 대자 아이들은 자기 앞의 접시를 간단하게 비워주었다.

민규가 두 번째 스타일의 장떡을 내놓았다. 이번에는 부추가 그대로 보였다.

"똑같은 거야. 아까는 즙을 낸 거고 이번에는 그대로 넣은 거고. 원래 그대로 넣은 게 더 맛있는 법이거든."

"……."

민규의 설명에도 아이들은 잠시 주저했다.

"기침 안 나오지? 몸도 안 가렵지? 이 요리는 너희들 감기를 막아주고 피부도 안 가렵게 하는 힘이 들어 있어. 감기와 피부는 폐가 약해서 오는 건데 부추와 계란 흰자는 폐에 굉장히 좋거든."

"은행은요?"

수희가 물었다. 제가 좋아하는 것에 대한 자부심이 엿보였다.

"은행도 좋지. 수희는 은행도 좀 넣어서 지져줄까?"

"네!"

"나도요."

"나도요."

따라쟁이 심리가 발동했다.

미소를 숨기며 은행을 슬라이스로 썰어 반죽에 넣었다. 그까짓 건 일도 아니었다.

"맛있다."

제 코드에 맞춘 장떡이 나오자 수희는 맛을 음미하며 먹었다. 여기서 경쟁이 붙었다. 일착으로 해치운 수희가 추가 주문을 내자 세 언니도 지지 않았다. 기회를 놓칠 민규가 아니었다. 이미 열린 쌍둥이들의 식성. 보너스로 당근을 썰어 넣고 미나리와 호박도 넣었다.

"선생님……."

원장의 시선은 경탄으로 바뀌어 있었다. 원장에게도 한 접시 건넸다. 체질에 맞춘 것은 아니었지만 갖은 채소와 조갯살이 올라간 장떡. 원장의 입맛에도 잘 맞았다.

"우리 이제 기침 안 하는 거죠?"

"가렵지도 않은 거죠?"

식사가 끝나자 쌍둥이들이 물었다.

"당연하지. 오늘처럼만 먹으면 끄떡없을 걸?"

자세를 낮춘 민규가 쌍둥이들에게 쓰담쓰담을 작렬시켰다. 원장의 입꼬리는 자꾸만 귀밑을 향해 올라가고 있었다.

"고맙습니다."

"수고하셨어요."

쌍둥이들과 원장의 떼창을 들으며 유치원을 나왔다. 그러고 보면 이 일도 보람이 있었다. 치아 교정만 필요한 게 아니다. 편식 또한 교정되어야 한다. 이는 눈에 보이니 교정에 적극적이고, 편식은 보이지 않으니 심각성을 모를 뿐이었다.

바다당!

도로에 접어들 때 핸드폰이 울렸다. 사장이겠지. 그새 또 궁금한 거겠지. 귀찮은 생각을 하며 핸드폰을 꺼냈다.

'응?'

사장이 아니었다. 고마운 사모님 김순애였다.

'웬일이시지?'

살짝 긴장 모드를 취하며 전화를 받았다.

—이 셰프님!

김순애의 목소리가 쏟아져 나왔다. 굉장히 불안정한 목소리였다.

'뭐야?'

민규도 덩달아 불안해졌다.

* * *

끼아악!

똥토바이가 흰 연기를 뿜으며 멈췄다. U서울병원이었다. 민규의 목적지는 장례식장이었다. 입구부터 조화가 물결을 이루고 있었다.

[故 천명화.]

모니터에 상가 안내 화면이 보였다. 양편으로 늘어선 조화는 향기조차 없었다. 죽음의 무게 때문이다. 죽음은 모든 것의 향을 지워 버린다.

부의금은 사절합니다.

분향소 입구에 걸린 문구였다. 종규에게 선물받은 지갑을 꺼내 들었던 민규가 살포시 거두었다. 헌화는 특이하게도 장미였다. 고인은 장미를 좋아했다. 나중에 들은 얘기였다. 영정은 포샵이 되어 있지 않았다. 그 또한 그녀의 신념이었다. 다만, 음악이 나왔다. 이사오 사사키의 Sky walker였다.

"명화가 제일 좋아하는 노래였어요."

헌화 뒤에 마주친 김순애가 말했다. 불꽃같은 삶을 살다간 천명화. 그렇기에 그녀의 취향을 반영했다고 한다. 김순애는, 천명화 공동장례위원장 격이었다. 이혼했으니 남편도 없고, 아이도 없는 천명화였다. 그녀의 재단이 권리 의무를 승계하게 되었다.

"오셨어요?"

봉명주와 석경미, 나윤옥 등의 멤버들이 목례를 해왔다. 어제만 해도 함께 정찬을 즐겼던 동기생. 하루아침에 한 사람이 불의의 객이 되었으니 충격이 클 만도 했다.

"잠깐만요."

김순애가 민규를 끌었다.

"……!"

빈 공간으로 나온 민규가 휘청 흔들렸다. 사인 때문이었다. 천명화의 사인… 심근경색이었다. 자다가 발병했고 덕분에 119 한 번 부르지 못했다고 한다.

이른 새벽, 가사 도우미가 도착했다. 집 열쇠가 있기에 조용히 들어왔다. 분위기가 이상했다. 알지 못할 불안에 천명화의 안방을 노크했다. 천명화는 거기 없었다. 화실로 갔다. 노크를 하고 열었다. 천명화는 거기 있었다. 화실 이젤 옆에 놓여진 간이 침대. 그림을 그리다 잠든 밤. 천명화의 마지막 밤이었다.

'심장…….'

민규의 척추에 얼음이 들어온 것 같았다. 그녀의 상지수창… 도무지 리딩되지 않던 그 창. 심장 부근이 유독 빈 빛으로 찬란하던 창…….

'우워어…….'

민규는 흔들리는 의식을 간신히 잡아 세웠다.

설마…….

설마…….

죽음까지 볼 수 있단 말인가?

작렬하는 아찔함에 한동안 멍을 때렸다. 그러나 몰랐던 민규였다. 이게 그런 신호인 줄 알았더라면… 그랬더라면… 그녀를 병원으로 보내 죽음을 막았을 것을…….

"이거요."

아뜩해지는 시선 앞에 김순애가 핸드폰 사진을 열어주었다. 수첩이었다.

"명화의 마지막 메모예요."

메모…….

화면이 눈에 들어왔다.

그림보다 맛있는 우리 전통요리… 나는 오늘 미각이라는 새로운 예술 세계를 만났다. 알고 보면 세상은 모든 게 예술이다. 새로운 눈을 뜨게 해준 이민규 셰프가 너무 고맙다. 그도 내 그림에서 특별한 매력을 느꼈으면. 내 마음이 그랬듯 그 그림이 셰프의 요리 영감에 작은 도움이라도 되었으면.

미각이라는 예술.

이민규 셰프.

그에게 작은 도움이라도 되었으면.

띄엄띄엄 읽히지만 감정은 쏜살처럼 전해왔다. 죽은 사람의 인사. 너무 특별해 또 한 번 억장이 무너졌다.

"고마워요."

김순애의 목소리가 나른하게 청각을 치고 들어왔다.

"기집애, 어쩐지 그렇게 먹어댄다 했어."

"그래도 다행이지. 먼 길 가는데 든든하게 먹고 떠났잖아?"

"그러니까 안 하던 짓 하면 안 돼. 나 사실 그때 이상한 예감 들었었어."

멤버들 목소리는 무거웠다.

"그런데……."

거기서 석경미의 목소리가 튀었다.

"이 셰프가 명화 죽음을 예고해 주었다며?"

그녀의 시선이 김순애에게 돌아갔다.

"그래. 너희들 가고 이 셰프가… 명화 심장이 좀 안 좋은 거 같다고 병원에 가보게 하라고 했는데……."

김순애의 목소리가 갈라졌다.

"세상에… 어떻게 아신 거예요?"

석경미가 민규를 바라보았다.

"그게… 제가 약선요리를 하다 보니 체질에서 더러 큰 질병의 감이 오는지라……."

"어머머… 요리만 잘하는 게 아니라 병까지 보는 거예요?"

"……."

"나, 나는 어때요? 큰 병 없어요?"

석경미가 채근을 해왔다. 농담이 아니라 진담이었다.

"이 셰프님, 알면 말 좀 해줘요."

"사모님은……."

잠시 주저하던 민규가 뒷말을 이었다.

"토형 체질인데 신맛을 너무 선호하는 편으로 보입니다. 덕분에 간담을 해쳐서 그쪽에 병맥이 시작된 것으로……."

"간담이면 간하고 쓸개 말인가요?"

"예."

"심각해요?"

"제가 약선으로 돌봐 드릴 수도 있지만 시간이 좀 걸립니다. 그러니 일단 병원에 한번 가보시면 좋을 것 같기는 합니다."

"어머, 나 어떡해!"

석경미의 얼굴이 하얗게 떠버렸다. 절친이 죽은 장례식장, 그렇잖아도 기가 내려앉는 판에 반가울 리 없는 말을 들은 것이다.

"그럼 나는요?"

이번에는 봉명주였다.

"사모님은 크게 문제가 없는 것 같습니다."

체질 진단은 그쯤에서 끝났다. 기자들 때문이었다. 화단의 거목이 쓰러졌다. 뉴스가 될 일이니 수십 명이 몰려들었다.

"그럼 저는 출장 예약이 있어서……."

민규가 김순애에게 작별을 고했다.

"그래요. 나중에 만나서 얘기해요."

김순애의 인사를 받으며 장례식장을 나왔다.

'아차, 지점장님!'

시계를 보는 순간 선약이 떠올랐다. 느닷없는 비보 때문에 깜빡한 민규였다. 똥토바이 속도를 올렸다. 별수 없이 신호도 살짝 무시했다. 지점에 도착하니 10분을 늦었다.

'젠장!'

낭패였다. 부탁하러 오는 주제에 늦었으니 시작도 전에 신용 레벨이 떨어진 것이다. 꾀를 냈다. 민규에게는 인류 유일의 필살기가 있으니 바로 물이었다.

똑똑!

여행원의 안내로 지점장실을 노크했다.

"들어오세요."

수락 소리와 함께 문을 열었다. 민규 손에는 큰 유리컵이 들려 있었다.

"……?"

금융지표를 확인하던 지점장이 고개를 들었다.

"죄송합니다. 좋은 약수 한 잔 가져다드리려다 좀 늦었습니다."

핑계와 함께 맑은 물컵을 내밀었다. 선제공격을 당한 지점장은 별 소리 못하고 물컵을 받아 들었다.

"약수?"

"혹시 노르데나우 약수라고 아십니까?"

"들어는 봤습니다만……."

"세계적으로 유명한 약수라더군요. 성분상 그 못지않은 물이니 한번 맛을 보시죠."

"약수라……."

지점장이 물을 마셨다. 물은 화타의 물로 불리는 마비탕으로 결정되었다. 존경하던 아버지를 여윈 마음에 음양기혈을 채워주려는 생각이었다.

"응?"

"물맛 좋죠?"

"그렇군요. 머리가 띵했는데 시원해지는 느낌입니다."

"한의학으로 치면 허열을 내리는 데 좋은 약수입니다. 구하느라고 좀 지체되었는데 도움이 되는 것 같아 다행입니다."

"앉으세요. 귀한 물을 가져왔으니 늦었다고 타박도 못 하겠군요."

얼굴이 풀어진 지점장이 자리를 권했다.

"면담이 밀려 있어 시간은 많지 않습니다. 셰프가 10분을 까먹으니 10분 정도……."

지점장이 시계를 보며 말했다.

10분.

나름 긴 시간이다. 10분이면 많은 요리가 가능하다. 하지만 이렇게 선부터 그어버리니 짧게만 느껴졌다.

"그래. 용건이 무엇이신지?"

"신문을 보다 아버님 부고를 보았습니다."

"아, 아버님."

지점장의 목소리가 흐릿하게 변했다.

"그래도 기운 내셔야죠?"

"괜찮습니다. 어차피 돌아가실 날을 받은 상태였어요. 게다가 이 셰프가 좋은 요리를 해줘서 가뜬하게 가셨고……."

"……."

"조의를 표하려고 온 겁니까?"

"겸사겸사… 실은 대출 건도 좀 여쭤보고 싶어서요."

"대출?"

"그동안 열심히 약선요리를 배워서 이제는 자신이 생겼습니다. 미식가를 비롯하여 많은 분들께 분에 넘치는 인정도 받았고요."

"그렇겠죠. 우리 아버지께서도 인정하셨으니……."

"그래서 개업을 해서 본격적으로 약선요리나 궁중요리를 구현하고 싶은데 오랫동안 요리 수련만 하다 보니 돈을 모으지 못했습니다."

"그럴 수 있겠군요."

"방송이나 인터넷을 보면 저 같은 사람에게 정부가 지원하는 사업 자금 같은 게 있더군요. 혹시 저도 대상이 되나 해서 인사도 전할 겸 겸사겸사 들렀습니다."

"2,000~3,000만 원대의 소자본이라면 대상이 될 겁니다. 정부가 벌이는 형식에 맞는 벤처라면 1억까지도… 하지만 요리는 벤처가 아니니…….”

“약선요리나 궁중요리는 벤처가 맞습니다. 아무나 도전하는 분야가 아니니까요.”

“우리 족보에도 궁중요리사가 있었으니 공감은 합니다. 하지만 정부 사업이 지정한 범위에는 없는 걸로 알고 있습니다.”

“그건 너무 일방적이군요.”

“대출은 얼마를 원하는 겁니까?”

“약선요리와 궁중요리는 구멍가게로 시작하기 어렵습니다. 각종 장이며 약재 구비, 신선한 제철 채소와 재료를 준비하고 보관할 공간이라면 적어도 5억은…….”

“담보가 있나요?”

“담보가 부동산에 국한되는 게 아니라면 있습니다.”

“어떤 담보죠?”

“증인들이죠. 제가 경쟁력 있는 약선요리사라는…….”

“그건 나도 해줄 수 있어요.”

지점장, 빙그레 웃으며 꼰 다리의 자세를 바꾸었다.

“그 가능성을 담보로 대출해 주실 수는 없나요?”

“그건 곤란해요. 지점장이라고 해서 규정을 통째로 무시할 수는 없거든요.”

“그럼 저에게 허용되는 대출은 3,000만 원대라는 거로군요?”

“현실적으로는 그렇네요.”

“방법이 없는 겁니까? 제 약선요리는 선친께 보여 드린 것이 전부가 아닙니다.”

“스펙은 어떻습니까?”

"스펙?"

"경력 말입니다."

"자격증이라면 일식, 중식, 양식, 한식, 복어기능사까지 따놓았습니다."

"기능사 같은 거 말고 중국이나 일본, 프랑스 등의 국제 대회 입상이라든지 아니면 특급 호텔 경력이라든지……."

"약선요리는 그쪽 분야가 아니라 참가하지 않았습니다."

"그럼 방송 같은 데는요? 약선요리사로 방영된 적이 있나요?"

"……."

"그렇군요. 그나저나 5억은 어디서 나온 견적이죠?"

"제 마음에 딱 드는 약선요리 터가 나왔거든요."

"그럼 돈 모아서 사면 되잖아요? 아직 젊으시니 10년쯤 늦는다고 문제될 것도 아니고……."

"10년이면 더 많은 사람을 약선요리로 달랠 수 있지 않습니까? 그건 돈으로 계산될 가치가 아니라고 생각합니다."

"요리사와 은행의 차이입니다."

"……."

"아버지 일 때문에 좋은 인상을 받았고 실력 있는 셰프라는 건 나도 압니다. 하지만 규정이……."

"그럼 제가 가지고 있는 남다른 스킬을 보여 드리면 안 되겠습니까?"

"스킬?"

"저는 물맛을 살릴 줄 압니다."

"물맛이라… 아이템도 황당하지만 지금 생수 사업을 하려는 건 아니지 않습니까?"

"……."

"미안합니다. 지점장 직권으로라도 도움을 드리고 싶은데 안타깝군요."

지점장이 파장을 선언했다.

"……."

"……."

"제가 제 입장만 고집한 모양이군요. 귀한 시간 내주셔서 고맙습니다."

민규가 일어섰다. 3,000만 원과 몇 억의 괴리감은 너무 컸다. 지점장의 바짓가랑이를 잡는다고 될 일이 아니었다.

"저기, 이 셰프."

문 앞에 도착했을 때 지점장 목소리가 민규를 세웠다.

"예?"

"실은 약선요리도 메이저급 대회가 있습니다. 모르시나요?"

"식치방푸드 약선요리 대회를 말씀하시는 건가요?"

"네, 그 대회 대상 상금이 무려 1억 원이지요. 더구나 약선요리니 이 셰프하고도 잘 맞는 거 아닌가요?"

"……."

"셰프도 스펙이 필요한 시대니 경력 관리에도 도움이 될 테고, 결승전은 녹화방송으로 나갈 예정이라고 들었는데 그렇게 되면 돈 안 들이고 광고도 될 테고……."

"무슨 뜻으로 하시는 말씀인지?"

"거기 접수가 아마 오늘까지일 겁니다. 만약 이 셰프가 출전해서 대상을 먹으면 나머지 대출은 내가 알아보도록 하죠."

"……!"

"어때요?"

방경환의 시선이 민규를 겨누었다. 느닷없는 딜. 그러나 민규는 이미 지점장이 던진 딜의 블랙홀에 까무룩 빨려들고 있었다.

*　　　*　　　*

타락죽.

—우유, 물, 불린 멥쌀, 소금, 설탕.

타락죽의 식재료는 간단했다. 타락(駝酪)은 무슨 뜻일까? 타락은 우유를 가리키는 옛말이다. 간단히 말하면 그냥 우유죽이다. 허한 것을 보하고 진액을 만들어준다 해서 궁중에서 보양식으로 즐겼다. 규합총서와 지봉유설에도 전하는 족보 있는 전통요리법이다.

오늘 요양원의 환자가 원하는 죽이었다. 타락죽 만들기는 그리 어렵지 않다. 이 병원 조리사도 두 번이나 시도했다. 그러나 중요한 점. 환자가 먹지를 않았다.

"먹고는 싶은데 입이 안 받아."

아흔 살, 늙은 아버지의 한탄. 그의 생일날 아들이 특별히 전문가를 원했다.

요리법이 어렵지 않은 타락죽.

간단하게 반천하수를 넣고 끓이면 될까? 아니면 정화수? 그것도 아니면 입맛 당기는 요수를 한 방울 떨구고 정성껏 저으면 될까?

환자가 먹지 않은 데는 이유가 있었다. 군신좌사에 맞추자면 여기 들어가는 군은 우유였다. 그런데 흰 우유는 금형 체질의 선호 식품군에 속한다. 멥쌀 또한 마찬가지였다. 어느 체질이나 무난하게 먹을 수 있지만 굳이 나누자면 토형 쪽이다.

그러나 환자는 수형 체질이었다. 검은색과 어울리는 체질이니 흰색 타락죽은 추억의 죽일 뿐이었다. 이게 걸림돌이었다.

추억!

실은 추억도 미각의 하나였다. 어찌 보면 오미 중에 가장 강력한 맛이 될 수도 있었다.

그때 맛이 아니야.

이런 기분이 들면 어떤 맛을 들이대도 뇌가 반응하지 않는다.

요양원 주방 구석에서 생각을 정리했다.

—두유, 물, 불린 흑미, 소금, 설탕.

응용 식재료였다. 환자의 체질에 맞았다. 하지만 환자 머리에 있는 타락죽이 아니다. 응용편은 즉각 삭제해 버렸다. 이 환자 또한 생애 마지막 생일이 될 수도 있는 사람. 추억에 맞춰보기로 했다. 그렇다면, 타락죽의 재료는 대체 불가였다. 대안은 현재의 입맛을 과거로 돌리는 길뿐이었다.

아들을 불렀다. 정보가 필요했다.

"이거……."

아들은 대뜸 흰 봉투를 찔러주었다. 뜸을 들이다 불러대니 뒷

돈을 바란다고 생각한 모양이었다.

"이런 건 필요 없고요, 아버님에 대해 알고 싶은 게 있어서요."

민규가 봉투를 물렸다. 의사로 치면 병력을 알자는 것이지 허튼 검사료를 받자는 게 아니었다.

"……!"

정보를 듣다가 놀라게 되었다. 환자는 조리사였다. 대기업 영빈관에서 일했다. 구내식당과는 달리 귀빈 만찬을 다루던 사람이었다. 부모 공경하는 마음이 갸륵해 셋째임에도 불구하고 어머니를 모셨다. 그 어머니가 타락죽을 좋아했다. 그걸 만들어대다 보니 타락죽에 일가견이 붙었다.

"옛날 대통령 순시 때도 타락죽을 선보인 적이 있으신 분입니다."

아들의 말에서 아버지에 대한 긍지가 엿보였다. 다행히 50대 초반의 사진이 있었다. 아주 건장해 보였다. 거기서 옛날 체질을 알아냈다. 체질은 변하지 않았지만 비위가 좋았다. 게다가 대식가에 왕성한 소화 능력의 보유자였다.

'신방광의 허실…….'

단서는 환자 안에 있었다. 그때도 신방광이 좋지 않았다. 심소장과 비위장도 나빴다.

"혹시 아버님께서 언제까지 요리를 하셨습니까?"

"칠순 너머까지도 하셨지요. 그 후로 암에 걸리면서……."

"혹시 그때 음식 간이 굉장히 자극적이지 않았습니까? 짜고 달고……."

"맞아요."

"알겠습니다."

아들의 말에서 결론을 구했다. 열쇠는 간 맞추기에 있었다.

식전 물로 감람수를 더한 열탕을 먹였다. 열탕은 양기를 북돋고 경락을 열어준다. 감람수는 따뜻한 기운을 채워주는 물이니 식욕이나마 과거로의 회귀를 도울 생각이었다.

물의 흡수 시간에 맞춰 죽을 끓였다. 물은 혈액에서 30초, 뇌에서 1분이면 흡수된다. 간, 심장, 신장은 20분 정도 걸린다. 통상의 물이라면 나이를 고려해 2~3분 늦춰 잡으면 되지만 초자연수이기에 반대쪽이었다. 환자의 상태로 보아 12~15분 정도면 오장육부를 적실 것 같았다.

그래도 정성은 듬뿍 올렸다.

한지를 깐 솥에 멥쌀가루를 부었다. 뭉긋하게 볶아주니 때깔이 고와졌다. 가루를 넣고 바로 끓여내는 것과는 차원이 달랐다.

죽은 10분 만에 나왔다. 타락죽의 포인트는 처음 끓어오를 때 조화를 이뤄주고 약불에서 우유를 부으며 고루 저어주는 게 핵심이었다. 불을 끈 후에 살짝 뜸을 들이고 고명으로 검은깨 몇 알을 뿌려 꽃잎 모양을 만들어주었다. 셰프로서의 예의였다.

턱!

침대 앞 식판에 죽이 놓이자 아들 눈빛이 출렁거렸다. 그릇 때문이었다. 소담하고 예쁜 그릇이 아니라 막사발 큰 그릇이었다. 죽의 양도 굉장히 많았다. 막말로 하면 밭일하고 돌아온 머슴용 대용량이었다.

"셰프……"

그 눈빛에 질책이 담겼지만 민규는 개의치 않았다. 그릇을 먹으라는 게 아니기 때문이었다.

"드셔보시죠."

민규가 환자에게 죽을 권했다. 게슴츠레한 환자의 시선이 죽 그릇에 닿았다.

"옛날 방식 타락죽입니다."

민규가 죽을 가리켰다. 환자의 손이 죽 그릇을 쓰다듬었다. 숟가락은 그 후에 집었다. 한 수저가 입으로 들어갔다. 이번에는 걱정하지 않았다. 죽의 풍미가 바로, 환자와 일치가 되어버린 탓이었다. 기대에 부응하듯 맛을 음미한 환자가 첫마디를 토해놓았다.

"간을 제대로 맞췄군."

퉁명스럽지만 만족한다는 의미였다. 환자의 손은 느리게, 그러나 쉬지 않고 죽 그릇을 넘나들었다.

"그래, 타락죽은 이렇게 끓여야지. 암……."

환자가 이따금 중얼거렸다. 항의의 눈빛이던 아들의 시선이 조용히 풀렸다. 환자는 절반 넘게 먹어치우고서야 숟가락을 놓았다.

끄억!

내려가는 트림까지도 시원하게 나왔다.

"오래간만에 맛나게 먹었어."

환자의 표정은 대만족 쪽이었다.

"대체 어떻게 만드셨기에?"

남은 걸 들고 복도로 나오자 아들이 따라 나왔다. 그가 남은 죽의 맛을 보았다.

"퉤에!"

입에 넣기 무섭게 뱉어냈다. 타락죽은 달고 짰다. 아버지가 요리를 할 때보다 더했다.

"셰프?"

아들은 설명이 필요한 눈치였다.

"아버님은 수형 체질입니다. 체질상 짠맛이 땡기죠. 하지만 단맛도 좋아합니다. 그렇기에 일반적으로 밍밍하게 만든 고소한 타락죽은 입맛에 맞지 않습니다. 그래서 다른 타락죽은 먹지 않았던 거죠. 아버님 자신도 싱겁게 먹어야 좋다는 걸 알고 있으니 거기다 소금과 설탕을 팍팍 쳐달라는 주문은 할 수가 없었던 겁니다."

"……."

"강력한 짠맛과 단맛이 몸에 좋은 건 아니지만 한 번쯤 맛나게 먹는 것도 나쁘지 않을 거 같아서 체질에 맞췄습니다."

"체질?"

"큰 그릇을 쓴 것은 과거에는 현대와 달리 양이 많은 것이 미덕이었기 때문입니다. 그때는 너무 적은 양을 담아내면 식욕이 달아날 수도 있기에 일반적인 죽 그릇보다 큰 것을 썼습니다."

"……."

아들의 얼굴이 하얗게 질렸다. 그건 사실이었다. 아버지는 손이 컸다. 뭐든 많이 했다. 조금 하면 맛이 나지 않는다고 했다. 심지어 회조차도 한 젓가락에 서너 점을 집어 먹는 사람이었다.

"제가 준 약수는 생숙탕이라고 소화를 돕는 물이니 천천히

다 드시게 하면 설령 과식하셨다고 해도 문제가 없을 겁니다."

"허어, 이제 보니 명의 허준이 셰프로 왔군요. 당신이 진짜 약선요리사입니다."

아들이 감사의 인사를 전해왔다. 그 보람을 가슴에 안고 돌아섰다.

식욕!

인간의 원초적인 본능이다. 인간은 죽을 때까지 식욕의 욕망을 가진다. 맹자도 그것을 확인해 준다.

—식욕과 색욕은 인간의 본성이다.

훗날 송대의 주희 또한 거들고 나선다.

—음식은 천리(天理)니 맛있는 것을 탐하는 건 인간의 가장 기본적인 욕망이다.

기본 욕망. 숨 쉬는 한 사라지지 않는 것. 그 빈 여백을 채워준 민규였다. 돌아가는 발길이 가볍지 않을 수 없었다.

[미션 완료.]

사장에게 문자를 보냈다. 그러다 문득 시계에서 시선이 멈췄다.

뭘까?

이 기분.

뭔가 아주 중요한 걸 잊은 것 같은 기분…….

"……!"

하늘을 바라보다 알게 되었다.

식치방푸드 약선요리 대회.

그 마감시간이 30분 앞이었다.

'우워어!'

미친 듯이 똥토바이에 가속을 했다.

'우워어!'

일분일초가 아쉬웠다.

3,266.

민규의 접수 번호였다. 사실은 5분을 늦었다. 별수 없이 정화수 물을 내밀며 딜을 했다.

"제가 약수약선을 하는 요리사인데요, 지리산 토굴에서 약수 연구하느라 늦었습니다. 이 물 맛보시면 저 접수 안 시키고는 못 배길 겁니다."

담당 여직원은 허튼 웃음으로 물맛을 보았다. 귀찮은 인간이니 물맛을 핑계로 밀어낼 생각이었다. 하지만 그 물이 목젖을 적시는 순간, 담당자의 마음에 반전이 찾아왔다. 온종일 피로했던 머리와 눈이 초롱초롱 맑아진 것이다.

"특별히 봐드리는 거예요."

담당자가 서류를 받아들였다.

물!

이래저래 민규를 살려주었다.

* * *

"약선요리 대회?"

식사하던 종규가 파뜩 고개를 들었다.

"그래. 거기 입상하면 대출해 준다기에 질러 버렸다."

"잘됐네. 형 정도면 1등 예약 아니겠어?"

"오버하지 마라. 강호에는 영웅호걸들이 득실하거든. 게다가 대상 상금이 무려 1억이라 강호의 고수들이 죄다 몰려온단다."

"그래도 형은 물 마법사잖아. 문제없어."

"물 대회가 아니니까."

"잘될 거야. 나는 형 믿어."

"재희는?"

"대박 좋아졌지. 재희 오늘 나랑 병원 정원 산책했다."

"진짜?"

"길 박사님, 오 선생님, 다 뒤집어졌어. 그렇잖아도 길 박사님이 형 오면 전화 좀 부탁한다던데?"

"전화는 왜?"

"내가 보기엔 약선요리 때문인 거 같아. 처음에 내가 좋아졌을 때는 긴가민가했겠지만 재희까지 확 좋아지니까 빽 간 거 같더라고."

"그림 걸었네?"

민규 눈에 벽이 들어왔다. 천명화의 그림이 걸려 있었다.

"분위기 확 살지? 내가 검색해 봤는데 저 그림 굉장히 비싸겠더라."

"그래?"

"형은 얼마쯤 될 거 같아?"

"천명화 화백님이 유명하시니 한 500만 원?"

"에, 좀 더 쓰시지?"

"1,000만 원?"

"좀 더."

"2,000?"

"1억!"

"뭐야? 지금 장난하냐?"

"아니야. 저거랑 비슷한 작품들도 다 그 정도는 찍었어. 더 큰 대작들은 10억, 20억. 비록 죄다 미국에 있지만."

"미국?"

"국내에는 그분 그림 소장하는 사람이 한 명도 없대. 워낙 뉴욕을 기반으로 활동하던 화가라서."

"그래봤자 호가겠지."

"아무튼 우리 집 보물이야. 혹시 불나면 저 그림부터 안고 튀어야 해."

"그만해라. 불나면 너부터 안고 튀어야지."

"헤헷, 고마워. 형."

종규는 죽력을 첨가한 부추조갯살보리비빔밥을 뚝딱 해치웠다. 얼핏 보면 별것 아니지만 그 또한 약선이었다. 폐를 살리는 매운맛에 짠맛이 가미되었다.

매운맛+짠맛.

간단하지만 상생 관계이니 맛도 좋고 건강에도 좋을 일이었다.

뒤처리를 하고 길 박사에게 전화를 걸었다.

—어, 이민규 씨.

길 박사가 반색을 했다.

“종규 말이 전화 달라고 하셨다고 해서요.”

—맞아요. 내가 부탁했어요.

“무슨 일이신지?”

—낮에 종규가 다녀갔어요. 강재희라고 같은 병을 앓고 있는 환우가 있는데…….

“얘기 들었습니다.”

—솔직히 말하자면 약선요리라는 거… 의학자로서 뭐라고 말해야 할지 모르겠군요. 하지만 종규에 이어 재희까지 좋아지는 걸 보니… 게다가 터무니없는 민간요법처럼 이상한 약재를 쓰는 것도 아니고 그저 흔히 먹는 식재료들…….

“…….”

—실은 우리 병원에 또 한 사람의 폐동맥 고혈압 환자가 왔어요. 최근에 발견된 분인데…….

길 박사가 뒷말을 흐렸다. 말줄임표 뒤에 생략된 말, 민규는 알 수 있었다.

‘관리받으면서 폐 기증을 기다리는 수밖에 없습니다. 아니면 사망…….’

종규가 걸어온 코스였고, 그 누구도 피해 갈 수 없는 코스였다.

귀가 먹먹해질 때 길 박사가 예상 밖의 질문을 해왔다.

—혹시 이분에게도 약선요리를 시도해 줄 수 있나요?

“예?”

—저보다 그분이 원하더군요. 어디서 들었다던데 아마 강재희

쪽에서 주워들었겠지요.

"박사님이 허락하시는 겁니까?"

—내 허락의 문제는 아닙니다. 식사 관리가 필요한 병이 아니니 의사라고 밥 먹는 거까지 관여할 수는 없으니까요.

"그럼 제가 언제 병원에 가서 그분을 한번 만나뵙겠습니다."

—그래도 되겠지만 이 환자가 퇴원을 해서요.

"예?"

—운동선수인데 갑작스러운 진단에 굉장히 충격을 받은 모양입니다. 가족들과 상의하고 온다고 하길래 대안으로 권해볼까 해서 전화드렸습니다.

"알겠습니다. 그분과 만나게 되면 상의해서 결정하겠습니다."

인사를 하고 전화를 끊었다.

"뭐래?"

종규가 고개를 들이밀었다.

"약선요리 부탁이야."

"그렇지?"

"재희 쪽에서 말이 나간 모양인데 너도 몰랐냐?"

"내가 재희에게 확인해 볼까?"

"아니, 괜히 부담 주지 마라."

"도와줄 거야?"

종규가 물었다. 알지도 못하는 사이임에도 눈길이 애틋하다. 동병상련이다. 자신이 앓아보았기에 그 절망을 아는 것이다.

사직서.

책상에서 사표 봉투를 꺼냈다. 실은 오래전에 작성한 것이었다. 나 사장의 갑질이 두세 번 겹쳤을 때 썼다. 회사까지 가지고 갔지만 차마 내지 못했다.

"잘 먹고 잘 사셔!"

사표를 던지는 일은 간단하다. 그 순간은 카타르시스도 느낄 일이었다. 하지만 돌아서면 실업자가 된다. 요리사로 일할 곳은 있지만 이만한 조건도 많지 않았다. 무엇보다 종규를 돌볼 시간 활용이 가능했던 것이다.

그 사표를 다시 보니 감개가 무량했다. 더구나 이제는 욱하는 기분이 아니라 계획을 가지고 내는 사표. 대책 없이 질러대는 그 때와는 아주 달랐다.

1안) 약선대회 우승—은행 대출 끼고 개업—약선요리 전문가로 성공.

2안) 약선대회 우승 실패…….

대안을 모색하던 민규, 2안을 찢어버리고 말았다. 진로가 여럿이면 인간은 필연 갈등한다. 더구나 민규의 요리 안에 들어 있는 세 전생.

이윤.

권필.

정진도.

주어진 생에서 최고의 성취를 이룬 그들에게 더없는 모욕이었다.

'대안 따위는 필요 없어.'

오직 대상!

'만약에 안 되면' 따위는 쓰레기통에 던져 버리고 말았다.

이민규.

오로지 직진이었다.

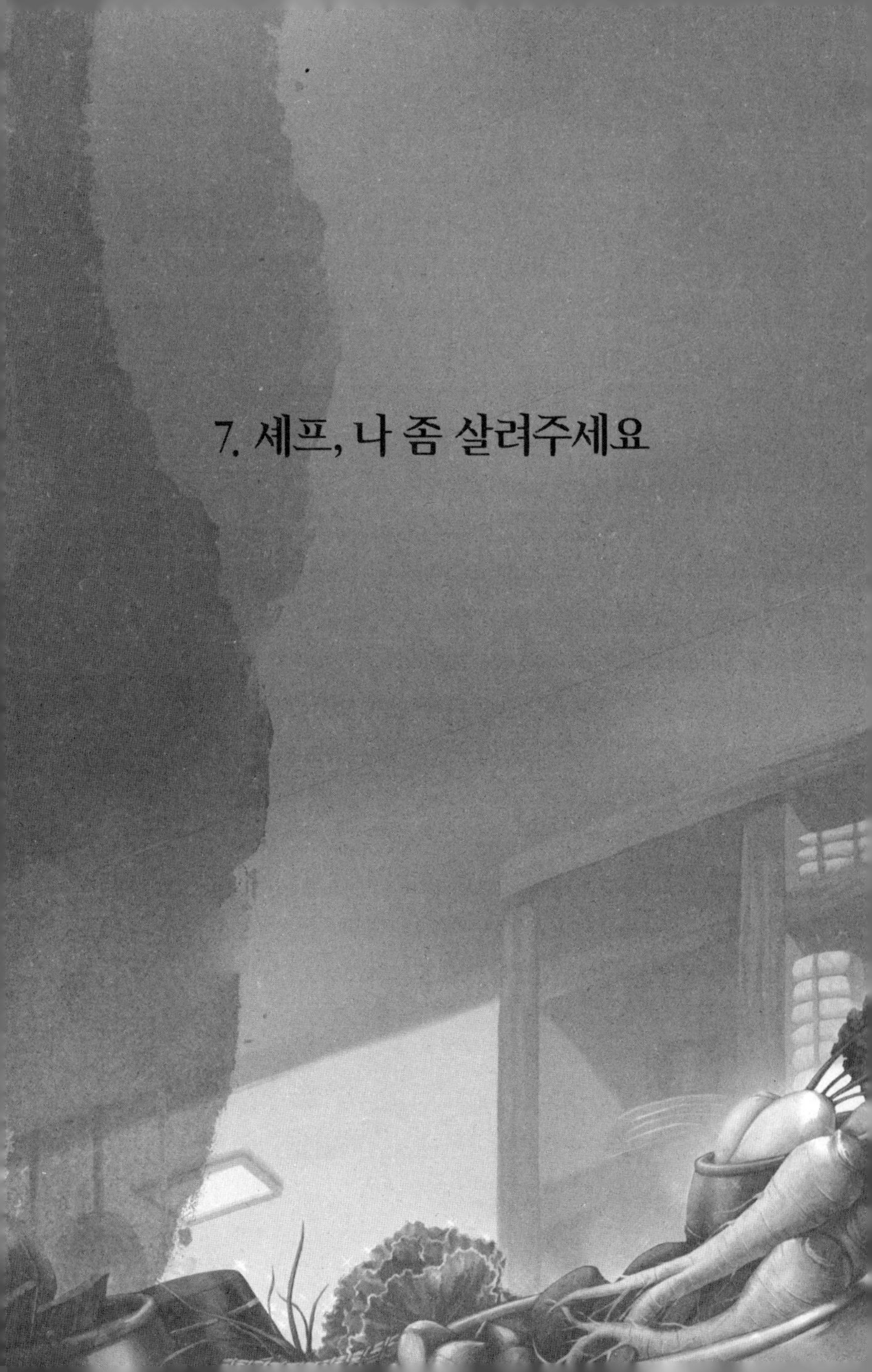

7. 셰프, 나 좀 살려주세요

"……!"

나 사장의 망막에 격한 지진이 일었다. 소파에 앉아 갖은 폼을 잡던 그는 완벽하게 얼어붙고 말았다. 테이블에 놓여진 민규의 사표 때문이었다.

사표.

식의감에서는 새로울 것도 없는 일이었다. 이틀이 멀다 하고 셰프들이 그만두었다. 문자나 카톡으로 사표 의사를 밝히는 셰프도 많았다. 그때마다 사장은 뒷담화를 깠었다.

"제깟 놈들이 말이야 나나 되니까 거둬줬지 그 요리 실력에 이따위 인성이면 누가 받아주겠어?"

저주가 섞인 말들은 아직도 민규 귓가에 생생했다. 나 사장 입장에서는 그저 소모품에 불과했던 셰프들. 하지만 이번 사표만은 달랐다.

"이 셰프."

사장이 고개를 들었다. 초점이 망가진 얼굴이었다.

"따로 구상이 있어서요."

"잠깐 앉아봐."

"더 드릴 말씀이 없습니다."

"앉아보래도."

사장이 민규 손을 거칠게 잡아챘다.

"어떤 새끼야?"

"예?"

"누가 우리 이 셰프에게 바람 넣었냐고?"

"제가 뭐 어린애입니까? 바람 넣는다고 사표 쓰게……."

"좋아. 그럼 얼마야?"

"예?"

"옮기려는 데 연봉이 얼마냐고? 내가 맞춰주면 될 거 아냐?"

"사장님."

"안 그래도 따로 불러서 얘기하려고 했어. 이 셰프, 이 셰프만은 연봉제로 해줄게. 일당이 아니라 연봉제 말이야. 얼마면 되겠어?"

"사장님."

"4천 5백 어때? 그 정도면 특급 호텔 레벨이야."

"그냥 가려고 했는데 사장님은 아직 저를 잘 모르시는군요?"

"응?"

"제 약선요리 회당 출장비가 얼마인 줄 아십니까?"

"얼만데?"

"기본 300만 원입니다. 더 불러도 오라는 사람들 널렸고요."

"……."

"하지만 돈 때문에 나가는 건 아닙니다. 저도 이제 독립할 때가 되었지 않습니까?"

"독립?"

"개업하면 초대장 보내겠습니다. 그때 화환이나 하나 보내주세요."

"이 셰프!"

나 사장이 테이블을 치며 일어섰다.

"보자보자 하니까 지금 뭐 하는 짓이야? 내가 이렇게까지 사정하는데 꼭 이래야겠어?"

나 사장의 목소리가 두 옥타브 올라갔다. 어르고 뺨치는 데 능숙한 인간. 세가 불리하다고 생각하니 강수를 두는 것이다.

"지금 유치원 애들이랑 노인 환자들 볼모로 갑질하는 거야, 뭐야? 사명감 가지고 해야 할 일에서 왜 이래? 사람 그렇게 안 봤는데 왜 이렇게 무책임하냐고?"

"……."

"당장 출장 나가. 당신 기다리는 애들하고 노인들 굶겨 죽일 거야? 엉?"

"……."

"편식 치료식과 약선요리는 치료의 일종이야. 의사가 환자 진료 거부하는 거 봤어? 이 셰프는 음식 제대로 못 먹는 사람들의 의사라고 의사!"

나 사장이 폭주했다. 양심에 대한 호소. 그의 최후의 승부수였다.

"풉, 의사라고요?"

뿜을 뻔한 걸 참아내고 질문을 날렸다.

"그래, 의사가 별거야? 음식 잘 먹게 해서 질병 예방하면 그게 의사지."

"말 잘했네요. 하지만 의사는 이렇게 박봉이 없지요."

"야, 이민규."

"제 말이 틀렸나요?"

"야, 너 여태 키워놨더니 이거밖에 못 해?"

"키웠다고요?"

"그래. 너 지금 그 실력, 막말로 누구 때문이야? 너 우리 식의감 처음 올 때 개허접했던 거 몰라? 그거 다 내가 단계별로 출장 프로그램을 짜주면서 일취월장한 거 아니야?"

'허얼.'

어이 상실.

"그런데 말이야 이제 와서 배은망덕하게……."

배은망덕이라니? 언어도단이 따로 없었다.

"사장님!"

듣고 있던 민규가 차분하게 입을 열었다.

"뭐? 내가 틀린 말 했어?"

"아뇨, 그래서 고맙다고요. 됐습니까?"

민규의 응수는 더욱 냉혹하게 변했다.

"……!"

"그렇게 훌륭한 프로그램으로 저를 키워주신 걸 몰랐습니다. 하지만 그런 지도력을 가진 분이라면 저 하나 간다고 뭐가 아쉽겠습니까? 새로 오는 셰프들에게 그 프로그램 돌려서 쓰시면 간단할 일이지요. 많이 흥분하셨으니 물이나 드시고 속 좀 가라앉히시지요. 배은망덕한 저는 이만 물러갑니다."

민규가 테이블의 물을 밀어주었다. 여직원이 가져다 놓았던 생수였다.

"야, 야. 이민규!"

탁!

그대로 사장실 문을 닫았다. 발악 소리는 문에 막혀 더 나오지 않았다.

"좋은 데로 가는 건가?"

짐을 챙길 때 조 셰프가 물었다.

"저도 약선요리 대회 좀 나가보려고요."

"식치방 약선대회?"

"예."

"거긴……."

조 셰프의 표정이 어둡게 변했다.

"왜요?"

"아, 아니. 아무것도 아니야. 요즘 자네 실력 정도면 해볼 만하지. 행운을 비네."

"그동안 고마웠습니다."

인사를 하고 회사를 나왔다.

바릉!

시동을 걸고 잠시 숨을 돌렸다. 나 사장 때문이었다.

'셋, 둘, 하나…….'

카운트다운을 했다. 바라는 일이 일어나지 않았다.

'응?'

민규가 기다리는 건 119 구급대. 하지만 원하는 사이렌 소리가 들리지 않았다.

'그 물을 안 마셨나?'

고개가 갸웃 돌아갔다. 물 때문이었다. 처음에는 그럴 생각이 없었다. 하지만 멋대로 폭주하는 걸 보자니 핏대가 올라 견딜 수 없었다. 그래서 응징수를 선물하고 왔다. 동기상한에 급류수를 사이좋게 소환해 주었다.

이건 착한 물.

저건 나쁜 물.

유치원 아이들 버전으로 하자면 후자의 물이었다. 쾌속 효과를 보장하는 급류수까지 섞었으니 마시기만 하면 즉발이다. 물은 회사 생수 통에서 온 것이니 민규가 의심받을 일도 없었다.

그런데!

구급차는 코빼기도 보이지 않았다. 나 사장이 물을 안 마신 모양이었다.

'하여간 인간성 더러운 것들이 운은 좋다니까.'

그게 세상이었다. 세상은 갑질하는 사람들을 비난하지만 그런 사람들이 더 잘나가고 있었다. 그러고 보니 운도 힘 있는 자들의 편인 모양이었다.

가자.

막 기어를 당겼을 때였다. 그제야 식의감 빌딩에서 비명 하나가 터져 나왔다.

"아이고, 배야!"

나 사장의 목소리였다.

"빙고!"

민규는 자신도 모르게 소리쳤다. 막장 헬조선이라지만 그래도 하늘은 무심하지 않았다.

"아이고, 나 죽네!"

나 사장의 비명은 점점 더 커지고 있었다.

띠뽀띠뽀!

119 구급대 소리와 박자가 잘 맞았다.

* * *

약선요리 대회.

이제 던져진 주사위였다. 대회의 연륜은 어느새 22회차.

그동안 많은 은둔고수들이 이 대회를 통해 요리 강호에 출도를 했다.

가장 빛나는 사람은 14회차에 출전했던 여승 출신 요리사였다. 그녀는 발우공양이라는 절밥 레시피를 담박하게 선보이며 최종전에서 만점으로 대상을 먹었다.

—부처님에게 올린 감자국수.

그녀의 대상 작품이었다.

감자국수.

친근감에 더해 창의성이 물씬 풍겨났다. 만들기도 쉽다. 하지만 대중화에서는 실패했다. 생감자를 국수로 먹는다는 데서 공감을 사지 못했던 것.

대중화는 실패했지만 그녀의 요리 인생은 날개를 달았다. 여승 출신이라는 희귀성에 더해 때 묻지 않은 절간 요리의 진수라는 호기심을 더해 선식요리로 각광을 받았다.

그녀는 요리 대회 주관 회사의 스카우트 제의를 거절하고 뉴욕으로 날아가 개업을 했다. 최근에는 미슐랭 별 두 개를 받았다는 자료도 볼 수 있었다.

심사 위원들은 세계적이었고 대회의 진행 방식도 해를 거듭하며 진화했다. 루틴화를 하면 그것만 반복해서 연습하는 기계적인 대회가 될 것을 우려하는 까닭이었다.

요리 대회와는 단 한 번의 인연도 없었던 민규…….

지나간 몇몇 대회를 떠올렸다.

"후우."

한숨부터 나온다. 그만큼 악몽이었다. 더러는 시작부터 망치고 들어갔고, 어쩌다 출발이 좋은 경우에는 중간에 무너졌다. 완성까지만 가면 기막힌 플레이팅으로 눈길을 끌 자신이 있었지만 그건 닿을 수 없는 수평선 너머였다.

지난 경험을 거울로 삼으니 온몸이 활처럼 긴장했다. 약선 대가들의 경험을 받았다지만 그 요리를 구현하는 건 현실의 이민규. 자칫 실수라도 나오면 모든 게 허사가 될 판이었다.

약선의 기본을 짚었다.

약선의 식재료 배합은 음양오행, 장상학, 경락, 사상체질의학 등의 한의학적 이론이 깔려 있다. 이를 종합하면 다양한 이유에 의해 균형이 깨진 인체 상태를 각각 식재료의 특성을 이용해 조화를 이루게 한다는 개념이었다.

여기서 요점은 제철, 즉 계절이었다. 우리의 사계절 봄, 여름, 가을, 겨울은 각각 온(溫), 열(熱), 량(凉), 한(寒)의 특징이 있다. 이 계절적 요소는 인체의 오장육부와 경락, 기혈에 큰 영향을 미친다. 따라서 계절에 맞춰 약선 구성을 해야 하는 게 약선요리의 핵심이었다.

'봄…….'

만물이 돋아나는 계절이다. 오장 중에서 간에 해당되니 간을 보하는 음식을 먹는다.

'여름…….'

날씨가 더워지니 우리 몸에 차가운 것이 필요하다. 심에 속한다. 심장을 보하기 위해 참외, 수박, 닭 등을 섭취한다.

'가을…….'

폐에 속하는 계절이다. 폐를 보하는 음식을 먹는다.

'마지막 겨울…….'

겨울은 신장이다. 신장을 보하는 음식이 필요하다. 이렇듯 계절을 아우르면 인간의 몸은 저절로 윤택해진다. 보통 120세까지는 끄떡없는 것이다.

그러나 무턱대고 오장을 보하는 건 아니었다. 일단은 소화 기능을 고려해야 하고 질병도 유의해야 하며 상극과 상생 관계도 생각해야 한다.

감초에 대극 해조 등의 약재를 함께 넣지 않으며 돼지고기에 백합이나 창출을 쓰지 않는 게 좋은 예다. 부종이 있으면 소금을 꺼리고, 위장이 나쁘면 식초를, 피부에 부스럼이 있다면 새우와 게도 먹지 않는 게 좋았다. 알고 보면 약선은 인체 메커니즘에 대한 공부와 함께 맛과 식재료의 섬세한 배합을 다루는 마법이 아닐 수 없었다.

기존의 출제 문제 몇 개를 골라 연습을 했다.

마복령경단.

익비병.

단골로 나왔던 요리들이다. 알고리즘은 익숙했다. 이들 요리의 주제는 건비익기(健脾益氣)류의 기본 요리들. 간단히 말하면 비위를 보하는 요리였다. 그러나 이런 요리들은 기본 이해를 보는 것이기에 과정을 중시하니 퓨전이니 뭐니 하며 함부로 응용하면 칼탈락 각이었다.

마복령경단 레시피.

—복령, 마, 찹쌀가루, 녹말가루, 대추, 유자청, 수삼, 소금, 꿀.

1) 생마를 깨끗이 씻어 껍질을 벗기고 찜통에서 20분간 쪄낸 후에 칼등으로 고루 으깬다.

2) 찹쌀가루에 으깬 마를 넣고, 채 내린 복령가루, 소금을 넣어 혼합한다.

3) 대추는 돌려 깎아 씨를 빼고 다진 후에 유자청, 수삼 다진 것과 섞는다.

4) 2)에서 준비한 반죽을 한입 크기로 떼어 3)의 소를 넣고 경단을 빚는다.

5) 경단에 녹말가루를 묻힌다.

6) 끓는 물에 넣었다가 떠오르면 바로 꺼내 찬물에 담갔다 건진다.

7) 기호에 따라 꿀 등을 발라 먹는다.

사삭!

찬물에서 꺼낸 경단에 꿀을 바르니 완성이었다. 입에 넣으면 바로 녹아들 것 같은 자태가 빛났다.

마와 복령, 인삼은 기운을 올려주는 단골 재료들. 보기만 해도 심장과 비장의 배터리 눈금이 팍팍 올라가는 기분이었다.

검은 접시에 초록 나뭇잎을 깔고 경단을 하나씩 올렸다. 눈 시린 흰 몸매에 박힌 대추 살 포인트가 그만이었다.

맛 평가?

그건 종규와 상아에게 맡겼다.

"우버버버!"

둘은 본연의 임무를 잊은 채 경쟁하듯 경단을 삼켜 버렸다. 마지막 남은 건 아무래도 종규의 차지. 그 예상은 보기 좋게 빗나갔다. 상아가 입안의 것을 넘기기도 전에 포크로 선점을 해버린 것이다.

"이건 내 거."

찜하는 목소리로 보아 평은 듣지 않아도 될 것 같았다.

"이것들이 맛 음미하라니까 걸신이 들렸나?"

애정 어린 핀잔을 날리고 다음 과제로 넘어갔다.

익비병.

이름부터 뭔가 있어 보인다. 이 또한 비위를 보하고 식욕을 올리는 약선이지만 특이하게도 똥집으로 불리는 닭의 모래주머니가 들어가는 요리였다.

모래주머니는 쫄깃하다. 쫄깃한 것들은 탄력의 상징이다. 줄줄 새는 요실금이나 잦은 소변에 효자 식재료다. 방광을 탄력 있게 만드니 정력이 좋아지는 보너스도 챙길 수 있었다. 이 요리는 상아 편에 주인아줌마 부부에게 진상을 했다. 중장년들에게 더욱 긴요한 요리이기 때문이었다.

연습은 다음 날도 진행형이었다. 대회까지 남은 날은 고작 1주일. 그러나 대상 수상 경쟁률은 무려 3,266 대 1. 요즘 공무원 경쟁률이 장난이 아니라지만 여기에 비하면 비교 불가의 경쟁률이었다.

"요리 나왔다."

중간 연습을 마치며 재희의 약선요리를 내놓았다.

"우와, 냄새 죽이는데?"

새와 놀던 종규가 반색을 했다.

"포장해서 가자."

"형도 가게?"

"새로운 환자 있다며? 누군지 한번 알아봐야지."

"맞다."

종규가 반색을 했다.

요리복을 벗고 옷을 갈아입었다. 제대로 연습하기 위해 요리

복까지 갖춰 입었던 민규였다. 실제로 자격시험이나 요리 대회에서는 기본이 중요하다. 특히 요리복은 위생의 시작이기에 자칫 소홀하면 그것만으로 고배를 마실 수 있었다.

"그런데 형."

종규가 운을 떼고 나왔다.

"왜?"

"요리복 말이야, 대회 규정 보니까 '위생복'이라고만 나와 있더라?"

"응?"

"내 생각인데 어차피 약선요리니까 옛날 조리 복장으로 가면 가점 있지 않을까? 대령숙수들처럼 말이야."

"드라마처럼?"

"응, 너무 튈까?"

"글쎄… 한번 생각해 보자."

대략 답하고 핸드폰을 집어 들었을 때였다. 누군가 민규네 옥탑방 문을 두드리는 소리가 들렸다.

"상아가 빈 그릇 가지고 왔나?"

종규가 반응했다.

"걔가 우리집 노크하고 들어오냐?"

"그럼 아줌마?"

종규가 문을 열었다. 생각은 보기 좋게 빗나갔다. 문 앞에 선 사람은 상아도, 주인아줌마도 아니었다. 실은 그 둘을 합친 것만큼 훌쩍 컸다.

"여기가 약선요리 하시는 이민규 씨 집인가요?"

키가 장대만 한 여자, 몹시 숨이 찬 듯 호흡을 고른 후에 입을 열었다.

"그런데요?"

두 남자는 돌연한 장신녀의 등장에 눈알만 멀뚱거렸다.

"안녕하세요? 저는 배구하는 문정아입니다. 강재희 아시죠?"

장신녀는 바로 뒷말을 이어놓았다.

"재희 말 듣고 약선요리 부탁드리러 왔어요."

"……."

"재희 말이 선생님 약선요리 먹고 거의 다 나았다고 해요. 저도 좀 살려주세요."

뭐라고 대꾸할 사이도 없이 장신녀가 무릎을 꿇었다.

"어어, 이러시면……."

느닷없이 일어난 일에 종규는 어쩔 줄을 몰랐다.

"넌 그거 재희 가져다주고 와라."

민규가 종규 등을 밀었다. 가는 시간까지 계산한 요리이기에 더 주저해서는 안 될 일이었다.

"알았어, 형……."

종규가 눈짓을 해왔다.

그 사람인가 봐. 요리해 줄 거지?

배달 가는 종규가 남긴 눈빛은 그것이었다.

"마셔요."

옥상의 작은 테이블에서 약선차를 내주었다.

"차보다 대답을 듣고 싶어요."

장신녀는 의자에 앉지 않았다. 거절하면 옥상에서 뛰어내리기라도 할 각이었다.

“폐동맥 고혈압에 좋은 차예요. 몸에 받는지 안 받는지 봐야 요리를 하든지 말든지 할 거 아니에요.”

“그럼 허락하시는 거예요?”

장신녀가 즉각 반응했다.

“내 동생도 해줬고, 재희도 해줬어요. 여기까지 찾아왔으니 한 번 맞춰보자고요.”

“와아, 고맙습니다.”

장신녀, 그 큰 허리가 바닥에 닿을 지경으로 고마움을 표했다. 차를 마시는 동안 상지수창을 보았다.

체질 유형—木형.

간담장—탁월.

심소장—우수.

비위장—허약.

폐대장—병약.

신방광—허약.

포삼초—양호.

미각 등급—B.

섭취 취향—平食.

소화 능력—A.

이 사람은 목형 체질이었다. 그러나 매운맛에 불내, 단내를 즐긴다. 화극금(火克金)에 이어 금극목(金克木)이 되었다. 하필이면 그게 폐였다. 폐와 심장, 운동선수에게는 양대 산맥으로 불릴 자산이었다. 덕분에 비위장도 함께 나빠졌다. 기세를 따라 신방광도 슬슬 삐걱거리고 있었다.

"배구하신다고요?"

민규가 물었다.

"네. 저 포장공사 선수예요."

포장공사 배구 선수. 그렇다면 실업도 아니고 프로배구단이었다. 그러고 보니 이름을 들은 기억이 났다. 베스트는 아니지만 후보 선수로 주전의 구멍을 메우며 쏠쏠한 활약을 했다는 기사를 본 것 같았다.

"몸이 이런데 어떻게 배구를 했대요?"

"실은 아픈 것도 몰랐어요."

"예?"

"제가 입단 후로 계속 후보였거든요. 그러다 이번 시즌에 주전 선수가 부상을 당하면서 출전 기회를 잡았어요. 마지막이라 생각하고 악바리처럼 뛰었어요. 그러다 보니 서브가 잘 먹히면서 서브 퀸 소리도 듣게 되었지요. 비로소 배구의 즐거움을 알았어요. 숨이 조금 가쁜 것 같았지만 신경 쓸 여력이 없었죠. 코트에 있으면 너무 행복했거든요."

"……."

"덕분에 난생처음 국가대표 물망에도 올랐어요. 소속 팀에서도 올 한 해만 잘 뛰면 FA 되니까 대박 한번 쳐보라고 하고요. FA 되려면 부상이 없어야 하잖아요. 시즌 끝나고 조금 이상하길래 구단 몰래 몸 체크하러 간 건데……."

폐동맥 고혈압.

마른하늘의 날벼락 강림이었다.

와르릉 콰자작.

"실은 아직도 잘 믿기지 않아요. 제 병… 난치병이며 얼마 살지 못할 수도 있다는 거……."

눈은 웃지만 표정은 애잔했다. 키가 크다고 해도 나이는 20대 중반. 삶을 겸허하게 돌아볼 나이는 아니었다. 그저 직진만 하다가 느닷없이 걸린 브레이크…….

―당신을 시한부 인생으로 임명합니다.

얼마나 충격이 컸을까? 그걸 감안하면 문정아는 강한 선수였다. 잠시 눈빛이 흔들렸지만 오래가지는 않았다.

"제가요. 후보일 때 하던 기도가 있어요. 언젠가 나한테도 기회가 올 거야. 꼭 한 번은 올 거야. 그때 날아오르면 돼. 병원에서 길 박사님이 병명에 이어 설명을 해줄 때는 솔직히 먹먹했어요. 아버지 생각이 났어요. 그분께 뭐라고 말해야 하나? 감독님 생각이 났어요. 제게 기회를 주셨는데 저 이제 배구 끝났어요 하고 말씀드리려니……."

"……."

"그러다 생각했어요. 아니야, 이 병에도 한 번은 역전 기회가 올 거야. 그 기회를 찾아야 해."

"……."

"재희를 붙잡고 캐물었어요. 이 병에서는 선배니까요. 배구도 선배들 말 듣다 보면 귀가 열리거든요. 먼저 간 사람들의 경험은 허튼 게 아니니까요."

"……"

들을수록 민규는 겸허해졌다. 아직 어리다는 선입견 따위는 날려 버렸다. 이 여자는 키 큰 철부지가 아니었다. 오랜 좌절을 딛고 일어선 저력이 느껴졌다. 이런 자세였기에 후보에서 반전이 가능했던 것이다.

먼저 간 사람들의 경험.

그 말이 민규의 폐부를 깊게 찔렀다. 민규 역시 전생들의 도움으로 반전을 이루고 있지 않은가?

"이거요."

문정아가 봉투를 내밀었다.

"뭐죠?"

"약선요리비예요. 작년 제 연봉 중에서 아버지 용돈 드리고 남은 거 전부 찾아서 들고 왔어요."

"……?"

"제 목숨값으로 치면 너무 적은 돈이지만 받아주시고 저 좀 살려주세요. FA 되어서 대박 나면 더 드릴게요."

"……!"

문정아의 봉투. 안에 든 돈은 고작 2,300만 원이었다. 2,300만 원이 적은 돈이라 고작이라고 표현한 게 아니었다. 프로배구 선수라면 1억은 받을 줄 알았다. 그러나 문정아처럼 존재감이 미미한 후보들은 3,000~4,000만 원이 고작이었다. 그 돈을 쪼개 아버지에게 무려 100만 원씩 보내 드리고 나머지는 고스란히 저축을 했다. 배구단에서 숙식을 해결하기에 가능하다지만 쉽지 않은 일이었다.

"배구단에서는 이 사실을 모르나요?"

"아직… 알면 바로 저를 전력 외로 구분할 테니까요."

"문정아 씨에게 따로 주어진 시간이 얼마나 되나요?"

"시즌이 끝났으니 아버지 병간호를 핑계로 댈 생각이에요. 그럼 한 달 정도는……."

"한 달 안에 고쳐야 한다는 말이군요?"

"그건 아니지만 재희 말이 선생님 동생이랑 자기는 몇 번만으로도 굉장히 좋아졌다고 해서……."

"집은요? 여기서 머나요?"

"가까워요. 걸어서 30분 정도 걸리던데요?"

"……."

잠시 생각에 잠겼다. 요리 대회가 코앞이었다. 하지만 이 여자의 병은 내일을 기약하기 힘들었다. 겉보기는 멀쩡하지만 오늘 내일 응급 상황을 맞을 수도 있었다.

약선요리.

궁극의 목표는 요리로써 질병을 퇴치하는 것.

이윤이라면 어땠을까? 권필이나 정진도라면? 그들이라면 개인의 영달보다는 사람을 회복시키는 일이 우선이었을 게 뻔했다.

"한번 해보죠."

민규의 결정이 떨어졌다. 이 또한 약선요리니 연습의 일환으로 치면 될 일이었다.

"정말이죠? 고맙습니다."

문정아가 아이처럼 펄쩍 뛰었다.

"제가 일주일간은 바쁘니까 올 수 있는 날은 오셔서 드시고

가세요. 오기 힘든 날은 배달해 드릴게요."

"문제없어요. 아직은 걷는 데 큰 문제가 없으니 제가 올게요. 당분간 팀 훈련도 빠지기로 했거든요."

"하지만 FA 말고 다른 옵션이 있습니다."

"말씀하세요. 제가 할 수 있다면 뭐든지 해드릴게요."

"신인들 오면 어려웠던 날의 경험 잘 전수해 주시고요, 꼭 국가대표가 되세요."

"그건 문제없어요."

"이 돈은 200만 원만 맡아둘 게요. 첫 요리를 먹어본 후에 효과가 없으면 말씀하세요. 언제든 돌려 드리겠습니다."

"그걸로 돼요?"

"200만 원으로 2,000만 원짜리 요리를 해드리면 되죠. 문정아 씨도 3,500만 원 연봉에 몇 억짜리 선수 몫을 하셨잖아요?"

"선생님……."

"여기서 쉬고 계세요. 어렵게 왔으니 아예 시작하자고요. 어차피 빨리 나을수록 좋을 테니까요."

민규가 일어섰다. 재료는 어느 정도 갖추고 있으니 크게 어려울 게 없었다.

'하느님, 고맙습니다.'

혼자 남은 문정아가 두 손을 모았다. 가지런히 합쳐진 그녀의 두 손은 하얀 배구공보다도 더 하얗게 빛나고 있었다.

—약선팥죽.

—감자잡채.

—마쑥전.

요리는 세 가지로 정했다.

팥죽에는 밤과 콩을 넣을 생각이었다. 팥은 화형 체질에 적합하지만 신장이나 비장에 도움이 되었다. 여기 첨가되는 밤은 계란 못지않은 완전식품으로 잉여 나트륨을 배출하는 파워를 가지고 있어 고혈압에 좋았다. 콩 역시 사포닌 성분으로 혈관 청소에 그만이니 짝을 지을 만했다.

죽물은 진피 우린 물에 천리수 한 방울을 더해 사용했다. 진피는 말린 귤껍질이다. 상초, 중초, 하초 중에서 특히 중초를 조화롭게 한다. 약 기운을 끌어 올리는 정종 한 잔의 대용품으로도 안성맞춤이었다. 몸 속 깊은 곳의 병을 잡아내는 천리수에 진피를 더했으니 폐고동맥의 묵은 때 저격용이었다.

감자잡채는 목이버섯과 메밀나물, 당근에 파를 더했다. 모두 고혈압과 함께 피를 정화하는 데 좋은 재료들이다. 여기에는 범의귀 잎을 갈아낸 가루를 양념과 섞어 사용했다.

'범의귀 잎.'

신장의 묘약으로 불린다. 폐를 돕기 위해서는 신장과 비위의 기를 살려야 했으니 지원책의 일환이었다.

마무리는 마쑥전. 마 또한 폐와 신장, 비장에 좋았다. 거기에 더해지는 쑥은 피를 맑게 하며 경락과 기혈에도 좋은 영약…….

메뉴와 재료 선정은 끝났다. 마 대신 천마를 쓰면 좋겠지만 가진 게 없었다. 남은 건 메뉴와 문정아의 상지수창 농도를 맞추는 일.

그런데 처음부터 브레이크가 걸렸다.

"……?"

약선팥죽이었다. 재료는 좋았지만 농도가 엇갈렸다. 팥과 밤, 콩의 분량을 조절해도 잡히지 않았다. 문정아의 상지수창은 몹시 불안정했다. 때로는 밝아지고 때로는 흐려졌다. 처음 준비한 재료를 버렸다.

'후우.'

호흡을 고르고 재도전.

이번에는 초자연수까지 동원했다. 아예 죽물을 안치는 것이다. 처음으로 농도가 맞았다. 하지만 이내 변했다. 문정아의 농도가 그새 바뀐 것이다.

'어쩐다?'

이런 일은 처음이었다. 그렇다고 당황하지는 않았다. 인간은 한 사람, 한 사람이 소우주를 이룬다. 저 먼 별나라와 같았다. 그렇다면 그 별 하나하나가 다른 환경인 것은 당연할 일일 수도 있었다.

'약선은 근본을 중시하는 것.'

기본으로 돌아가니 힌트가 나왔다.

'초자연수.'

민규가 물 한 잔을 준비했다. 시원한 정화수였다.

"천천히 다 마시세요."

물을 받아든 문정아가 정화수를 마셨다.

1분, 2분, 3분…….

정화수가 혈액에 흡수되면서 그녀의 체질 창 농도도 변하기 시작했다. 반잔을 더 주었다. 이제는 문정아의 체질 창이 안정화되었다.

'빙고!'

마침내 준비된 식재료와 상지수창 농도가 맞아떨어졌다. 그렇다면 이제 요리 출격이었다.

채로 쳐낸 팥가루를 한지 깔린 솥에 넣었다. 가볍게 볶아냈다. 밤과 콩도 그랬다. 그런 다음에야 세 가루를 합쳐 죽물을 잡았다.

보글보글.

약선팥죽이 신나게 익어갔다. 그윽한 팥향에 고소한 밤, 푸근한 콩 냄새가 싱그럽게 어우러졌다. 감자잡채 역시 오래 걸리지 않았다. 채 썰어 전분을 뺀 감자를 살살 볶다가 미리 준비한 메밀나물과 목이버섯, 부추를 넣었다.

'냄새 좋고.'

마무리는 잣가루를 고명처럼 뿌렸다. 갈아낸 마즙에 버무린 쑥을 지져 대추꽃 고명을 오려내니 약선요리의 완성이었다.

완성된 팥죽에는 따로 삶아둔 완두콩 몇 알과 잣 몇 알을 띄웠다. 빨간 죽 위에 오롯한 연두와 노란 잣이 식욕를 당겨주었다. 그 옆에 흰색을 강조한 감자잡채와 초록빛 마쑥전이 놓였다. 마쑥전 위에 날짱 올라앉은 대추꽃은 선가(仙家)의 느낌까지 들었다.

"우와!"

옥상 테이블에서 약선요리를 받아 든 문정아가 탄성을 질렀다.

"폐동맥 고혈압이 생기면서 목화토금수의 오장도 영향을 받았습니다. 그래서 비위도 나빠지고 신장도 지쳐 있습니다. 폐동맥 고혈압을 고치려면 비위와 신장의 도움도 필요하기에 함께 보하고 힘을 북돋는 약선으로 준비했습니다. 팥죽에 들어간 밤과 콩이 그렇고 감자의 채소들과 마에 들어간 쑥, 질병에 알맞게 조제된 물과 진피, 범의귀 잎 등도 그런 맥락으로 첨가되었습니다."

"헤에, 저는 무슨 말인지 하나도……."

수저를 든 문정아가 얼굴을 붉혔다. 그녀의 얼굴에 쓰여진 단어는 명쾌했다.

빨리 먹고 싶어!

"다 알아야 할 필요는 없지만 대충이라도 아는 게 좋습니다. 배구 훈련도 무데뽀가 아니라 원리를 알고 하면 다르잖아요?"

"그건 맞아요."

"몸에 좋은 거 골라서 넣는다고 약선이 아니거든요. 질병이나 몸의 상태에 따라 가려 넣어야 약이 되고 기혈을 돕는 거죠."

"이제 먹으면 되나요? 요즘 위가 안 땡기는데 이건 다르네요. 솔직히 약선이라길래 인삼에 황기에 당귀, 삼지구엽초 뭐 그런 걸 염소나 백숙, 잉어 배에 때려 넣어줄 줄 알았거든요. 그런데 이건 굉장히 착하잖아요?"

"드세요."

민규가 테이블을 가리켰다. 제아무리 진수성찬이라도 위에서 받지 않으면 도로아미타불인 것. 먹고 싶다는 사람 앞에서 이론 따위는 공염불에 불과할 일이었다.

'요리 향은 잘 맞는 것 같으니…….'

주방에서 뒷정리를 하는 사이에 병원에 갔던 종규가 돌아왔다.

"형!"

"재희는?"

"먹는 거 보고 왔어. 담담해서 좋다고 하던데?"

"몸은?"

"많이 좋아졌대. 길 박사님이 퇴원을 고려해 보겠다고 했다며 신바람이 났어."

"다행이구나."

"저 여자분은 어때? 약선으로 치료되겠어?"

"아니면? 형이 시작했겠냐?"

"으악, 역시 우리 형."

"미리 김칫국부터 마시지는 마라. 잘된다고 해도 시간이 필요한 일이니까."

"재희에게 물었더니 배구선수라던데?"

"그렇다더라. 만년 후보 하다가 작년 시즌에 펄펄 날았단다."

"젠장, 마지막 투혼이었네."

"마지막 투혼?"

"나도 그랬잖아? 아프기 전에는 오토바이에 새, 나비들하고 노느라 공부는 중간, 그러다 필받아서 성적 확 올렸더니 그다음 해에 바로……."

종규의 엄지손가락이 바닥을 향했다.

"……."

"재희도 그렇고… 하느님이라는 분, 너무 까칠한 거 아니야? 약 주고 병 주고……."

"사람을 너무 많이 만들어서 정신이 없는 거겠지. 그러다 보니 하릴없이 병 주는 사람도 만들고 병 고치는 사람도 만들고……."

"맞아. 씨… 아예 안 아프게 하면 될 걸 가지고."

"나가봐라. 키는 너보다 크지만 병은 네가 선배니까."

"알았어. 그런 선배는 별로 하고 싶지 않지만."

종규가 돌아섰다.

'후식…….'

민규는 디저트를 생각하고 있었다.

감을 갈아 즙을 내줄까?

정화수에 표고버섯을 우려 구수하게 내줄까?

선택지에 오른 것들 역시 폐를 보하는 식품들이었다. 목형이니 오미자를 살짝 가미하는 것도 방법이었다. 바로 그때, 민규가 막 정화수를 소환하려는 순간에 종규의 비명이 들렸다.

"으악, 형, 형!"

찢어지는 소리였다. 컵을 놓은 민규가 문으로 달렸다.

"……!"

옥상의 테이블을 본 순간 민규가 사색이 되었다. 문정아가 복부를 잡고 경련하고 있었다.

"뭐야? 왜 그래?"

민규가 물었다.

"몰라. 갑자기 배를 잡고……."

"문정아 씨, 문정아 씨."

민규가 그녀를 체크했다.

"아아하아……."

문정아는 숨도 제대로 쉬지 못했다. 이마에는 식은땀이 흥건하다. 젠장, 뭔가 단단히 잘못된 것 같았다.

'뭐야? 부작용 같은 건가?'

민규의 가슴이 철렁 내려앉았다.

"형, 119 부를까?"

"그래야겠다."

"여보세요, 여보세요? 119죠?"

종규가 통화하는 동안에도 문정아의 몸은 자꾸만 기울었다.

'뭐가 잘못 들어갔나? 요리 풍미도 체질과 잘 맞는 편이었는데…….'

문정아를 의자에 고정하고 안으로 뛰었다. 물을 체크했다. 혹시라도 동기상한수가 나왔던 걸까? 그것도 아니면 취탕? 남은 물을 다 확인하지만 문제는 없었다. 식재료와 약재도 검사했다. 확인하고 넣은 것이지만 곰팡이 덩어리 같은 게 빠질 수도 있었다. 그릇에 남은 요리를 찍어 먹었다. 이것도 문제는 없었다.

'뭐야. 그런데 왜?'

머릿속이 하얗게 변했다. 초자연수와 요리 과정에는 문제가 없었다. 그러다 보니 처음에 마음에 걸렸던 상지수창 농도가 떠올랐다. 우수와 병약을 불규칙하게 오가던 그녀의 상지수창. 그게 변수가 된 걸까?

'아니야. 결국은 안정된 상태에서 참고했잖아.'

골똘하는 사이에 밖에서 119 구급대 사이렌 소리가 들려왔다. 구급대가 도착한 모양이었다. 민규도 밖으로 나왔다. 워낙 난치병을 앓고 있는 문정아. 일단 병원으로 옮기는 게 상책이었다.

"형, 119 왔어."

민규가 나오자 종규가 소리쳤다. 119 구급대 두 명이 계단을 올라왔다.

"신고하셨죠?"

남자 대원이 물었다.

"예, 식사하다가 갑자기……."

민규가 문정아를 가리켰다.

"이봐요, 119입니다. 말할 수 있으세요?"

여자 대원이 문정아에게 질문을 던졌다. 고통에 겨운 문정아. 그 얼굴 위로 상지수창이 엿보였다.

'응?'

민규가 반응했다. 그녀의 상지수창은 변해 있었다.

비위장—병약.

비위장이었다. 아까는 허약이었던 상태가 병약으로 옮겨가 있었다. 게다가 그 빛 또한 전격적인 불안정을 나타내고 있었다.

'폐대장이 아니야?'

민규 머리가 빠르게 돌기 시작했다. 문정아는 폐 문제가 심각한 환자. 하지만 현재의 응급 상황은 비위장. 약선 좀 먹었다고 비위장에 문제가 생길 리는 없었다. 더구나 비위를 위한 식재료까지 충실하게 곁들였지 않은가?

'비위장의 응급 상황……'

따악!

골똘하던 민규, 손가락 튕김 소리를 내며 해결책을 찾아냈다.

"잠깐만요."

민규가 이쑤시개를 집어 들었다. 구급대원을 비집고 문정아의 손을 잡았다. 이쑤시개로 강한 자극을 넣은 건 엄지와 검지 사이, 그리고 손목 위에서 손가락 세 개쯤 위쪽 부위였다.

"아아아!"

자극과 함께 문정아의 숨소리가 안정을 찾았다. 한 번 더 이쑤시개 자극을 추가했다.

"후우!"

문정아가 긴 숨을 내쉬었다. 이마에 흥건하던 땀도 식고 있었다.

"괜찮아요?"

민규가 물었다.

"네… 조금……."

배를 부여잡은 채 문정아가 답했다.

"급체였나?"

구급대원들이 고개를 갸웃거렸다.

"그런 거 같습니다."

민규가 급류수를 소환해 건네주었다. 컵 안에 작은 소용돌이가 보였다. 휘몰아쳐 막힌 것을 내려보내려는 위용이었다. 그걸 마시자 문정아의 혈색이 거의 제자리를 찾았다.

"정말 괜찮습니까?"

구급대원이 재확인에 들어갔다.

"네, 이제 괜찮아요."

문정아가 답했다.

"진짜 급체였던 모양이군요. 일단 철수할 테니 혹시 다시 아프면 병원에 가거나 저희에게 연락하십시오. 여기 출동 서류에 확인 사인 좀 해주시고요."

구급대원이 서류를 내밀었다. 사인은 종규가 맡았다.

"죄송해요. 음식이 너무 땡겨서 급하게 먹다 보니……."

구급대원들이 내려가자 문정아가 고개를 숙였다.

"아닙니다. 우린 또 큰일 나는 줄 알았거든요."

민규가 어깨를 으쓱해 보였다. 지옥에서 생환하는 기분이었다.

"그런데……."

문정아의 손이 가슴으로 옮겨갔다.

"왜요? 숨쉬기 불편해요?"

"아뇨. 편해요."

"예?"

"잠깐만요. 제가 숨을 다시… 후우, 후우우……."

문정아가 숨을 골랐다. 몇 번이고 골랐다. 그러더니 민규를 바라보며 활짝 웃었다.

"편해요. 요리 먹기 전에는 콕콕 막히는 느낌이 따라왔는데 지금은 굉장히 시원하거든요."

"……."

"와아, 이거 진짜 되네? 저 나을 수 있을 거 같아요. 이렇게 편안한 호흡, 최근 들어 처음이에요."

"아아, 형, 우리 말이 씨가 된 건가 봐."

뒤에 있던 종규가 중얼거렸다.

"왜?"

"병 주고 약 주고 말이야. 지금이 완전 그 순간이잖아?"

"그렇네. 약선요리 계속하려면 뱃심부터 좀 길러놔야겠다."

민규가 웃었다.

하지만 낙관만은 하지 않았다. 아까보다는 나아졌다지만 간에 기별이 간 정도에 불과했다. 그렇다고 해도 시작으로서는 나쁘지 않았다. 어쨌든 약선은 먹히고 있었다.

문정아는 부러져라 허리를 숙이고는 돌아갔다. 올 때보다 백배는 가벼운 걸음이었다.

"그런데 형."

그녀가 골목을 나가자 종규가 민규를 바라보았다.

"응?"

"아까 이쑤시개 그거 뭐야? 설마 무협 영화처럼 혈자리 같은 거 짚은 거야?"

"아마 그렇지?"

"형이 언제 혈자리 공부도 했어?"

"그럼. 약선 하려면 체한 거 정도는 해결할 줄 알아야 하는 거 아니냐?"

"대체 언제?"

"공부를 표시 내면서 하냐? 너 잘 때, 그리고 회사에서 틈틈이 했다, 왜?"

"희한하네. 잠은 형이 먼저 자는 날이 많았는데… 더구나 마치 명의처럼 한 방에 해결이라니……."

“그래서? 불만이냐?”

“아니, 신기해서 그러지. 나 아까 존나 놀랐었거든.”

“놀란 건 나도 마찬가지다. 하지만 약선에는 문제가 없으니 밥 먹다 갑자기 아픈 게 급체밖에 더 있겠나 싶었다.”

“명석한 판단력, 진심으로 존경합니다.”

종규가 허리를 조아렸다.

“까분다. 들어가자.”

민규가 종규 등을 밀었다.

식탁에 앉은 민규가 손을 들여다보았다.

‘혈자리…….’

찾아보니 그 혈자리는 우연이 아니었다. 엄지와 검지 사이의 혈자리는 합곡혈이었고 손목 위의 혈자리는 내관혈이었다. 합곡혈은 급체에 침을 놓거나 자극을 주는 자리고 내관은 체한 건 물론이요 복통, 설사와 응급 환자에게도 유용한 신기의 혈자리.

배운 적은 없었다. 그런데 익숙하게 떠올랐다. 세 번째 전생인 정진도 덕분이었다. 그는 식의이자 명의였다. 그가 공부한 혈자리 전부가 건너온 걸까? 가만히 눈을 감았다. 머리부터 발끝까지 수백의 혈자리가 떠올랐다. 하지만 또렷한 건 소화에 관련된 것들뿐이었다.

공손혈: 내장 질환의 명혈.

합곡혈: 엄지와 검지 사이—급체의 명혈.

곡지혈: 팔 구부릴 때 ㄴ 자가 되는 곳—대장과 변비 명혈.

족삼리: 무릎 바깥쪽 아래 움푹 들어간 곳—위장 기능 증진, 생

리통의 명혈.

태충혈: 엄지와 둘째발가락 사이의 움푹 들어간 곳—소화불량과 설사의 명혈.

내관혈: 손목에서 손가락 세 개쯤 위쪽—모든 내장 질환, 임산부 입덧, 복통, 멀미의 명혈.

삼음교: 발 안쪽 복숭아뼈에서 손가락 다섯 개 겹친 정도의 위쪽—멀미의 명혈, 불면증, 복부팽창 개선.

요리와 관련되는 건 소화. 그렇기에 위와 관련된 몇 혈자리의 능력이 입력된 모양이었다.

'고맙습니다.'

인사말이 절로 나왔다. 덕분에 큰 소동을 면했다. 덕분에 새로운 능력도 알게 되었다.

'내가 침도 놓을 수 있단 말이지? 비록 몇 개 안 되는 혈자리지만?'

손가락이 보석처럼 보였다. 가만 보면 절묘한 안배였다. 만약 허임에 버금가는 침을 놓을 줄 안다면 어떻게 될까? 요리사가 체한 체기 내리는 침 정도는 놓아도 문제가 없다. 하지만 불치난치병을 위해 환부에 직접 침을 놓으면?

—의료법 위반.

구속.

땅땅땅!

관련 단어와 법봉 망치 소리들이 귀를 울렸다. 더하지도 덜하지도 않도록 요긴함만 채워준 인생 수정 프로그램. 과연 신의

한 수는 달랐다.

하루, 이틀, 삼 일…….

날짜가 쌓여갔다. 그만큼 문정아의 약효도 쌓여갔다.

8. 3,266 대 1의 경쟁

대회가 다가왔다. 민규의 연습도 박차를 가하게 되었다. 문정아의 차도는 예상보다 느렸다. 첫날, 호흡이 살짝 좋아졌지만 더는 큰 진전이 없었다. 상지수창과 색감을 맞춰도 그랬다. 원인은 운동선수 때문인 것으로 보였다.

운동선수.

보통 사람보다 기초 체력이 강했다. 기초 체력이 강하기에 질병이 발현될 때까지 잘 버텼다. 아플 때는 아파줘야 하는데 늦게야 터진 꼴이었다. 민규나 재희보다 대미지가 컸다.

사흘째 되는 날. 조치를 강화했다. 초자연수였다. 아침에는 정화수를 한 사발씩 먹였고 잠들기 전에는 천리수를 마시게 했다. 오장의 나쁜 기운을 씻어내려는 의도였다. 그게 먹힌 건 닷새째 되는 날이었다.

"잘 먹었습니다."

옥상의 임시 레스토랑(?) 테이블에서 그녀가 웃었다. 변화는 미소와 함께 찾아왔다. 정화수 한 컵이었다. 마지막 물이 그녀의 목젖을 타고 내려가는 순간, 애를 태우던 상지수창이 변했다.

신방광－양호.

신방광의 상지수창에 생기가 돌았다.

"……!"

민규, 들고 있던 나무 접시를 놓치고 말았다. 마침내 간의 기별에서 회복의 임계점을 제대로 넘어서는 문정아였다.

"선생님!"

놀란 그녀가 민규를 바라보았다.

"기분 어때요? 다른 날보다 좋죠?"

"네."

"숨은요?"

"숨도 좋아요. 오늘은 오면서 한 번도 안 쉬었던 거 같아요."

"하아!"

"왜요? 뭐가 잘못되었어요?"

"아뇨. 이제 약효가 제대로 받기 시작하는 거 같아서요."

"정말요?"

"지쳤던 신장이 기운을 받기 시작습니다. 이게 살면 비위장도 살아요. 비위장이 튼튼해져야 폐가 기운을 받아요. 화생토(火生土)에 토생금(土生金)이거든요."

"……."

"아무튼 좋다는 말이에요. 배구도 그런 게 있잖아요? 공격을 잘하려면 리시브가 선행되어야 하는?"

"그럼 셰프님이 이단 토스 제대로 올린 거예요?"

"배구로 치면 그렇네요. 이제 스파이크 때릴 차례입니다. 폐동맥 고혈압이라는 놈에게 시원하게 한 방 꽂아버려야죠."

"블로킹이고 뭐고 상관없이 강스파이크?"

"네."

"셰프님……."

"감격은 여기까지. 미리 김칫국 잔뜩 마시면 좋지 않거든요."

민규가 선을 그었다. 문정아는 씩씩하게 계단을 내려갔다.

"고마워."

지켜보던 종규가 인사를 전해왔다.

"니가 왜?"

"내 질병메이트들이잖아? 이것도 일종의 소울메이트거든."

"그럼 네 메이트 식사 자리나 좀 치워라. 형은 오늘 마무리 들어간다."

"알았어. 나한테 다 시키고 형은 연습해."

종규의 대답은 시원했다.

대회 전날, 문정아의 회복세로 민규의 마음이 한결 가벼워졌다. 조짐이 좋았다.

* * *

3,266명.

사실 얼마만큼의 규모인지 몰랐다.

광화문 촛불이 200만입니다.

잠실야구장에 4만이 들었습니다.

늘 큰 숫자와 함께 살았다. 그렇기에 3,266명 정도는 크게 와닿지 않은 측면도 있었다.

하지만…….

"……!"

요리 대회의 3,266명은 달랐다. 그건 사람이 아니라 바다였다. 대회장으로 쓸 체육관에 들어선 민규, 응시자들이 수백만 명처럼 보였다. 아니, 정확히 말하면 1,090명이었다. 한 체육관에 다 수용할 수 없어서 세 체육관으로 나누어 대회를 치루는 것이다.

"와아!"

따라온 종규도 한숨을 쉬었다. 요리복의 응시자들은 셀 수도 없었다. 얼마나 큰 대회인지 피부로 느껴지는 순간이었다.

"쫄았냐?"

가방을 열며 민규가 물었다.

"내가 왜? 형이 출전하는 거잖아?"

"그런데 왜 한숨을 쉬고 난리?"

"내 친구 놈 중의 하나가 고등학교 졸업하고 공무원 시험 보러 갔잖아? 경쟁률이 65 대 1이라고 징징대길래 몇 번이나 위로해 줬는데 그건 아무것도 아니네."

"합격은 했고?"

"합격 예정만 하고 왔대. 군대 다녀와서 붙겠다고."

"나는 군대 갔다 왔으니까 붙어야겠지?"

"형."

"응?"

"파이팅!"

종규가 주먹을 내밀었다.

"나 때문에 약선 유경험자잖아? 내 불치병까지 고쳤으니 문제 없을 거야."

"너 때문에 늘어난 내 이마 주름살은 어쩌고?"

"약선 하다 보면 주름살 지우는 요리도 만들 수 있지 않을까?"

"걱정 말고 편안하게 지켜봐라. 어차피 오늘은 예선이니까."

"강자들은 기본에서 많이 떨어진대요. 내가 대회 비하인드 스토리 쭉 찾아봤거든. 형도 강자니까 조심해."

"짜식!"

종규의 주먹에 주먹을 부딪쳤다. 핸드폰을 넘기고 요리복을 입었다. 역사화에 나오는 대령숙수 요리복은 만들지 않았다. 너무 티를 내는 것도 좋지 않을 것 같아서였다. 모자를 쓰고 앞치마를 두르고, 칼 주머니를 들고서 체육관으로 입장했다.

"형, 파이팅!"

스탠드에서 종규가 소리쳤다. 스탠드 한쪽에 가족이나 친지들의 입장이 허용되어 있었다.

'파이팅.'

그 말을 곱씹으며 수험 번호를 향해 걸었다. 멀었다. 한참을 걸어도 같은 풍경이었다. 경쟁자들의 면면이 스쳐 갔다. 중학생부터 노장들까지 다양하면서도 많았다. 민규의 조리대는 맨 마지막에 있었다. 마지막으로 접수한 대가였다.

"어, 이민규?"

중간쯤에서 누군가 민규를 불렀다. 돌아보니 황병설 셰프였다.

"응시한 거야?"

중간 줄에 있던 그가 다가왔다.

"예……."

"이야, 그러고 보니 식의감 판이네. 정대발도 나오고 마백동도 접수했다고 하던데."

"예……."

"자신은 있고?"

"그냥 경험 삼아 한번 해보려고요."

"하긴 경험도 될 거야. 사람들 좀 봐. 이런 체육관이 세 개나 된다는데 세상에 우리나라 요리사가 이렇게 많은 줄은 처음 알았네."

"……."

"잘해봐. 또 누가 알아? 자네가 대상 먹을지. 아니지 3등만 해도 상금이 2천만 원이던데 난 소박하게 본선만 나가도 좋겠어. 본선 진출만 해도 500만 원이래."

"잘하실 겁니다."

"솔직히 연습할 때는 누구랑 붙어도 자신 있었는데 막상 와보니 좀 떨리는데? 하여간 파이팅."

"네."

가볍게 응수하고 돌아섰다. 시간과 분위기상 오래 말할 처지도 아니었다. 수험표가 적힌 조리대 앞에 섰다. 조리대 위에는 밀봉된 흰 바구니가 놓여 있었다. 수험표와 신분증을 꺼내 지정된 자리에 놓았다. 옆자리의 참가자가 눈인사를 해왔다. 70에 가까운 노익장 요리사였다.

3,266명의 응시자.

첫 과제는 뭐가 나올까? 체육관은 달라도 첫날 과제는 똑같이 나올 예정이었다.

일단 조리대부터 확인했다. 테이블 아래로 조리 기구가 보였다. 팬을 시작으로 냄비와 찜통 등의 조리 기구 일체가 놓였고 접시도 여러 가지로 구비가 되었다. 양념 통도 기본은 갖추었다. 찜부터 지짐까지 총망라할 수 있는 분위기였다.

[응시자 여러분, 대회 진행본부입니다.]

안내 방송이 나오기 시작했다.

[잠시 후 제22회 식치방 약선요리 대회가 시작되겠습니다. 응시자 여러분은 수험표와 신분증을 조리대 왼쪽에 비치해 주십시오. 대회는 정확하게 9시 30분에 시작됩니다.]

방송이 나오자 응시자들이 긴장하기 시작했다.

웅성웅성!

낮은 소리만으로도 체육관이 울렸다. 울리는 소리에 돌아보면 전후좌우로 흰 요리복의 물결. 경쟁자들의 숫자에 압도되기 딱이었다.

[대회 진행 방식에 대해 알려 드리겠습니다. 미리 공지한 바와 같이 오늘 1, 2차 예선을 실시하고 이틀 후에 본선을 시작합니다. 1차 요리 과제는 당사에서 정한 약선 기본 과정이며, 9명이 진출하는 결선 요리는 주제 요리가 되겠습니다. 여기서 통과된 분들이 본

선에서 새로운 과제를 가지고 겨루게 됩니다. 본선 총상금은 무려 2억 원으로 대상 상금만 해도 1억 원으로써……]

"우!"

1억 원.

상금이 거론되자 장내가 다시 술렁거렸다. 그사이에 진행 요원들이 테이블을 돌며 응시자들의 본인 확인을 마쳤다. 극히 일부가 여기서 퇴장되었다. 수험표나 신분증 미지참자들이었다.

[그럼 지금부터 제22회 식치방 약선요리 대회를 시작합니다. 참가자들은 요리대에 놓인 바구니의 덮개를 개봉하고 식재료를 확인하십시오. 시간은 5분입니다.]

멘트가 끝나기 무섭게 참가자들이 움직이기 시작했다. 단순히 보자기 벗기는 일인데도 소리가 컸다. 옛날, 워드프로세서 시험장이 떠올랐다. 입대하기 직전이었다. 뭐라도 자격증 하나 더 따두면 꿀보직받을 가능성이 높아진다기에 응시를 했었다.

"시작하세요."

감독관의 말이 떨어지자 키보드 소리가 허공을 울렸다. 수십 명이 쳐대는 키보드 소리는 기관총 소리와도 같았다.

다다다다다닥!

보자기 벗기는 소리도 그에 못지않았다. 무려 1,000여 명이 다투어 벗겨낸 까닭이었다.

"……."

민규의 시선이 바구니 안의 식재료에 꽂혔다.

—쌀, 보리, 녹두, 고사리, 도라지, 오이, 가지, 당근, 미나리,

아욱, 표고버섯, 부추, 배, 사과, 오리고기, 돼지고기, 닭고기, 꿀, 연근, 대추, 배추, 무, 갓, 다시마.

'24가지 식재료……'

바구니 안에 든 재료는 무려 24가지였다. 그러나 양은 작았다. 도라지는 한 뿌리였고 표고버섯도 하나, 닭고기는 한 쪽이고 다시마 역시 한 조각에 불과했다.

'실기가 아니다.'

민규의 오감이 발동했다. 이건 식재료가 가진 고유의 성질, 즉 재료의 기(氣)를 구분하는 것일 가능성이 높았다. 예상은 그대로 적중이 되었다.

[주어진 식재료는 24가지입니다. 일부 참가자들께서 재료 상태가 나쁘다는 항의를 하고 있는데 요리를 할 것은 아니니 염려 마시기 바랍니다.]

안내 방송이 이어지자 장내는 또 한 번 술렁거렸다.

"요리가 아니다?"

옆 자리의 노장 손가락이 테이블을 건반처럼 두드렸다. 그는 여유 있는 표정이었다.

[그럼 지금부터 제22회 식치방 약선요리 대회 제1과제를 시작합니다. 제1과제의 시제는 청열약선(淸熱藥膳)과 거한약선(祛寒藥膳)입니다. 참가자 여러분은 주어진 식재료를 주제에 맞게 분리해 주시기 바랍니다. 주어진 시간은 30분입니다.]

"우!"

여기저기서 탄식이 쏟아졌다. 식재료의 분류. 기본 중의 기본이었다. 식재료가 가진 고유의 성질을 모르고서는 약선요리를 할 수 없었다. 하지만 대다수는 실전 요리를 주로 연습하고 온 사람. 무려 24가지의 식재료를 섞어두었으니 한숨이 나올 수밖에 없었다.

게다가 용어도 문제였다. 일부 참가자들은 용어조차 이해하지 못했다. 청열약선은 차가운 성질을 가진 식재료로 열성병을 다스리는 데 쓰는 재료들, 거한약선은 그 반대로 따뜻한 성질을 가진 식재료들로 양기를 북돋거나 찬 기운을 몰아내는 데 쓰이는 것들이었다.

여기저기서 바구니 엎는 소리가 들렸다. 마음이 급하니 테이블 위에 그대로 쏟아버리는 것이다. 그 모든 동작들은 한 줄당 두 명씩 배치된 감독관들에 의해 체크되고 있었다.

쏴아아!

민규가 한 첫 번째 일은 수돗물 틀기였다. 약선요리는 치료와도 같았다. 의사는 진료 전에 손부터 씻어야 한다. 진료 후에도 그렇다. 약선요리 또한 다르지 않았다. 손에 불순물이 묻어 있다면 그건 필연 요리의 육수(?)로 변할 일이었다.

쏴아아!

물소리가 참가자들의 정신 줄을 세웠다. 바구니를 이미 엎은 사람들은 아차 싶었다. 일단 위생 점수부터 까먹고 들어간 것이다.

마른 수건으로 손을 닦았다. 천천히, 꼼꼼히 닦았다. 요리에 있어 물은 두 얼굴로 작용하는 경우가 많았다. 물이 묻은 재료는 쉽게 녹아버릴 수 있다. 물기 남은 샐러드는 소스 맛을 떨어뜨린다. 그러니 물기를 조심해야 했다.

사삭!

바구니의 재료들을 가지런히 꺼내놓았다. 재료의 방향도 한쪽이었다. 분류 시험이 아니라 약선에 쓰일 재료로 다루는 것이다.

재료를 바라보았다. 쌀과 보리에 녹두가 보였다. 고사리에 도라지가 있고 오이와 가지도 있었다. 배와 사과, 배추와 무에 소고기와 돼지고기, 그리고…….

'닭……?'

육류를 짚어가던 민규 시선이 닭고기에서 멈췄다. 닭이 아니라 오골계였다. 재료의 구성은 기가 막혔다. 비슷한 재료들을 섞어 구성함으로써 혼동의 여지가 넘치고 있었다.

'청열약선…….'

차가운 기운을 가진 식재료들… 차분하게 골라냈다.

—보리, 녹두, 고사리, 오이, 가지, 아욱, 표고버섯, 배, 다시마, 돼지고기.

그렇다면 남은 건 모두 거한약선에 속하는 걸까?

"……!"

민규의 시선이 쌀에 꽂혔다. 그게 함정이자 구원이었다. 쌀의 성질은 평(平)하다. 말하자면 차가운 한(寒)과 따뜻한 온(溫)의 경계인 것. 약선의 원리를 공부한 사람이라면 이 경계를 힌트로 삼아 주최 측이 파놓은 함정을 찾아낼 수 있었다.

'함정 식재료가 있다.'

긴장감이 살짝 올라갔다.

이번에는 거한약선 재료를 골라냈다.

—오골계, 꿀, 도라지, 배추, 연근, 사과, 대추, 부추, 갓, 무.

끝내고 보니 네 가지 재료가 남았다.

—쌀, 미나리, 오리고기, 당근.

네 가지는 모두 성질이 평(平)한 재료들이었다. 한에도 속하지 않고 온에도 속하지 않는 재료들. 그러나 바구니에 들었으니 어딘가로는 집어넣어야 할 재료…….

'어쩐다?'

주최 측의 의도를 알기 힘들었다. 시제로 언급된 건 청열약선과 거한약선의 구분. 그렇다면 이 재료들도 둘 중 어디로 넣어야 한다는 걸까? 갈등이 일기 시작했다.

평은 한에 가까울까?

온에 가까울까?

5.

4.

3.

2.

1.

전광판의 시계가 멈췄다. 안내 방송이 나왔다.

[주어진 시간이 끝났습니다. 참가자들께서는 조리대에서 한 걸음 물러나 주십시오. 지금부터 조리대의 재료에 손을 대는 사람은 무조건 탈락입니다.]

멘트와 함께 민규가 물러섰다. 옆자리의 노장도 물러섰다.

화면이 테이블을 비추기 시작했다. 예선에도 방송 카메라가 동원되어 있었다. 녹화를 위한 촬영이었다. 'JTB' 로고가 선명한 카메라가 2번 테이블에 멈췄다.

'변창주.'

참가자 이름이 보였다. 그의 표정은 평온했다.

민규의 시선이 노장에게 돌아갔다. 그의 구분은 민규와 같았다.

[지금부터 제1과제 합격자를 발표합니다. 합격자는 조리대 앞의 번호 등에 푸른 불이 들어오고 탈락자는 붉은 불이 들어옵니다. 붉은 불이 들어온 분들은 조용히 퇴장해 주시면 되겠습니다. 그럼 결과를 발표합니다.]

참가자들의 시선이 번호 등으로 향했다. 테이블을 스쳐 가는 화면을 보니 상당수가 제각각이었다. 채소만 따로 분리한 사람, 뿌리와 열매로 나눈 사람, 심지어는 육류와 채소로 구분한 사람도 있었다.

번쩍!

긴장을 올리는 효과 음악과 함께 번호 등에 불이 들어왔다. 민규의 등은 푸른색이었다.

그런데…….

"……!"

앞쪽의 조리대를 보던 민규가 소스라쳤다. 1,000여 명의 참가자들. 그러나 푸른 불은 얼마 보이지 않았다. 단 한 방에 절대 다수가 탈락한 것이다.

[제1과제는 식자재의 성격을 제대로 파악하는지를 물었습니다. 정답은 청열약선에 보리, 녹두, 고사리, 오이, 가지, 아욱, 표고버섯, 배, 다시마, 돼지고기가 되겠고 거한약선은 오골계, 꿀, 도라지, 배추, 연근, 사과, 대추, 부추, 갓, 무로 구분하면 되었습니다. 그리고

남은 쌀, 미나리, 오리고기, 당근은 그 중간 성격의 평(平)한 기를 가진 재료들입니다. 시제에 따로 언급하지 않았지만 약선요리를 하는 사람이라면 반드시 알아야 하는 기본적인 재료들이기에 당연히 따로 구분한 사람까지만 정답으로 인정했습니다.]

"우!"

[그럼 제1과제 통과자들은 조리대 위의 식재료를 다시 바구니에 담아 왼편의 빈 공간으로 이동해 주시기 바랍니다. 10분 휴식 후에 제2과제를 시작하겠습니다.]

"조때따!"

"C발. 칼 한 번 못 잡고 돌아가다니……."

"수준 한번 지리네."

탈락자들의 야유와 원성 소리가 그치지 않았다. 대충 보아도 900여 명의 탈락이었다. 요리 한번 해보지 못하고 쫓겨나자니 아쉬움이 클 수밖에 없었다.

"젊은 친구."

바구니를 내려놓던 노장이 민규에게 말을 걸었다.

"예."

"제법이네? 이거 구분하기 쉽지 않았을 텐데… 보아하니 내 걸 훔쳐보는 것도 아니었고……."

"기본 공부를 좀 했는데 그게 적중한 거 같습니다."

"혹시 유명한 셰프 아니야?"

"제가요?"

"아니면?"

노장이 고개를 돌렸다. 중앙의 대형 화면에 민규 얼굴이 보였다. 그러고 보니 아까도 카메라가 왔었다.

"저는 어르신 찍는 줄 알았는데요?"

"나야 아직 아니지. 결선에서라면 모를까?"

노장은 자신만만해 보였다.

"약선요리 많이 하셨나 봐요?"

자리로 돌아오며 민규가 물었다.

"좀 했지. 절에서 사찰 음식도 했고 큰 병원에서 특실 환자들 약선죽도 쒀봤고……."

"그러셨군요."

"이민규? 이 셰프는?"

조리대에 쓰인 이름을 읽어낸 노장이 고개를 들었다.

"저는 그냥 경험 삼아 참가했습니다. 아직 일천합니다."

"그건 아니지. 아까 보니까 기본이 몸에 밴 데다 식재료 만지는 손놀림이 보통 아니던데?"

"잘 봐주셔서 고맙습니다."

"아무튼 잘해보자고."

"예."

노장이 내미는 손을 민규가 잡았다. 그의 조리대에 쓰여진 이름은 함세박이었다.

[진행본부입니다. 참가자들은 조리대 앞에 정렬해 주십시오. 이제 곧 제2과제를 시작하겠습니다.]

방송에 따라 조리대 앞에 바르게 섰다. 저만치 앞줄에 황병설이 보였다. 그도 첫 번째 위기는 잘 넘긴 모양이었다.

[제1과제 탈락자는 898명입니다. 다른 시험장의 분위기도 비슷

해서 제1과제를 통과하신 생존자의 총원은 356명입니다. 조금 실망스러운 결과이긴 하지만 남은 분들이 분발하셔서 이 대회를 빛내줄 것으로 믿으며 제2과제를 시작합니다.]

'356명.'

숫자를 들으니 슬쩍 긴장이 되었다. 무려 90% 가까운 사람의 탈락이었다. 하지만 바꾸어 말하면 첫 과제부터 변별력이 굉장했다는 얘기였다.

[제2과제부터는 실기입니다. 여기서 생존하신 분들은 점심시간 후에 제3과제로 넘어갑니다. 3과제를 통과한 분들은 제4과제를 치루고 대망의 결선에 진출하게 되겠습니다.]

'결선…….'

그 단어가 긴장감을 올려주었다.

[그럼 제2과제를 심사할 심사 위원단을 모시겠습니다. 심사 위원 선생님들 입장해 주세요. 참고로 이 심사 위원들은 예선전에서만 심사를 맡게 됩니다.]

멘트와 함께 동쪽 출입문이 열렸다. 동시에 아홉 명의 심사 위원들이 들어섰다.

'응?'

민규가 고개를 들었다. 심사 위원들 중에 아는 사람이 있었다. 우람은행 지점장 방경환이었다.

'저분?'

뜻밖이었다. 그가 심사 위원으로 오다니? 그래서 이 대회를 잘 알고 있었던 걸까?

'상관없지.'

상상의 끈은 거기서 잘라 버렸다. 이유가 어쨌든 이미 시위를 떠난 화살이었다. 이제는 지점장과 상관없이 생존해야 했다. 세 전생의 명예를 위해서도 그랬다.

[그럼 심사 위원님들을 소개하겠습니다.]

멘트가 계속 이어졌다. 심사 위원들의 신분은 다양했다. 전통 요리 전문가가 셋이었고 다른 셋은 연예인 평가단, 또 다른 셋은 미식가군이었다. 지점장은 미식가군에 속해 있었다. 이들 아홉은 세 조로 편성되었다. 요리 전문가와 연예인, 미식가가 한 팀이 되어 심사를 하는 것이다.

심사 위원들의 개별 소개는 생략되었다. 아홉 명이 동시에 인사를 하는 것으로 소개는 끝났다.

[제2과제를 제시합니다. 참가자들께서는 중앙의 화면을 주목해 주십시오.]

안내와 함께 화면이 나왔다.

고종 대(代)의 진찬의궤 약선냉면 재현.

오행에 맞춰 세 가지 약재를 넣어 구성할 것.

“우!”

다시 탄식이 쏟아졌다. 진찬의궤의 약선냉면. 그냥 약선냉면이 아니라 진찬의궤라는 수식이 붙었다. 그렇다면 원방 레시피를 써야 할 일이었다.

‘게다가…….’

민규의 머리가 빠르게 회전했다. 이 시제에는 약선처방의 배오이론을 보려는 의도가 깔렸다. 배오이론은 칠정과 군신좌사, 배오금기가 꼽힌다. 간단히 말하면 약선 재료의 궁합을 맞춰야 하는 시제였다. 거기에 오행까지 추가되었다. 탄식이 나올 만한 시제였다.

—우선 고종 대에 편찬된 진찬의궤를 알아야 한다.

—고종 대 진찬의궤의 약선냉면과 다른 진찬의궤 레시피의 차이를 알아야 한다.

—그 레시피에서 군신좌사로 나오는 식재료가 오행의 어디에 속하는지를 알아야 한다.

—군에 속하는 식재료의 궁합과 금기를 알아야 한다.

무려 네 가지를 테스트하는 과제였다.

[그럼 오른쪽 식재료를 바라봐 주십시오.]

장내 방송을 따라 고개를 돌렸다. 벽을 채웠던 넓은 커튼이 벗겨졌다. 수많은 식재료들이 칸칸이 들어찬 모습이 보였다. 온갖 육류와 온갖 종류의 채소, 과일, 그리고 약선에 주로 쓰이는 약재들… 그나마 다행인 건 약재들 칸에 이름이 적혔다는 것. 만약 이름이 없다면 절삭된 상태의 약재들까지 맞춰야 하는 능력이 필요한 상황이었다.

[제한 시간은 1시간이며 맛도 평가의 대상이 됩니다.]

안내 방송이 또 하나의 과제를 안겨주었다.

맛!

요리 경연 대회이니 맛을 보는 거야 당연하지만 부담이 아닐 수 없었다.

[그럼 전광판 시계가 제로가 되는 순간 시작합니다. 재료는 무한

정 사용해도 되지만 한 번에 골라야 합니다. 아울러 다른 사람의 요리에 방해가 되는 행동을 하는 사람은 무조건 탈락입니다.]

멘트가 끝나기도 전에 참가자들의 시선이 전광판으로 변했다. 10에서 카운트다운을 시작한 초침이 하나씩 떨어져 나갔다. 참가자들은 전광판과 식재료를 번갈아 보느라 바빴다.

00:09.

00:08.

00:07.

'고종 대의 진찬의궤.'

그건 요리서를 통해 알고 있었다. 다른 진찬의궤와 차이가 하나 있었다. 레시피에서 주의할 점은 그것이었다.

"애들 내는 문제 수준 좀 있는데?"

노장은 여전히 여유가 있었다.

00:01.

00:00.

시각이 제로로 세팅되었다.

[시작하세요. 고종 황제에게 바치는 냉면으로 생각하고 열과 성을 다해 요리해 주시기 바랍니다.]

참가자들이 우르르 식재료 칸으로 몰려갔다. 좋은 재료를 선점하려는 의도였다. 선착은 아까 본 변창주였다. 그는 소리 없이 강했다.

노장 함세박 역시 일찌감치 식재료를 확보했다. 그의 장바구니가 눈에 들어왔다.

—양지머리, 돼지다리, 건조메밀냉면, 동치미, 배, 잣, 고춧가루.

오직 독수리의 눈으로 찜하고 손으로 집었다. 다른 사람처럼 만지거나 고르는 수준이 아니었다. 돼지다리 역시 암놈의 앞다리를 집었다. 수놈의 뒷다리보다는 백배 나았다.

그런 다음 약장으로 걸었다. 그가 일착이었다. 약재 고르는 눈도 식재료와 다르지 않았다. 약장 전체를 스윽 스캔하더니 두충, 산수유, 황백을 집어냈다. 그것으로 끝이었다.

'호오…….'

민규가 소리 없는 감탄을 밀어냈다. 그는 정확하게 시제를 꿰뚫고 있었다.

'그렇다면 맛은?'

갑자기 엉뚱한 기대감이 밀려들었다. 맛까지 좋다면 막강한 경쟁자를 옆에 둔 셈이었다.

민규의 식재료 사냥도 다르지 않았다. 식재료 앞에서 잠시 고민을 했다. 식재료의 본질을 보는 눈의 발동이었다. 민규는 다른 것이다.

하지만 거기에도 감독관들이 있었다. 그들 손에는 예외 없이 채점표가 들려 있다. 비위생적이거나 재료 선별 능력까지 채점이 되고 있었다.

'어쩐다.'

겉만 번지르한 식재료를 들고 잠시 갈등했다.

재료 선별 능력을 일반적인 수준에 맞출 것인가?

아니면 실전 약선요리처럼 내실을 선택할 것인가?

지장수.

납설수.

작은 양푼에 받은 수돗물이 초자연수 한 방울로 변했다. 밍밍하던 물에 서광이 돌았다. 수돗물에 잘 씻은 배와 잣을 순류수 그릇에 담갔다. 누가 뭐래도 과일은 싱싱함이 최고였다.

다음으로 육수에 돌입했다. 냉면이라면 초자연수 3번 육수가 제격이었다. 지장수+천리수+요수의 조합이라면 냉면의 시원한 맛을 제대로 살릴 수 있었다.

불은 두 개를 켰다. 육수 불과 함께 돼지다리살을 위한 불이었다. 된장과 후추를 넣은 후에 양지와 돼지다리를 데쳐내야 한다. 잡내 제거 과정인 것이다.

'어쩐다?'

잠시 생각에 잠겼다. 요리 대회에는 모순이 있었다. 기본을 중시한다. 그러나 결국은 창의적인 요리를 원한다. 무엇보다 이 많은 경쟁자들. 이 치열한 경쟁을 뚫자면 주특기의 공개가 필요했다.

나는 물을 다스리는 셰프다.

나는 33가지 물로써 최적의 약선요리를 할 수 있다.

요리 대회에 나온 목적을 상기했다. 대상을 타야 하지만 그저 대상이 아니었다. 남들과 다른 물맛이 주특기인 셰프임을 알리고 싶었다. 과시가 아니라 사실이니까.

잠시 눈을 감았다.

이민규.

슬슬 발동을 걸자.

네가 다른 셰프와 다르다는 거.

이제부터 보여주자고.

눈 뜨는 것과 동시에 행동에 들어갔다. 서른세 가지 초자연수 중에서 이벤트가 될 만한 건 단 하나였다.

감람수.

감람수는 휘저어지면 산소량이 늘어난다. 민규의 물 마법이라면 휘저을 필요도 없지만 수고를 아끼지 않았다. 필요한 물의 양을 받은 후에 젓기 시작했다. 보란 듯이 열심히 저었다. 노장이 돌아보았다. 육류의 잡내를 제거 중이던 그의 입가에 쓴 미소가 돌았다.

'젊은 놈들의 겉멋 퍼포먼스란.'

미소에서 느껴지는 냉소였다.

상관하지 않았다. 민규는 노련하게, 그러나 즐겁게 물을 저었다. 마침내 거품이 보였다. 그리고 카메라가 다가왔다. 물그릇을 내려놓고 우아하게 맛을 보았다. 감람수는 맛이 달고 따뜻하며 부드럽다. 무엇보다 산소량이 많다. 열심히 저은 까닭인지 그런 맛에 가까웠다.

물을 둘로 나눠 양지머리와 돼지다리살을 넣었다. 육류에 소환하는 지장수만은 못하지만 잡내는 잡았다.

중앙의 화면에 민규가 잡히고 있었다. 감람수를 만드는 과정부터였다. 심사 위원들도 관심을 보였다.

"뭐 하는 거죠?"

전문 요리사 하나가 다가와 물었다.

"잡내를 잡기 위해 감람수를 만들고 있습니다."

"감람수?"

"예, 이제 끝났습니다."

"맛 좀 봐도 될까요?"

"예."

민규가 남은 감람수를 조금 덜어주었다.

"……!"

대수롭지 않게 맛보던 심사 위원 표정이 굳어버렸다. 진짜 감람수가 한 방울 더해진 진품이었다.

"허어."

심사 위원은 고개를 갸웃거리며 다음 테이블로 향했다.

'일단 관심은 끌었고…….'

민규는 담담하게 육수에 돌입했다.

육수의 베이스는 감람수였지만 실상은 지장수+천리수+요수의 조합이었다. 다음은 면의 차례였다. 불을 당긴 후 건조메밀면 적량을 체에 담았다. 거기 물을 끼얹으며 전분기를 제거했다. 불은 보통으로 잡았다. 바닥에 달라붙지 않게 정성껏 저었다.

끓은 지 4분이 지난 후에 면을 건져냈다. 거기가 타이밍이었다. 건져낸 냉면발에 찬물을 여러 번 끼얹고 얼음물에 입수시켰다. 두 손으로 부드럽게 비벼주니 끈끈한 전분기가 말끔하게 씻겨 나갔다. 한 가닥을 잘라보니 면발이 투명했다. 최상이었다.

육수는 큰 사발에 따른 후 미리 얼음을 채운 통 위에 올렸다. 더러는 육수에 얼음을 넣는 사람도 보였지만 기껏 만든 육수를 망치는 일이었다.

메밀면 완성.

육수 완성.

남은 건 냉면 위에 올라갈 고명이었다.

'고종…….'

고종은 나름 식도락가로 전해진다. 그는 국수를 좋아했지만 맵거나 짠 것을 잘 먹지 못해 냉면을 자주 먹었다. 고명 중에서도 배를 좋아해 배가 많이 들어갔다. 고종의 냉면 스타일은 책에서 보았다. 레시피도 생생했다.

이 또한 전생들의 능력 입력 덕분으로 보였다. 전과 달리 레시피를 보면 단숨에 이해하는 민규였다.

옆자리의 노장은 배를 썰고 있었다. 칼질은 평범하지만 잘린 배는 기가 막히게 깔끔했다. 그 칼이 편육으로 옮겨갔다. 돼지다리살 역시 얌전히 칼질을 받았다.

민규도 배를 잡았다. 하지만 도구는 칼이 아니라 숟가락이었다. 숟가락으로 배를 얇게 저미는 민규였다. 다시 카메라가 민규에게 붙었다. 중앙의 화면에도 비쳤다. 심사 위원들이 또 관심을 보였다. 그들 가운데서 지점장의 눈빛이 반짝 빛났다.

[마감 10분 전입니다.]

장내 멘트가 나왔다.

"어휴!"

참가자들의 탄식도 함께 나왔지만 소리는 작았다. 일부에 국한된 비명이었다.

[5분 남았습니다. 마무리에 들어가 주시기 바랍니다.]

다시 멘트가 이어질 때였다. 요리 과정을 점검하던 심사 위원들이 민규 쪽으로 가까워졌다. 그들은 노장의 테이블에서 멈췄다. 노장은 편육과 흰 배 위에 잣을 올려놓았다. 꼭 다섯 알이었다.

민규도 마무리를 했다. 얼음 채운 그릇에서 육수통을 꺼냈다. 고춧가루를 알맞게 풀어내니 붉은빛이 돌았다. 단정하게 감아둔 메밀면 가장자리에서 흘림 없이 부었다. 육수는 그릇의 3분의 2 수위에서 끝냈다.

편육이 올라갔다. 열십자 형태였다. 편육 옆으로 배를 놓았다. 수저로 한 점, 한 점 저며낸 배였다. 노장의 배는 얇게 세 조각. 그러나 민규의 배는 그보다 좀 많았다. 잣은 세 알을 놓았다. 고종 대 진찬의궤에 따른 냉면의 완성이었다. 전광판을 보았다. 시간은 30초가 남았다. 서두르는 참가자들이 보였다. 몇몇은 엉망이었다. 일부는 양지머리를 편육으로 올렸고 또 일부는 꿩고기를 쓴 사람도 있었다.

00:00.

전광판의 시간이 멈췄다.

[시간이 끝났습니다. 참가자들은 손을 놓고 조리대에서 물러나 주십시오. 물러나 주십시오.]

멘트가 바쁘게 반복되었다. 중앙의 화면에 여러 작품들이 보였다. 각양각색이었다. 배를 대신해 토마토를 올린 사람, 오이를 올린 사람도 보였다.

[그럼 제2과제의 식재료를 공개합니다.]

진행자의 멘트와 함께 화면이 열렸다.

—양지머리, 돼지다리, 건조메밀냉면, 동치미, 배, 잣, 고춧가루.

식재료가 뜨자 여기저기서 억장 무너지는 소리가 들렸다. 특히 고춧가루였다. 시제로 주어진 고종 대의 진찬의궤에는 고춧가루가 나온다. 다른 진찬의궤를 본 사람이라면 땅을 칠 일이었다. 거기에는 고춧가루가 없었다.

식재료를 틀린 참가자들 테이블에 붉은 불이 들어왔다. 맛을 평가받을 기회도 없이 탈락이었다.

[심사 위원님들, 심사에 착수해 주십시오.]

멘트와 함께 심사 위원들이 나섰다. 셋이 한 조를 이룬 심사 위원단은 완성된 냉면의 외양을 보았다. 그런 다음 고명의 종류와 상태를 확인하고 면발을 점검했다. 시식은 그다음에 이루어졌다. 육수를 맛보고 면을 먹었다. 화면에 비치는 심사 장면은 진지했다. 참가자들은 자신의 작품이 평가받는 순간 숨도 제대로 쉬지 못했다.

"오!"

"응?"

"오마낫!"

노장의 냉면에 대한 반응이었다. 여자 연예인의 반응이 가장 컸다. 육수 맛을 보더니 고개가 절레절레 춤을 추었다. 수저가 쉬지 않았다. 육수 맛에 홀린 것이다.

'95점.'

민규가 내린 평가였다. 그의 육수는 개운하면서도 깊은 맛을 살렸다. 고기 때문이었다. 양지머리 중에서도 가장 신선하고 육즙이 많은 부위를 골랐다. 조리 기구와 불 다루는 솜씨도 좋았다. 그의 선택은 바닥이 두툼한 찜통이었다. 그대로 쓰지 않고 물과 청주를 넣어 한 번 끓여 버린 후에 국물을 우렸다. 혹시라도 통에 배어 있을지 모르는 잡내까지 제거한 것이다.

좋은 재료에 좋은 핸들링. 나쁜 육수가 나올 리 없었다.

면 핸들링도 유려했다. 체에 받쳐 빠른 속도로 전분을 털어낸 후 얼음이 적정하게 녹은 물에서 씻어냈다. 냉면을 넣은 후에 얼음을 투하하는 다른 참자가들과는 달랐다.

심사 위원들 입가에 미소가 번졌다. 거의 만점 각이었다.

'이제 내 차례군.'

민규가 호흡을 골랐다.

어서 오세요, 심사 위원님들.

시식해 보시죠.

이런 냉면은 아마 처음일 겁니다.

내 물은 차원이 다르거든요.

마음속에 기대감이 번져갈 때였다. 심사 위원들이 노장 앞에서 발길을 돌려 버렸다.

"……?"

민규가 파뜩 고개를 들었다. 스탠드에서 주목하던 종규도 그랬다. 뜻밖의 일이 벌어진 것이다. 황당한 마음에 감독관을 바라보았다. 그가 테이블 모서리를 가리켰다. 붉은 카드가 보였다. 비위생적이거나 요리의 필수 과정을 빼먹었을 때 날리는 실격 카드였다.

"뭐가 문제란 말입니까?"

민규가 감독관에게 물었다.

"아까 잡내 제거 과정을 빼먹었어요. 잘 생각해 보세요."

감독관이 기계적으로 답했다.

맙소사!

감람수였다. 감독관에게 딴죽이 걸리는 순간이었다.

"그 과정은 생략되지 않았습니다. 다른 방법을 쓴 것뿐입니다."

"저는 감독 기준에 따랐을 뿐입니다."

"말도 안 됩니다. 잡내 제거법은 한 가지가 아닙니다. 요리사마다 다를 수 있어요."

"이의가 있으면 진행본부에 하세요."

감독관이 단상을 가리켰다. 할당된 줄의 심사를 마친 심사 위원들이 다가왔다.

"무슨 일입니까?"

요리 전문가가 대표로 물었다.

"이분이 잡내 제거 과정이 생략되었다고 레드카드를 주었습니다. 하지만 저는 분명 잡내 제거 과정을 빼먹지 않았습니다."

민규가 항변했다.

"아, 아까 물을 휘젓던 참가자시군."

"그 물은 감람수 제법입니다. 감람수는 용존산소량이 많아서 물이 부드럽고 달아 잡내 제거에 탁월합니다. 저는 술이나 된장, 후추 등을 대신해 그 방법을 썼을 뿐입니다."

"아까 그 물이 진짜 감람수였다는 겁니까?"

"선생님이 맛을 보시지 않았습니까?"

"맛이야 봤지만 감람수… 그건 동의보감에나 나오는 물이 아니오?"

"현실에서도 가능합니다."

"허헛!"

"육수 맛을 보시면 알 것 아닙니까?"

민규가 냉면 그릇을 밀었다.

"이봐요. 이 대회는 나름 심사 규정이 있습니다. 참가자들은 그 규정에 따라야 합니다."

"제 방법은 틀렸다는 겁니까?"

"보편적이고 상식적인 방법이 기준이라는 겁니다."

"요리는 참과 거짓처럼 이분법으로 만들 수 있는 게 아니지 않습니까? 요리는 불변 고정의 것이 아니라 더 좋은 맛을 찾아가는 과정이라고 생각합니다. 요리사라면 당연히 그런 노력을 해야 하고, 그런 정신은 높이 평가되어야 하는 것 아닙니까?"

"보아하니 잡내 제거 과정만은 아닌 것 같습니다. 고명도 서툴게 올라갔지 않습니까? 배도 그렇고 편육도 가지런하지 못하고……."

"죄송하지만 고종 황제에게 올린 냉면의 싱크로율 100%입니다만."

민규가 당당하게 받아쳤다.

"100%?"

요리 전문가의 미간이 구겨졌다.

"못 믿겠으면 확인해 보시죠. 제가 틀리면 군말 없이 퇴장하겠습니다."

민규가 배수의 진을 치고 나섰다. 그때 미식가가 안경을 고쳐 쓰며 의견을 개진하고 나왔다.

"그러고 보니 어떤 칼럼에선가 읽은 것 같군요. 고종의 냉면에는 열십자 편육에 숟가락으로 저민 배를 올렸다는……."

"……?"

다소 주춤한 요리 전문가가 진행본부로 향했다. 그는 진행 요원들에게 사실의 확인을 요청했다. 진행 요원이 노트북 검색에 나섰다.

"……!"

검색 결과가 나오자 요리 전문가의 얼굴이 변했다. 그 자신도 잘 몰랐던 사항. 민규의 말이 맞은 것이다.

"그런 내용이 있기는 하군요."

민규에게 돌아온 요리 전문가가 쓴 입맛을 다셨다.

"잡내 제거는 맛을 보시면 알 일입니다. 레드카드를 취소해 주시고 맛 평가를 부탁합니다."

민규가 말했다.

"그건 문제없지만 시간이 너무 흘렀어요. 면도 떡이 되었을 테고……."

요리 전문가가 난색을 표했다.

"괜찮습니다. 부탁합니다."

민규가 다시 답했다.

결국 세 전문가가 젓가락을 들게 되었다. 그런데…….

"……?"

"……!"

면을 잡은 전문가들의 표정이 한결같이 변해 버렸다. 면은 아직 살아 있었다. 마치 갓 씻어내 육수를 부은 것처럼 조금도 뭉쳐 있지 않았다.

'이럴 수가?'

요리 전문가가 주춤거렸다. 미식가도 비슷한 반응이었다. 면발은 너무나 부드럽게 풀렸다. 흔들고 떼고 할 것도 없었다.

"아아아!"

그 옆에서 여자 연예인이 자지러졌다.

"왜 그래요?"

요리 전문가가 물었다.

"면발하고 육수… 장난 아니에요."

"……?"

그 말에 놀란 미식가가 시식을 했다. 그는 세 번 놀랐다. 입에 물었을 때 풍후한 육수 맛에 놀라고 입안에서 끊어질 때 상큼한 메밀 향에 놀라고, 목을 넘어갈 때 그 진한 풍미에 또 한 번 놀랐다. 그 맛은 갓 수확한 메밀을 갈아 만들어낸 메밀냉면이나 국수, 거기서나 음미할 수 있는 절정의 맛이었다.

"이거……."

미식가의 젓가락이 다시 움직였다. 이번에는 더 깊이 음미하며 맛을 보았다.

꿀꺽!

입안 가득 품었던 냉면을 넘긴 미식가, 옥침이 새는 입술을 혀로 쓸며 오랫동안 말을 하지 못했다. 요리 전문가도 그 뒤를 따랐다. 그는 미식가만큼 맛을 감상할 능력은 없었지만 냉면은 입에 제대로 감겼다. 최상의 면발과 최상의 육수였다.

"편육은……?"

이번에는 편육이었다. 한 점을 우물거리던 여자 연예인, 더 씹지도 넘기지도 못한 채 숨을 멈췄다.

"왜요?"

미식가가 물었다.

"녹아요. 입에 물고 있으니 그냥… 너무 좋아서 넘기고 싶지 않아요."

여자 연예인은 맛에 취해 마냥 흐물거렸다.

"잡내가 납니까?"

민규가 미식가를 바라보았다.

"아뇨. 아까 뭐라고 했죠? 감람수?"

"예, 맛이 따뜻하고 부드럽고 달고 산소가 많은 물입니다."

"그게 감람수인지 뭔지는 잘 모르겠지만 맛은 기가 막히네요. 잡내는커녕 식재료의 본맛을 제대로 살렸어요."

미식가의 한마디로 승부가 나버렸다. 레드카드는 취소되었고 민규 냉면의 심사는 정상적으로 끝났다.

[제2과제 최종 심사 결과를 발표합니다.]

진행자의 멘트와 함께 테이블에 불이 들어오기 시작했다.

빨강.

파랑.

색깔 하나로 천국과 지옥이 엇갈렸다. 노장은 파랑이었다. 민규의 테이블에도 파랑이 들어왔다. 논란 끝에 제2과제 통과. 민규가 가슴을 쓸어내렸다.

『밥도둑 약선요리王』 3권에 계속…